La muse de la magicienne

Linda Joy Singleton

Traduit de l'anglais par
Lynda Leith

A·D·A
J·E·U·N·E·S·S·E

Éditeur : François Doucet
Traduction : Lynda Leith
Révision linguistique : Féminin Pluriel
Correction d'épreuves : Nancy Coulombe, Suzanne Turcotte
Montage de la couverture : Matthieu Fortin
Illustration et design de la couverture : Lisa Novak
Mise en pages : Sébastien Michaud
ISBN papier 978-2-89667-341-4
ISBN numérique 978-2-89683-143-2
Première impression : 2011
Dépôt légal : 2011
Bibliothèque et Archives nationales du Québec
Bibliothèque Nationale du Canada

Éditions AdA Inc.
1385, boul. Lionel-Boulet
Varennes, Québec, Canada, J3X 1P7
Téléphone : 450-929-0296
Télécopieur : 450-929-0220
www.ada-inc.com
info@ada-inc.com

Diffusion
Canada :   Éditions AdA Inc.
France :   D.G. Diffusion
                Z.I. des Bogues
                31750 Escalquens — France
                Téléphone : 05.61.00.09.99
Suisse :   Transat — 23.42.77.40
Belgique :   D.G. Diffusion — 05.61.00.09.99

Imprimé au Canada

Participation de la SODEC   SODEC
Nous reconnaissons l'aide financière du gouvernement du Canada par l'entremise du Programme d'aide au
développement de l'industrie de l'édition (PADIÉ) pour nos activités d'édition.
Gouvernement du Québec — Programme de crédit d'impôt pour l'édition de livres — Gestion SODEC.

LINDA JOY SINGLETON demeure dans le nord de la Californie. Elle a deux grands enfants, et le soutien de son merveilleux mari qui adore voyager avec elle à la recherche d'histoires inhabituelles.

Elle est l'auteure de plus de trente livres, incluant ceux des séries Visions, Morte vivante et Rencontres de l'étrange (toutes chez AdA). Elle est également l'auteure de *Regeneration*, *My Sister the Ghost*, et *Cheer Squad*.

Merci à mon agente,
Jennifer Laughran

Et à mes éditeurs,
Brian Farrey et Sandy Sullivan

Également à l'auteure-amie-sœur,
Kate Emburg

Tout ce dont je peux prendre connaissance
dans l'exercice de ma profession ou dans les
relations courantes avec les hommes qui ne
doit pas être répandu, je le garderai
secret et jamais ne le révélerai.

Une version moderne
du serment du magicien…

1

Le téléphone était sur le point de sonner.

J'en étais certaine —, de la même façon que vous voyez les nuages sombres dans le ciel et savez qu'il va pleuvoir. Les prémonitions n'avaient rien d'extraordinaire pour moi. Toutefois, le frisson de peur qui accompagnait cette soudaine certitude me glaçait le sang. Quelqu'un allait téléphoner, et je n'aimerais pas ce qu'elle m'apprendrait. Cela pourrait changer ma vie. Pas d'une manière positive.

Mon cellulaire était posé sur ma table de travail à côté de mon clavier d'ordinateur. À quelques centimètres seulement. Mais, je n'ai pas bougé de mon lit, où j'étais assise en tailleur au milieu d'un joyeux fouillis de papiers d'emballage, de ruban adhésif et de choux. Quelques secondes avant, je fredonnais ma liste d'écoute des Fêtes tout en transformant l'emballage des cadeaux en *art* avec des brillants, du papier d'aluminium et des anges dorés miniatures. À présent, mon esprit des Fêtes s'était envolé.

Habituellement, mes antennes paranormales me donnaient un indice sur l'interlocuteur, et je m'amusais souvent à essayer de deviner de qui il s'agissait. Je tentai le coup maintenant; fermant mes yeux pour me concentrer, je perçus une vibration masculine. Quelqu'un de mon âge environ et près de mon cœur. Je pensai immédiatement à Dominic. Oh non, je vous en prie, pas lui! Depuis que j'ai rompu avec mon dernier petit ami, les choses ont été géniales avec Dominic. Nous avons parlé sans fin de nos espoirs, nos rêves et notre avenir ensemble. Mais, s'il lui était arrivé malheur ?

Mon cellulaire sonna.

Je sursautai, renversant un rouleau de papier d'emballage sur le plancher. Puis, je me raidis comme une statue, glacée et gelée à l'intérieur, et je ne pus me décider à prendre l'appel.

Enfin, à la cinquième sonnerie, je ne pus plus résister. J'attrapai le téléphone et l'ouvris — étonnée de lire le nom de l'interlocuteur sur l'afficheur.

Josh DeMarco. Mon ancien petit ami.

Sauf que lorsque j'ai répondu, ce n'était pas Josh. C'était sa mère.

— Sabine ? demanda madame DeMarco d'une étrange voix angoissée. Es-tu là ?

— Ouais, réussis-je à répondre malgré ma surprise.

Mes vibrations téléphoniques n'étaient habituellement pas si loin de la marque.

— Désolée de te téléphoner de si bonne heure, s'excusa-t-elle.

— Ce n'est rien. Je suis une lève-tôt.

Un million de questions éclatèrent dans ma tête, mais je me concentrai sur la plus importante.

— Hum… comment va Josh?

— Je… je l'ignore.

Elle parla tellement doucement, sa voix teintée de tristesse.

— J'espérais que tu pourrais me le dire.

— Que voulez-vous dire? Je ne l'ai pas croisé à l'école, ces derniers temps, et j'ai entendu qu'il était absent à cause d'un vilain virus.

L'apparition de son virus au moment de notre séparation était trop opportune; je soup-çonnais qu'il prétendait une maladie, pour éviter de me voir. Je veux dire, notre rupture avait été *vraiment* difficile. Plus que difficile —, apocalyptique.

«Tu pratiques l'occultisme, l'œuvre du diable», m'avait-il accusée après m'avoir sur-pris à convoquer des fantômes pendant une séance. «Je ne pourrai jamais oublier cela.»

C'était il y a trois semaines. Quand Josh m'avait quittée, ce jour-là, je savais que c'était réellement terminé entre nous. J'aurais dû me sentir triste…, mais ce n'était pas le cas. Au lieu, j'étais soulagée et j'avais espoir que nous serions tous les deux plus heureux, à présent. Josh se mettrait en couple avec une fille normale qui applaudirait ses tours de magie et ne verrait pas des fantômes ou n'aurait pas de conversations télépathiques avec sa guide spirituelle. Et enfin, je serais libre de donner mon cœur à Dominic.

Malgré tout, notre rupture m'avait laissé le sentiment d'une affaire non terminée, comme lorsque vous sortez du cinéma avant la scène finale du film. Je voulais expliquer à Josh qu'être voyante était une partie importante de moi et n'avait rien à voir avec la magie noire. Toutefois, il n'avait retourné aucun de mes appels.

Et maintenant, sa mère téléphonait…

— Josh n'est pas malade, du moins, je l'espère. Il est… il est…

Madame DeMarco s'interrompit sur un sanglot.

— Parti.

— Parti ?

Je me raidis.

— Depuis combien de temps ?

— Plus d'une semaine. Il a laissé un mot nous demandant de ne pas nous inquiéter, mais nous n'avons pas entendu parler de lui, et je...

Sa voix se cassa.

— Je ne sais pas quoi faire.

— Qu'en est-il de la police ?

— Les policiers n'ont même pas accepté d'émettre un de ses avis d'enfant disparu parce qu'il a écrit une note. Ils disent que c'est un fugueur.

— Pas Josh. C'est l'une des personnes les plus responsables et fiables que je connais.

— C'est ce que je leur ai dit. Même mon mari veut attendre que Josh revienne de lui-même à la maison. Mais, s'il était blessé ou souffrant et avait besoin de secours ? J'ai assez patienté. Je dois essayer de le trouver, alors j'appelle ses amis.

Pendant que je me demandais si la disparition de Josh pouvait d'une manière ou d'une autre être ma faute, je réalisai que le silence était tombé du côté de madame DeMarco. Pensant que la ligne s'était coupée — et me sentant très légèrement contente de mettre fin à cette embarrassante conversation —, j'étais sur le point de raccrocher lorsque madame DeMarco lâcha :

— Je... je sais que Josh et toi avez rompu.

— Heu, ouais, répondis-je avec prudence.

Que savait-elle au juste ? Josh avait-il dit à sa mère que je vénérais le diable et pratiquais la magie noire ? Je savais, par expérience, que certaines personnes n'étaient pas à l'aise avec les trucs paranormaux.

— Il n'a pas révélé la raison, répliqua la mère de Josh. Je réalise que ce ne sont pas mes affaires, mais était-il bouleversé, lorsque vous avez rompu ? Assez bouleversé pour... se blesser ou...

— Oh, mon Dieu, non ! Josh ne ferait jamais rien de tel, insistai-je.

Josh avait été bouleversé, c'est certain, mais il n'était pas suicidaire. Surtout parce que c'était lui qui m'avait laissé choir, et non l'inverse. Alors, pourquoi me sentais-je si coupable ?

— Si tu as quelque information que ce soit, tu dois me la transmettre, déclara fermement la mère de Josh, presque comme si c'était elle la voyante. Même si les choses se sont mal terminées entre mon fils et toi, je suis sûre qu'au fond de toi, tu te soucies encore de lui.

— Je vous jure que je vous le dirais, si j'étais au courant de quelque chose.

— Tu en sais peut-être plus que tu ne le réalises. Pourrais-tu venir chez moi, afin que nous puissions parler en personne?

— Vous voulez dire… *maintenant*?

— Si cela ne t'ennuie pas. D'ailleurs, cela fera du bien à Cheval de te voir. Depuis le départ de Josh, ce chien impossible ne mange pas. J'ai essayé quatre différents vétérinaires, mais aucun n'a été utile. Cheval est toujours tellement excité de te voir. Tu peux le convaincre de s'alimenter.

— C'est un chien merveilleux, admis-je. Il m'a manqué.

— Alors, tu viendras tout de suite? demanda-t-elle avec espoir.

— Bien…, d'accord.

Une pensée me vint à l'esprit.

— J'ai cet ami qui est vraiment incroyable avec les animaux et pourrait aider Cheval. Puis-je l'amener?

— Bien sûr. Est-il vétérinaire?

— Non. Mais, il comprend si bien les animaux qu'on dirait qu'il leur parle.

Puis, je raccrochai et partis à la recherche de Dominic.

* * *

C'était un matin inhabituellement glacial pour le nord de la Californie, des bouffées d'air hivernales soufflant dans le ciel bleu ardoise et du givre scintillant sur les cristaux de glace sur les clôtures, les arbres et les véhicules, transformant notre maison de ferme décrépite en un paysage de carte postale. Même la berline de seconde main cabossée de ma grand-mère brillait comme un cadeau des Fêtes.

J'enroulai un manteau par-dessus mon chandail en coton molletonné en mettant le pied sur la véranda. La porte-moustiquaire claqua derrière moi, ne se fermant pas tout à fait, alors je tendis la main et la refermai solidement. En traversant le jardin, mes pas écrasèrent de mauvaises herbes gelées, puis j'étirai les bras pour conserver mon équilibre afin de ne pas glisser et tomber, ce qui serait humiliant, si quelqu'un était aux alentours pour en témoigner. Cependant, il n'y avait que des chevaux, des vaches, des oies et des poulets. Même ma chatte Lilybelle n'épiait pas comme d'habitude depuis la main courante de la véranda, mais se satisfaisait de rester à l'intérieur près du poêle à bois.

Le camion de Dominic était garé à sa place à côté de la grange. Ses vitres gelées me rappelèrent une merveilleuse et effrayante nuit où nous nous étions retrouvés en rade au milieu d'une tempête de neige, nous blottissant à l'intérieur du camion pour avoir chaud. C'était l'un de ses moments cruciaux dans une vie où tout devient soudainement clair, comme le soleil perçant à travers des nuages gris. Et j'ai su que Dominic était celui qu'il me fallait…, et pas Josh.

Depuis ce jour, je souriais beaucoup.

C'était difficile à croire qu'il y avait seulement quelques mois que Dominic était venu vivre et travailler à la ferme de ma grand-mère, accompagné par son faucon Dagger et enveloppé de mystère. Au premier regard, ce fut la haine. Dominic était grossier, et j'étais contrariée par la façon dont mon aïeule le traitait comme un fils longtemps perdu, au lieu d'un employé. Il jouait avec mes émotions, ce qui compliquait ma relation avec Josh —, qui était tellement parfait que j'étais flattée qu'il m'ait choisie comme petite amie. Dominic était l'inverse de la perfection et si sacrément secret que je ne connaissais pas encore son nom de famille. Mais, il s'apparentait à un éclat sous ma peau que je ne pouvais pas ignorer. Et il m'avait gagnée à sa cause avec sa gentillesse à l'endroit des animaux, sa loyauté inconditionnelle à l'égard de Nona et son intérêt discret envers la littérature.

Il embrassait merveilleusement bien aussi.

Le lien surnaturel de Dominic avec les animaux n'était qu'une de mes raisons de le chercher maintenant. Les autres raisons étaient entièrement personnelles et comprenaient des pensées qui enflammaient mes joues. Visualisant son visage rugueux exprimant la douceur et imaginant la douce et pourtant rude caresse de ses mains faisaient exploser mes émotions.

Il demeurait dans le loft de la grange, ce qui donnait l'impression d'un lieu primitif jusqu'à ce que vous entriez dans la vaste pièce rutilante au plancher de bois avec ses grandes fenêtres panoramiques, son haut plafond garni de poutres de bois, son ameublement ancien, sa salle de bain et sa cuisinette. Nona qualifiait le décor rustique de «pionnier moderne». Le loft avait originalement été utilisé par son troisième (ou quatrième?) mari en tant que studio d'artiste. Les odeurs de peinture s'étaient depuis longtemps évanouies, et je ne pouvais imaginer une autre personne que Dominic vivant ici.

Je grimpai les marches menant au loft et frappai à la porte. Lorsque j'appelai le nom de Dominic, je ne reçus aucune réponse et ne perçus aucun bruit de pas. Je tournai la poignée et pénétrai dans la pièce. Elle était vide — jusqu'au piédestal en bois près de la fenêtre où Dagger se perchait habituellement.

— Dominic? appelai-je, en direction de la salle de bain.

La porte était légèrement entrouverte, et je tendis l'oreille pour entendre le son de l'eau qui coule au cas où il serait sous la douche. Toutefois, c'était silencieux. Je jetai donc un coup d'œil dans la salle de bain, la chaleur moite m'enveloppant. Une serviette humide était drapée par-dessus la porte de douche, preuve que Dominic y était peu auparavant. Et je reçus cette image mentale de Dominic ne portant rien d'autre qu'une serviette, me souriant d'une manière pouvant mener à..., disons à quelque chose pour quoi je n'étais pas encore prête. Nous avions décidé de prendre notre temps, de nous contenter d'avoir du plaisir à être ensemble.

Devinant qu'il s'était levé tôt pour soigner le bétail, je quittai le loft et vérifiai les bâtiments extérieurs et les enclos, même la nauséabonde étable à cochons. Toujours aucun signe de Dominic. Je commençais à m'inquiéter lorsque je surpris un éclair de mouvement au loin, à la frontière de la propriété de ma grand-mère où les bois denses s'étendaient sur des kilomètres.

Un cavalier.

Je reconnus les épaules musclées de Dominic et ses cheveux châtain clair, ainsi que la manière confortable et pourtant totalement maîtrisée qu'il avait de s'asseoir sur la selle. Avec un soupir admiratif, je me penchai sur la main courante de la barrière, l'observant.

Dominic montait Rio, le plus jeune cheval de ma grand-mère, un hongre arabe brun cendré de six ans. Ils galopaient avec une telle grâce naturelle, comme si l'homme et le cheval ne faisaient qu'un. Leurs foulées devinrent plus rapides — s'élevant et tombant, volant à travers le sol dur du pâturage avec la poussière tourbillonnant derrière eux comme de la fumée sombre. Bien que je fusse habituée au don mystérieux de Dominic avec les animaux, cela m'inspira du respect comme si c'était la première fois. Tout comme Dominic était lié psychiquement aux animaux, nous étions liés nous aussi, et il semblait me comprendre mieux que personne auparavant. Je voulais en apprendre davantage sur lui, moi aussi, mais il avait vécu une enfance empreinte de violence et se montrait réticent à parler de son passé.

Il était trop loin, en ce moment, pour que nous puissions nous regarder dans les yeux, mais je sentis l'instant où il prit conscience de ma présence. Juste comme cela, il sut que je l'observais, et je sus qu'il savait. Il serra les rênes dans une main et agita l'autre. Puis, il fit pivoter le cheval dans un arc lent et gracieux —, posant pour la galerie. Riant, j'applaudis, je grimpai haut sur la barrière, puis je le saluai de la main à mon tour.

Le cavalier et la bête galopèrent vers moi, de plus en plus près jusqu'à ce que je puisse voir le large sourire de Dominic. Il se pencha pour dire quelque chose à Rio, puis le cheval donna un coup de queue et caracola, avant de s'arrêter doucement à quelques mètres de l'endroit où je les attendais.

— Hé, lança Dominic avare de mots, comme à son habitude.

Avant, cela m'agaçait, mais à présent, j'étais capable de lire entre les lignes.

— Je dois te parler, lui dis-je.

— D'accord.

Il caressa le cheval, mais son regard resta sur moi.

— Attends que j'aie pansé Rio.

Je glissai en bas de la barrière, admirant la manière gentille de Dominic de murmurer à l'animal alors qu'il détachait la bride et retirait la selle. Je ne pouvais pas entendre ses propos pendant qu'il frottait le dos en sueur de Rio, mais à l'évidence Rio comprenait parce qu'il fit fouetter sa queue brune comme s'il le remerciait.

Ce n'est qu'après que Dominic eût donné un sceau d'avoine à Rio et mené à un abreuvoir qu'il revint enfin vers moi.

— Sabine, dit-il, enserrant mes mains dans ses paumes calleuses et m'attirant à lui.

C'était tellement naturel, facile, et je me moulais parfaitement dans ses bras, comme si nous avions été ensemble dans des vies antérieures. Il leva mon menton avec une douce caresse de son pouce, puis murmura encore une fois mon nom en relevant mon visage vers le sien. Pendant que ses lèvres caressaient les miennes, le monde sembla s'arrêter. Les sons et les inquiétudes s'évanouirent jusqu'à ce que je ne sois consciente que de Dominic…, puis la réalité revint s'imposer d'un seul coup.

— Dominic, j'ai reçu un appel paniqué de madame DeMarco, dis-je en m'écartant avec réticence. Elle s'inquiète pour Josh.

— Josh DeMarco?

Dominic se renfrogna. Mon ancien petit ami et mon amoureux actuel ne pouvaient pas se sentir.

— Il est parti quelque part.

— Tant mieux pour lui.

— Mais pas pour sa famille — ni pour son chien, ajoutai-je en secouant la tête d'un air sombre. Cheval ne veut rien manger.

— Oh.

L'hostilité de Dominic se mua en inquiétude.

— Cela pourrait devenir sérieux.

Lorsque j'expliquai que madame DeMarco aurait besoin d'aide avec Cheval, Dominic s'était déjà mis en mouvement, sortant ses clés de sa poche et me faisant signe de me diriger vers son camion. Je me dépêchai et sautai sur le siège passager. Pendant le trajet vers le quartier huppé de Josh, je racontai à Dominic le peu que je savais sur la condition de Cheval.

Dix minutes plus tard, Dominic freina brusquement, glissant de quelques mètres sur la chaussée glacée, avant de se garer de travers en face de la maison de Josh. Il bondit hors du véhicule et claqua la portière, puis passa de l'autre côté pour m'ouvrir la porte et me donner un coup de main. Bien que j'adore tenir sa main, cela me parut étrange juste devant la résidence de mon ancien petit ami, alors je m'arrêtai et ajustai la fermeture éclair de mon manteau.

Mon regard glissa vers la maison à deux étages à côté de celle des DeMarco —, et je surpris un mouvement à la fenêtre. Je clignai des yeux, puis ne vis qu'un rideau immobile. Pourtant, les picotements sur ma peau m'avertirent que quelqu'un m'avait observée. J'avais une bonne idée de son identité : Evan Marshall, le meilleur ami de Josh et mon pire ennemi.

Toutefois, si Evan voulait perdre son temps à épier, c'était son problème. Je pivotai et rattrapai Dominic, sur la véranda, juste au moment où la porte s'ouvrait.

— Merci d'être venu, dit madame DeMarco, prenant mon bras tout en nous guidant à l'intérieur de sa demeure.

Elle était pâle sans son habituel rouge à lèvres rouge cerise, son fard à joues et son mascara. Ses cheveux étaient rassemblés à la vavite en queue de cheval, et non lissés en un chignon élégant. Je lui présentai rapidement Dominic.

— Il comprend les animaux mieux que personne que je connaisse, ajoutai-je.

— J'ai tout essayé, mais sans succès.

Dominic penserait à quelque chose, lui avais-je assuré.

J'avais encore de la difficulté à croire que Josh abandonnerait son chien. Il adorait tellement Cheval qu'il gardait des photos de lui dans son portefeuille et, au lieu des sorties dîner et cinéma, nous avions souvent piquenniqué et joué au Frisbee dans un parc à chiens.

Madame DeMarco nous guida à travers le salon et la cuisine jusqu'à la double porte en verre menant à la cour arrière.

— Cela fait tellement pitié à voir, ce gentil chien allongé là comme s'il mourait. Il ne veut rien manger et ne rien faire.

Dominic ne perdit pas de temps et sortit voir Cheval, mais je m'attardai dans le cadre de porte, attendant de parler en privé avec madame DeMarco. Elle restait là, simplement, une main posée sur la porte vitrée, son expression distante. J'avais le fort sentiment qu'elle pensait à Josh.

Je me concentrai sur ce sentiment, fixant intensément son visage jusqu'à ce que je perçoive une aura, saignant de rouges flamboyants, d'oranges et de verts fatigués, toutes ces couleurs tourbillonnant dans un schéma de peur.

Ensuite, sans prévenir, mon monde bascula et se brouilla. Je fus arrachée à mon être physique, tournoyant étourdiment comme la poussière dans un cyclone et propulsée loin de mon corps. Je volais, dans une masse indistincte d'âmes sans visage et de murmures confus.

Lorsque tout ralentit, je n'étais plus avec la mère de Josh.

Au lieu, je vis Josh.

Il se tenait près d'une fenêtre. Dehors, des pins disparaissaient dans les nuages, mais à l'intérieur, un foyer réchauffait une vaste pièce rustique avec un imposant ameublement en bois. Des bougies brillaient. En arrière-plan, des personnages revêtus de grandes capes étaient regroupés autour des flammes crépitant dans l'âtre en briques, leurs voix baissées dans une conversation intense.

Les cheveux de Josh étaient lissés loin de son visage dans un style démodé. Il était habillé comme s'il se rendait à une fête costumée, avec un élégant pantalon noir, une chemise bleue soyeuse avec des manches bouffantes et un veston en velours noir. Il tenait délicatement un couteau très orné entre ses mains, presque avec révérence, le tournant et le retournant avec une expression grave, comme s'il méditait.

Pendant qu'il murmurait des mots bizarres aux accents étrangers, le regard de Josh se concentra sur l'arme blanche. Il était totalement absorbé, ses yeux brillants, en extase. Puis, il leva lentement le couteau très haut au-dessus de sa tête. Le bout tranchant argenté refléta le rouge orangé des flammes et vacilla dans les airs.

Ensuite, avec un brusque mouvement en avant, Josh plongea le couteau vers l'intérieur.

Et il enfonça la lame dans son torse.

2

Étourdie et le souffle court, je réintégrai violemment mon corps physique, agrippant la porte vitrée coulissante avec des mains aux jointures blanches. Quelques secondes seulement s'étaient écoulées pendant ma vision.

— Sabine, qu'est-ce qui ne va pas ?

Madame DeMarco passa gentiment un bras autour de mes épaules.

— Tu trembles.

— Je vais bien. J'ai juste… hum…

Je ne pouvais *pas* expliquer les voyages astraux et les visions paranormales à la mère de Josh.

— Je suis prise de vertiges, lorsque j'oublie de manger.

— Ma pauvre enfant. Ma mère souffrait de problèmes de baisse de taux de glycémie et elle ne pouvait pas sauter un repas non plus sans tomber malade. Tiens, ceci devrait aider.

Elle prit un bol de fruits frais sur le comptoir de cuisine et me le tendit.

J'avais manqué le petit-déjeuner et je ressentais un peu la faim, je pris donc une pomme. La mère de Josh m'observait avec inquiétude, alors après avoir croqué quelques bouchées, je lui assurai que je me sentais beaucoup mieux.

Mais c'était faux —, j'étais terrifiée pour Josh.

Mes visions prédisaient habituellement l'avenir ou donnaient des aperçus du passé. Quelques mois auparavant, après avoir eu une vision d'un tatouage ensanglanté d'une libellule, j'avais rencontré une fille avec exactement le même tatouage. Et récemment, alors que je dormais, j'avais fait un voyage astral pour épier Jade, c'est-à-dire « ma demi-sœur-surprise ». (Tout ce que je savais sur Jade, c'est que nous partagions le même père et que nous nous ressemblions suffisamment pour passer pour des jumelles. Naturellement, nous nous étions détestées au début, mais nous avions appris à mieux nous connaître après que mes dons paranormaux avaient contribué à résoudre un meurtre qui s'était déroulé chez elle.)

Néanmoins, ma vision à propos de Josh ne ressemblait à aucune de mes expériences précédentes. Il n'avait pas l'air de lui-même, drapé dans ce costume démodé, comme s'il assistait à un bal costumé. Par ailleurs, une fête pourrait expliquer les personnages vêtus de capes près du foyer. Toutefois, avec tous ces gens dans la pièce, pourquoi personne n'avait-il empêché Josh de se poignarder lui-même ?

Déposant ma pomme sur le comptoir de cuisine, je me tournai vers madame DeMarco.

— Vous vouliez parler de Josh, lui rappelai-je.

— J'ai déjà discuté avec presque tous ses amis, mais personne ne sait rien. J'espérais que tu pourrais penser à quelque chose que Josh aurait dit ou que tu aurais entendu de quelqu'un d'autre.

Je secouai la tête. Mes amis étaient assez avisés pour ne pas mentionner Josh. Enfin, sauf Penny-Love, la reine autoproclamée des ragots. La semaine dernière, elle m'avait raconté une folle rumeur selon laquelle Josh était tellement malade que le gouvernement l'avait placé en quarantaine dans un hôpital souterrain secret. Ensuite, son petit ami qui se donne un genre artiste s'était lancé sur le sujet des pandémies et avait déclaré que les amis de Josh devraient aussi être isolés. Il a même sorti un papier et m'a demandé des noms! Mais, je lui ai cloué le bec en lui faisant remarquer que Penny-Love faisait partie des amis de Josh et qu'elle devrait également être en quarantaine.

— Sincèrement, je ne sais rien, dis-je à madame DeMarco. Depuis combien de temps exactement Josh est-il parti?

— Huit jours.

Des larmes coulèrent sur ses joues.

Je la guidai doucement vers la table et la fit asseoir sur une chaise en bois. Je lui offris une serviette en papier pour sécher ses yeux, puis je m'installai à côté d'elle, me penchant en avant sur ma chaise et lui lançant un regard grave.

— Je vous en prie, dites-moi ce qui s'est passé.

Madame DeMarco tapota ses yeux avec la serviette.

— Dans la note de Josh, il nous a demandé de ne pas le chercher. Son père et moi avons supposé qu'il serait de retour dans quelques jours. Je ne voulais pas que ses notes en souffrent, je l'ai donc protégé en déclarant à l'école qu'il était malade et en passant prendre ses devoirs. Chaque fois que le téléphone sonnait, j'étais certaine que ce serait Josh. Mais, cela fait plus d'une semaine, et toujours rien. J'ai peur... peur qu'il lui soit arrivé quelque chose.

— Josh n'a-t-il pas dit où il se rendait?

— Non.

— Sa voiture est toujours ici, alors il doit être parti avec un ami. Une idée de qui ça pourrait être?

— Arturo.

— L'étonnant Arturo?

Josh était l'apprenti du célèbre magicien.

— Sa note nous informait qu'il était avec Arturo, mais pas où il allait. Je n'arrête pas de me demander si j'ai fait quelque chose pour l'inciter à partir…

Sa voix se cassa, et je m'inquiétai de la voir s'effondrer. Depuis qu'elle avait perdu son fils aîné dans un tragique accident de voiture, madame DeMarco se montrait très protectrice envers Josh.

— Ne jetez pas le blâme sur vous, ce n'est pas votre faute, lui assurai-je.

«Mais, ce pourrait être la mienne», pensai-je, me rappelant les derniers mots de Josh à mon endroit. Avait-il eu le cœur assez brisé pour s'enfuir? Étais-je responsable des larmes de sa mère?

— Pourquoi n'a-t-il pas téléphoné? demanda madame DeMarco. Evan lui-même n'a pas eu de nouvelles, et ces deux garçons sont plus proches que des frères. Et si mon Josh avait été attaqué ou s'il gisait blessé quelque part sans personne autour pour le secourir? Au début, j'étais certaine que Josh rentrerait à la maison, puisqu'il n'avait pas pris sa voiture, son téléphone ou son ordinateur portable.

Mais après une semaine… Je ne sais plus que penser.

— Avez-vous téléphoné à Arturo?

— Évidemment. Personne n'a répondu, alors mon mari et moi sommes allés en voiture jusque chez lui.

Les rides sur son visage paraissaient plus profondes, comme si elle vieillissait sous mes yeux.

— Que s'est-il passé?

— La maison était fermée. Aucun des voisins n'avait vu Arturo ni sa femme et ils ignoraient totalement où ils étaient partis. Je voulais déclarer Josh disparu, mais son père a dit que nous ne devions pas forcer Josh à rentrer à la maison, que nous devions accepter qu'il revienne de lui-même. J'ai confiance en Josh, mais je n'ai pas confiance en Arturo.

Je ne faisais pas confiance à Arturo moi non plus.

Et je n'arrivais pas à chasser cette vision du couteau argenté. S'agissait-il d'un aperçu d'un événement déjà passé ou d'un avertissement pour l'avenir? Si c'était un avertissement, alors y avait-il encore assez de temps pour changer la vision et sauver Josh?

— Madame DeMarco, puis-je voir la note ?

— Pourquoi ?

Elle s'essuya les yeux.

— Parce que je m'inquiète aussi.

— Je vais te la chercher.

Après qu'elle eût quitté la pièce, je me dirigeai vers la porte vitrée coulissante et regardai dans la cour arrière. Dominic rampait sur ses mains comme un chien. Cheval leva ses oreilles tombantes alors qu'il observait Dominic remuer sa tête dans une sorte de communication canine. Ensuite, Dominic se pencha vers le bol du chien et… beurk ! Dégoûtant.

Dominic mangeait des croquettes pour chien.

Je m'apprêtais à sortir, mais je m'arrêtai lorsque j'entendis des pas derrière moi.

— Tiens.

Madame DeMarco me donna un papier plié.

— Vas-y, lis-la, même si elle ne dit pas grand-chose.

Je dépliai la feuille de papier lignée et baissai les yeux sur le court message rédigé à la main :

Je pars avec Arturo. Prenez soin de Cheval.
Ne me cherchez pas.
Je vous aime, Josh.

Je retournai la note, espérant plus, mais ne trouvai qu'un papier vierge.

— Je t'ai prévenu que ce n'était pas d'une grande aide.

Madame DeMarco se frotta le front comme si elle commençait à avoir mal à la tête.

— La note n'indique pas où ils sont allés ou combien de temps ils seront partis ou la raison de tout ce secret.

— Tout ce qui concerne Arturo est secret, répliquai-je amèrement, me rappelant les silences de Josh chaque fois que le nom d'Arturo venait sur le sujet.

Je n'avais jamais rencontré le maître de Josh, mais je savais qu'Arturo accueillait Josh dans le monde mystérieux des magiciens. Josh s'était même fait tatouer les initiales « PFC » et refusait de me révéler ce qu'elles signifiaient.

M'écartant de la mère de Josh, j'étudiai la note. L'écriture paraissait la sienne, mais Josh ne manquait habituellement pas autant de considération pour ses parents. Il m'avait confié que ses derniers avaient encore de la difficulté à accepter la mort de son frère, alors il essayait d'être là pour eux. Il ne se plaignait pas et ne se rebellait pas, lorsqu'ils se montraient sur-protecteurs, et il était toujours attentionné et respectueux. Partir sans prévenir ressemblait très peu à Josh.

Faisant courir mes doigts sur ses mots écrits, je fermai les yeux et tentai de provoquer une vision. Mais il ne se passa rien. Mes talents psychiques ne venaient pas avec une caracté-ristique *Sur demande*. Comme c'était ironique que je ne pusse pas prédire mes propres pré-dictions. Quelle était l'utilité d'être voyante, si je ne pouvais pas maîtriser cette aptitude ?

Pendant un long moment, je m'étais rebellée contre ce don. J'ignorais mes visions, prétendant que la mèche sombre dans mes cheveux blonds n'était pas la marque d'une prophétesse et que j'étais une fille normale. J'étais acceptée dans le groupe populaire à l'école, ma meilleure amie était une meneuse de claque, et je sortais avec Josh, un gars ultra populaire. Cependant, je ne pouvais pas conti-nuer à faire semblant et à me mentir à moi-même, alors j'avais enfin accepté mes aptitudes, et lorsque mon don pouvait aider quelqu'un, j'étais vraiment contente. Tout de même, ne pas pouvoir accéder à mes talents lorsque je le voulais me rendait folle.

As-tu oublié de m'interroger ? lança une voix insolente dans ma tête.

«Opal ?» demandai-je sans parler, puisque ma guide spirituelle pouvait entendre mes pensées.

Fermant les yeux, je visualisai sa peau mordorée, sa majestueuse chevelure relevée et ses sourcils foncés arqués d'un air critique.

«Tu es là ?»

Je suis toujours proche, même si ma présence n'est pas évidente pour ceux qui n'ont que des yeux, et pas la vision de voir au-delà, dit-elle.

Un simple «oui» aurait convenu. Mais alors, Opal ne rendait jamais les choses faciles.

«Peux-tu m'aider à trouver Josh ?»

L'aide a une abondance de significations, et pour que les portes des réponses s'ouvrent, tu devras parcourir le bon chemin vers une destination que tu n'aurais jamais imaginée.

Comme d'habitude, elle me laissait perplexe.

« Quelle porte et quel chemin ? »

Lorsque tu plisses le front ainsi, tu sembles plus vieille.

« Un fantôme de trois cents ans me dit que *moi*, j'ai l'air vieille ? »

Ne montre pas ton impertinence, jeune femme, et suis mon conseil de près, si tu souhaites favoriser la perspicacité dans les affaires qui t'ennuient.

« Josh a disparu. Je t'en prie, aide-moi simplement à le trouver. »

Suggère à cette femme que ce serait éclairant pour toi d'examiner la chambre de son fils.

Hein ? J'ai dû réfléchir une minute, pour comprendre ce qu'Opal voulait dire. Parfois, je me demandais si nous parlions le même langage.

— Madame DeMarco, commençais-je en me retournant. Verriez-vous un inconvénient à ce que je jette un coup d'œil dans la chambre de Josh ?

— Pourquoi ?

Elle repoussa de son visage une mèche folle de cheveux brun clair.

— Il pourrait s'y trouver un indice à propos de l'endroit où il s'est rendu.

— J'ai déjà fouillé sans rien découvrir. Tout ce qu'il a laissé, c'est cette note.

Elle tendit la main.

— Puis-je la ravoir ?

Hochant la tête, je lui remis le papier. Elle le tint délicatement dans sa paume, faisant courir ses doigts dessus, puis le plia deux fois et le rangea dans la poche de sa jupe.

— Si je regardais la chambre de Josh, je pourrais me souvenir de quelque chose qui pourrait contribuer à le retrouver. Je promets de faire ça vite.

— Merci de t'en soucier.

Son regard glissa vers la cour arrière.

— Pendant que tu fais cela, je vais sortir vérifier comment va ton ami. Est-ce que je vois des choses, ou rampe-t-il à l'intérieur de la niche de Cheval ?

— Dominic met vraiment la main à la pâte, lorsqu'il s'agit des animaux.

Pendant qu'elle sortait, je descendis le couloir, passant la salle familiale où Josh et moi avions regardé des DVD sur le grand écran de télévision et joué à des jeux vidéo. Malgré notre rupture, je le considérais toujours comme un ami. Il pouvait me détester, à présent, mais tout ce que je ressentais, c'était de la tristesse… et de la peur.

La chambre à coucher de Josh n'avait pas changé, sauf qu'elle était plus propre —, il y avait des marques fraîches d'aspirateur sur le tapis brun coquille de noix, et je sentis l'odeur d'un désodorisant floral pour la maison. Un mur était couvert d'affiches de vedettes du basket-ball et un autre arborait une grande éta- gère avec des trophées sportifs et des photos encadrées d'amis et de la famille. Je reconnus une photo bouleversante de Josh avec son frère, probablement prise seulement quelques mois avant l'accident. Il y avait également une photo d'un homme chauve distingué portant un veston noir avec des bordures argentées, debout à côté d'une mince femme blonde qui semblait se fondre dans le décor. Pouvait-il s'agir de l'étonnant Arturo et de sa femme?

Je poursuivis ma fouille, vérifiant le sac à dos de Josh, qui ne contenait rien d'inhabituel. Suspendues à un petit crochet, il y avait des laisses pour la promenade de Cheval. J'avais beaucoup fait cela avec Josh et je finissais habi- tuellement par rire lorsque Cheval galopait

devant et que nous devions courir pour rester
à sa hauteur.

Il y avait une si grande partie de la vie de
Josh dans cette pièce…, moins Josh.

Après avoir examiné les tiroirs et le placard, puis rampé pour jeter un coup d'œil sous
le lit, je dus abandonner. Il n'y avait pas d'indices cachés à propos du lien entre Josh et
Arturo. La seule chose « magique » que je
découvris, dans une boîte sous une perruque
multicolore de clown et une paire de grandes
chaussures molles, fut une baguette magique
tape-à-l'œil encerclée de bijoux en plastique et
munie d'un bout en faux diamant.

Si cette baguette était magique, alors j'étais
Houdini.

Tout de même, il y avait une drôle d'aura
autour de cette baguette. Alors que je l'avais
dans la main, une chaleur se répandit dans
mes doigts jusqu'à ce qu'elle résonne comme le
tonnerre dans ma tête, puis tout s'obscurcit, les
formes se modifiant. Dans mon esprit, je vis
une belle femme. Elle avait des yeux sombres,
couleur saphir, une peau dorée, et ses cheveux
cuivrés brillants étaient retenus par une bar-
rette en or de sorte qu'ils cascadaient sur son

dos comme une chute en flamme. Elle se tenait sur une estrade en bois poli, peut-être une scène. Elle portait une veste ornée de pierres précieuses sur de la soie rose qui me rappelèrent la façon de se vêtir des filles de harem dans les vieux films. Elle fit une pirouette comme une danseuse, puis agita une baguette décorée de bijoux au-dessus d'une boîte oblongue — un cercueil. Sous une bouffée de fumée bleue, le couvercle du cercueil s'ouvrit, et une main sortit de l'intérieur, brandissant un mouchoir. J'entendis des applaudissements et compris que cette femme n'était pas seulement une danseuse —, elle était magicienne.

Puis, l'image disparut, et je tenais simplement une imitation bon marché de la baguette ornée de pierres précieuses de ma vision, debout dans la chambre à coucher de mon ancien petit ami, perplexe. Qui était la femme et quel était son lien avec Josh ?

— Opal, dis-je à voix haute, un coup de main me serait utile là.

Lève ton regard pour voir au-delà du rideau de ta propre prévision.

« Au-delà de quel rideau ? En français, s'il te plaît. »

Ta connaissance du français est bien loin de l'exactitude de sa forme originale, mais je suis prête à ignorer tes limites. Tu passes à côté de l'évidence, aussi, t'attendant à trouver des réponses dans des objets inanimés, au lieu de suivre le souffle d'une piste vivante. Les liens de naissance sont plus contraignants que tu ne le réalises, mais les réponses arrivent lorsque les liens sont rompus et les cœurs ouverts.

Cela devait être la plus illogique absurdité que je n'avais jamais entendue. Si Opal avait un corps solide, je lui lancerais quelque chose.

Au lieu, je réfléchis à ses paroles. Sa phrase à propos d'un « rideau » me fit lever les yeux sur le rideau bleu foncé couvrant la seule fenêtre de la chambre de Josh.

Les rideaux ne se fermaient pas hermétiquement, et je pouvais voir le vert foncé de la maison des Marshall à côté.

Hum… que savait Evan à propos de Josh ? Était-ce à cela qu'Opal faisait allusion ? Cela ne m'étonnerait pas d'Evan de mentir aux DeMarco. Je parierai qu'il savait exactement où

Josh était parti. Evan Marshall n'en avait rien à cirer si Cheval se laissait mourir de chagrin ou si les DeMarco étaient malades d'inquiétude —, il ne se souciait que de lui-même.

Pendant que j'observais, la porte avant s'ouvrit, et Evan sortit sur la véranda, se tournant pour tendre la main vers quelqu'un derrière lui. Écartant davantage le rideau, je vis une fille se glisser dans les bras d'Evan, ses longs cheveux roux ondulés provoquant une choquante identification. Je ne pouvais pas voir son visage, seulement son dos mince alors qu'elle se penchait vers Evan, leurs bras s'entrecroisant. Elle se moula contre son torse, leurs visages se rapprochant, s'embrassant.

Lorsqu'elle se tourna, je vis son visage.

Un visage ressemblant beaucoup au mien.

Ma demi-sœur, Jade.

3

Pour m'assurer que je n'hallucinais pas, je clignai des yeux à quelques reprises. Mais, *c'était*
ma demi-sœur collant ses lèvres sur celles de
mon ennemi numéro un. Pas une fois elle
n'avait mentionné Evan dans ses textos.

Depuis combien de temps se voyaient-ils ?

Le mois dernier, quand Jade avait flirté
avec Evan durant la sortie de camping et randonnée à cheval, j'avais pensé qu'elle le

draguait seulement pour m'agacer. Cela avait fonctionné, en plus. Toutefois, nous avions survécu à des moments effrayants ensemble et surmonté nos difficultés. Jade avait admis avoir été jalouse de moi, et j'avais également confessé mes propres problèmes de jalousie, car elle était dans les faits la fille aînée de mon père à ma place. Après la sortie de camping, papa était aussi passé aux aveux, révélant à maman qu'il avait une fille «secrète» —, ce qui entraîna une avalanche de réactions dramatiques. Cependant, vivre à plus de cent soixante kilomètres d'eux dans la ferme de Nona m'avait facilité les choses pour rester en dehors de cela et, en privé, j'essayais de forger une amitié avec Jade à travers les textos et les courriels. Nous parlions de l'école, des amis et de notre intérêt mutuel pour l'escrime.

J'avais pensé que tout était bien entre nous. J'imagine que non.

Je détestais Jade pour avoir menti. Pire encore, je me haïssais de l'avoir crue.

Bon, j'en avais eu assez de ses mensonges. Je sortis d'un pas lourd de la chambre de Josh. J'accélérai, courant à travers le couloir et le salon. La porte avant claqua derrière moi, et je restai debout un moment en frissonnant. Toutefois, le choc de l'air glacial ne pouvait pas se comparer à mes émotions brûlantes. Je partis furibonde sur le sentier reliant les deux maisons, ne réalisant pas que je tenais encore la baguette en plastique de mauvaise qualité de Josh jusqu'à ce que j'aperçoive ma main. Bon marché et fausse —, exactement comme ma demi-sœur. Glissant la baguette dans une poche de mon manteau, je m'arrêtai brusquement à quelques mètres du couple s'embrassant.

— Jade.

Je murmurai à peine son nom, mais cela eut l'effet d'un coup de tonnerre, se taillant un chemin à travers la pelouse avec une force suffisamment étonnante pour les séparer.

— Sabine !

Les joues de Jade rougirent jusqu'à devenir d'une couleur presque aussi vive que ses cheveux.

— Que fais-tu ici ?

— Elle empiète sur une propriété privée, cracha Evan, tendant une main de propriétaire vers Jade. Va-t-en.

— Je vais partir une fois que j'aurai parlé à ma *demi*-sœur.

Je mis l'accent sur le «demi», comme si je jurais.

— Sabine, ce n'est pas un bon moment, déclara Jade avec une sécheresse qui fit mal. Nous discuterons plus tard, d'accord?

— Non, pas d'accord. Ne peux-tu pas dire la vérité à propos d'Evan et toi? Je pensais que nous étions… enfin…, tu sais.

— Ma relation avec Evan n'a rien à voir avec toi.

— Tu m'as dit que tu sortais avec un gars de ton cours d'escrime. Evan ne fréquente même pas ton école.

— J'ai donc menti.

Jade haussa les épaules.

— Ce n'est pas bien grave.

— Ce l'est pour moi.

— Je savais que tu surréagirais, exactement comme tu le fais maintenant. C'est pourquoi je ne te l'ai pas dit.

Ses mots sortirent avec rudesse, mais son regard s'adoucit.

— Ce n'est pas comme si je m'attendais à te voir ici.

— Je ne m'attendais pas à te voir non plus, l'accusai-je. Ton dernier texto disait que tu avais tellement de devoirs que tu restais à la maison tout le week-end — à plus de cent soixante kilomètres d'ici.

— Et le tien disait que tu allais faire des courses pour Noël.

Elle balaya sarcastiquement l'air de ses bras.

— Plutôt loin du centre commercial, n'es-tu pas ? M'épiais-tu encore une fois ?

Je tressaillis au mot « encore », puisque lorsque j'ai appris que papa avait une fille secrète, j'avais espionné Jade.

— Je n'épiais pas, rétorquai-je, levant mon menton comme si je me foutais de ce qu'elle disait ou pensait de moi. J'étais chez les DeMarco et j'ai regardé par hasard par la fenêtre.

— Les DeMarco ?

Evan avança d'un pas vers moi avec un regard féroce.

— Que faisais-tu là ?

— Madame DeMarco m'a invitée.

— Tu mens. Elle ne le ferait pas.

— Oui, elle l'a fait. Elle s'inquiète à propos de Josh et elle voulait mon aide.

— Foutaise. Tu es la dernière personne qu'elle souhaiterait voir… après ce que tu as fait.

— Je n'ai rien fait, sauf essayer d'aider — ce qui est plus que ce que tu fais.

Un vent impétueux me lacéra, mais je ne bougeai pas.

— Si quelqu'un sait où se trouve Josh, ce devrait être toi, mais tu ne l'as pas dit à ses parents.

— Ce n'est pas moi qui ai chassé Josh.

Evan me pointa du doigt.

— C'est Josh qui a rompu avec moi, et non l'inverse !

— Tu es sur la défensive, non ? Bien, tu mérites de te sentir coupable. Tu l'as poussé trop loin. Il t'avait placée sur un piédestal, insistant sur le fait que tu étais une fille douce et merveilleuse. Je l'ai prévenu, mais allait-il écouter son meilleur ami ? Non, il t'a crue. Quand il a découvert que j'avais raison, que tu lui avais menti, il a été démoli.

— Je n'ai jamais voulu lui faire de mal. J'ai essayé d'expliquer.

— Expliquer quoi ? Que tu es une vache menteuse et tricheuse ?

— Ev, c'est sévère.

Jade tira sur le bras d'Evan.

— Arrête tout de suite et allons à l'intérieur. Je commence à avoir froid.

— Je n'en peux plus que tout le monde
croie ses mensonges.

Evan cracha les mots.

— Sois prudente, Jade, ou ta demi-sœur
tordue t'entraînera dans ses perturbations.
As-tu une petite idée du genre de truc mer-
deux auquel elle s'adonne ? Josh l'a surpris en
train d'invoquer des esprits maléfiques pendant une séance.

Je lançai un regard à Jade, mais elle
détourna rapidement les yeux sans répondre.
J'imagine qu'elle n'avait pas mentionné à Evan
que ma grand-mère avait organisé cette séance
pour elle. L'esprit pas du tout maléfique qui
avait été convoqué avait été son bien-aimé
beau-père.

— Je n'ai rien eu à voir avec le départ de
Josh, insistai-je. Il est parti avec Arturo.

— Pour s'éloigner de toi.

Evan cracha par terre.

Je trébuchai en arrière, comme si j'avais été giflée. Je ne croyais pas cela… Je ne voulais pas le croire.

— Tu es responsable.

Evan resserra ses mains en poing comme s'il voulait me frapper.

— Et maintenant, tu as le culot de dire que je mens, que je ferais du mal à la famille de mon meilleur ami ? Sa famille est aussi ma famille. Tu es sorti avec Josh seulement quelques mois, mais je suis son ami depuis que nous sommes enfants. J'ai vécu l'enfer avec lui après la mort de son frère. Je le connais mieux que personne.

— Exactement ! m'exclamai-je, pointant à mon tour mon doigt directement sur lui. Tu le connais si bien, tu dois savoir où il se trouve.

— Me refiler la responsabilité ne te sortira pas des ennuis, cette fois-ci, me prévint Evan. Par respect pour Josh, je n'ai jamais révélé tes étranges habitudes à personne à l'école. Je n'ai plus aucune raison de me retenir, à présent. Je vais dire à tout le monde que tu es une vache sans cœur.

— Détend toi, Ev.

Jade tendit la main, touchant le bras d'Evan.

— Sabine *est* ma sœur.

— La demi-sœur princesse gâtée que tu ne peux pas sentir. N'est-ce pas ce que tu m'as dit?

— Bien… Je n'ai pas exactement…

— Jade?

La douleur brûla en moi.

— Tu as dit cela?

— Pas dans ces… enfin… Je ne voulais pas dire…

— Que voulais-tu dire, exactement? l'interrompis-je.

— Je plaide le cinquième amendement[1].

Jade croisa les bras sur sa poitrine.

Sa réponse, qui était clairement destinée à me rappeler que nous partagions le même père avocat, me mit tellement en colère que je pus à peine parler.

Evan glissa son bras autour de Jade, l'attirant plus près.

— Laisse tomber, Jade. Elle n'est pas importante. Rien n'importe vraiment, sauf ramener Josh à la maison.

La tristesse sincère dans son ton me surprit.

---

1. N.d.T. : Le cinquième amendement de la Constitution des États-Unis protège les gens contre l'obligation de témoigner contre eux-mêmes dans une affaire criminelle.

— Tu ignores véritablement où il se trouve ? demandai-je.

— Si je le savais, il serait déjà de retour.

L'hostilité d'Evan transparut de nouveau, et son aura brilla de teintes tristes de jaune et de mauve, comme si sa psyché était blessée.

— Si tu es réellement une voyante, regarde dans ta boule de cristal ou quoi que ce soit d'autre d'étrange que tu fais et trouve-le.

— Tu ne crois pas aux voyantes, dis-je sarcastiquement.

— C'est vrai, particulièrement en ce qui te concerne. Mais, Josh est parti depuis trop longtemps, et cela ne lui ressemble tout simplement pas. Si tu as un quelconque pouvoir bizarre qui peut le trouver, alors vas-y et prouve que j'ai tort.

— Je ne peux pas provoquer les choses.

— Précisément ce que dirait un imposteur.

— Ce que tu penses ne me dérange pas.

— Cela le devrait, me menaça-t-il avec une hostilité renouvelée. Si Josh n'est pas rentré pour Noël, je m'assurerai que tout le monde à l'école soit au courant de tes rituels de magie noire et de la manière dont tu t'es servi du vaudou pour tuer un joueur de football à ton ancienne école. Lorsque j'aurai fini, tu n'auras plus d'amis —, pas même cette séduisante meneuse de claque avec qui tu traînes.

Je voulais soutenir que Penny-Love était ma meilleure amie et qu'elle resterait à mes côtés, peu importe les événements. Cependant, je ne lui avais jamais parlé de mon don psychique, et elle pouvait se montrer un peu superficielle, quand il s'agissait de popularité. Je ne retenais pas cela contre elle, comprenant trop bien ce que c'était que de ne pas être à sa place. Être voyante avait ruiné ma réputation à mon école précédente, et tous mes amis — même ma toute meilleure amie — s'étaient retournés contre moi.

Et cela pouvait se reproduire.

4

Quand Evan tira Jade dans la maison, elle ne voulut pas me regarder. Elle partit simplement avec lui, prouvant que ma première impression d'elle avait été la bonne. Elle était peut-être la demie d'une sœur, mais elle n'était pas le quart d'une amie.

La porte claqua.

Frigorifiée à l'intérieur comme à l'extérieur, j'enroulai mes bras autour de moi. Cependant,

peu importe la force de mon étreinte, émotion-
nellement, je tombais en miettes. Evan m'avait
accusée de la chose que je craignais secrète-
ment; que j'étais responsable de la disparition
de Josh! Si quelque chose de terrible arrivait à
Josh, ce serait ma faute.

Lentement, je me retournai vers la maison
des DeMarco, essayant de trouver une façon
d'arranger les choses. Je songeai à ce que je
savais :

- Josh était parti quelque part avec
  Arturo plus d'une semaine auparavant.
- Il n'avait pas emporté son téléphone,
  des vêtements ou son ordinateur
  portable.
- Il avait dit à ses parents de ne pas le
  chercher.
- Evan ignorait où il était.
- J'avais reçu une vision de lui dans un
  bâtiment rustique avec des étrangers
  vêtus de capes.
- Le couteau. (Je ne voulais pas penser à
  ce que cela signifiait.)

Je soupirai, me sentant encore plus confuse.

Je n'avais avancé que de quelques pas quand j'entendis Dominic crier quelque chose depuis la cour arrière des DeMarco.

Alarmée, je courus à la clôture de côté et entrai rapidement dans le jardin. Dominic était là près de la niche. Il se tourna vers moi, un sourire triomphant sur le visage.

— Regarde ça.

Il pointa Cheval, qui était debout sur ses quatre pattes dégingandées et agitait sa queue en s'alimentant dans son bol à chien.

— Il mange! me réjouis-je.

— Génial, hein?

— Plus que génial. Tu es extraordinaire.

J'avançai vers Dominic, souriant. Il ouvrit les bras, et je tombai dedans, serrant fort. Il m'étreignit en retour avec une telle chaleur que la température de mon corps s'éleva. Nous partageâmes un regard, un peu comme un signet pour retenir notre place, afin que nous puissions revenir à cet instant lorsque nous serions seuls.

M'écartant, je tendis la main et frottai Cheval derrière les oreilles. Le chien agita sa queue et continua à croquer sa nourriture. Dominic alla à la porte arrière et appela madame DeMarco. Quand elle sortit et vit que Cheval mangeait, elle haleta de surprise.

— Tu as réussi ! Oh, mon Dieu, j'arrive à peine à le croire. Tu es un faiseur de miracles ! dit-elle à Dominic.

— Je n'ai pas fait grand-chose.

Dominic haussa les épaules, comme s'il était gêné.

— Surveillez-le et donnez-lui beaucoup d'attention, et il devrait bien aller.

— Je te remercie infiniment, affirma-t-elle.

Elle offrit de rémunérer Dominic au même taux qu'un vétérinaire, mais il refusa.

— Voir ce chien en santé me suffit, déclara-t-il.

Nous nous dîmes au revoir, puis quittâmes la cour arrière.

Je grimpai dans le camion de Dominic et bouclai la ceinture de sécurité. Je me sentais merveilleusement bien jusqu'à ce que mon regard glisse de nouveau vers la maison des Marshall. Alors, toutes les accusations d'Evan revinrent m'assaillirent, gâchant mon humeur. Jade et Evan ensemble, unis contre moi. Dieu que je détestais Evan. Il était plus nocif qu'une maladie infectieuse. Jade le regretterait, elle aussi, parce qu'il allait la laisser tomber comme toutes ses autres petites amies. Evan (sur-nommé « en avant, Marsh ») avait la réputation d'un joueur changeant de petite amie toutes les semaines.

Dominic suggéra de prendre quelque chose à manger, alors nous roulâmes jusqu'à un camion de tacos sur le côté de la route. Il y avait environ une demi-douzaine d'autres voi-tures garées dans le parc de stationnement gravillonné, ce qui annonçait des prix raison-nables et de la très bonne nourriture. J'ouvris la portière d'une poussée et, mes pieds faisant crisser le gravier, j'inspirai l'arôme à vous mettre l'eau à la bouche des *carne asada*[2], du riz et des fèves.

La file était longue, mais le service rapide. Nous retournâmes dans la chaleur et le confort du camion et déballâmes nos burritos. Dominic alluma la radio, abandonnant sa station country habituelle pour syntoniser ma station préférée de rock alternatif.

Mordant dans mon burrito, j'observai Dominic, songeant combien être ensemble me semblait si juste et mourant d'envie de capturer

---

2. N.d.T. : Viandes grillées.

ce moment pour l'éternité. Il avait tellement changé depuis le peu de temps que nous nous connaissions, son mur de protection et de soupçon s'abaissant. Il m'avait ouvert son cœur, et j'étais tombée dedans.

Un peu de sauce rouge coula sur le bras de Dominic, et pendant qu'il l'essuyait, j'admirai ses mains rudes et bronzées. La douceur avec laquelle ces doigts calleux pouvaient caresser ma peau m'étonnait encore. Rude et doux —, c'était Dominic.

— Merci, lui dis-je simplement.

— Pour quoi?

Il arqua un sourcil.

— D'être toi.

Je pliai l'emballage du burrito et le lançai dans le sac-poubelle suspendu près du tableau de bord du camion.

— Il n'y a pas beaucoup de gars qui auraient tout laissé tomber pour aider le chien de l'ancien copain de leur petite amie.

Dominic haussa les épaules.

— Le chien ne choisit pas son propriétaire.

— Les animaux sont toujours en première place avec toi, le taquinai-je.

— Pas seulement les animaux, dit-il avec un sourire qui me fit me souhaiter être seule avec lui dans un endroit romantique reclus, et non assise dans la cabine d'un camion en public.

— Je suis venu aujourd'hui parce que tu me l'as demandé.

— Je sais, et cela a beaucoup d'importance pour moi.

— Tu es importante pour moi.

Nos regards s'accrochèrent. Des émotions me submergèrent sous un courant violent. Je tendis la main sur la banquette et serrai la sienne, m'imaginant seule avec lui…, et bien plus. Toutefois, ce n'était ni le moment, ni l'endroit. Je pris donc une profonde respiration et redirigeai la conversation en territoire sûr.

— Tu as été formidable avec Cheval, dis-je d'un ton nonchalant. Mais, j'ai presque vomi, quand tu as mangé des croquettes pour chien.

— Pour être franc, je faisais semblant, admit-il, grimaçant comme s'il se remémorait quelque chose de pénible.

J'eus une vision fugitive d'un Dominic plus jeune, enchaîné dehors et la peau marquée par les raclées de son oncle. L'unique nourriture que son oncle lui avait donnée était des aliments pour chien —, ce qu'il avait refusé. J'avais déjà vu ce souvenir et savais que Dominic avait subi d'horribles outrages avant de s'enfuir. Je ne savais toujours pas tout ce qu'il avait enduré, mais j'en connaissais suffisamment pour comprendre pourquoi la seule chose qu'il ne mangerait pas était des croquettes pour chien.

— Bien, c'était très impressionnant, dis-je d'un ton joyeux pour alléger le moment. Madame DeMarco a dit que tu as réussi là où tous les vétérinaires ont échoué. Elle t'aurait signé un gros chèque —, tu pourrais facturer beaucoup comme faiseur de miracles pour chien.

— Quand tout tourne autour de l'argent, la vie ne vaut rien. Comme le dit Emerson : « l'argent coûte souvent trop cher. »

— Mais, tu auras besoin d'argent pour ton entreprise de maréchal-ferrant, argumentai-je, toujours impressionnée quand Dominic citait des gens célèbres.

Mon petit ami n'était pas seulement très séduisant et attentionné, il lisait également des œuvres littéraires pour le plaisir.

— Tu aimerais mieux travailler à ton compte que pour une autre personne, et de l'argent supplémentaire pourrait faire démarrer ton commerce.

— Je ne prends pas d'argent, lorsque j'aide un ami.

Je savais qu'il ne parlait pas de madame DeMarco. Cheval était son ami. Posant ma main doucement sur son bras, je hochai la tête pour indiquer que je comprenais.

— Je suis simplement contente que Cheval se porte mieux.

— Toutefois, il pourrait rechuter, si Josh ne revient pas.

Dominic démarra le camion, et du gravier vola quand nous nous engageâmes sur la route.

— Cheval s'inquiète pour Josh.

— Il t'a dit cela ?

— Ouais, quoique pas avec des mots. Dans une image mentale, il m'a montré sa laisse et Josh, ce qui signifiait que les promenades avec

Josh lui manquaient. Puis, il y a eu une vision de Josh partant en voiture de sport, laissant Cheval derrière.

— Cheval a vu Josh partir en voiture? demandai-je, m'accrochant à l'accoudoir lorsque Dominic prit un virage serré et s'engagea sur une route de campagne bordée de vignobles. A-t-il vu Arturo?

— Tout ce que j'ai perçu, c'était une vision rapide d'un jeune gars avec une queue de cheval blonde.

— Mais, Arturo est chauve. Donc, s'il n'est pas parti avec Arturo, avec qui est-il parti? Qu'est-ce que Cheval t'a dit d'autre?

— Il n'aimait pas l'odeur du gars blond.

— Une mauvaise odeur corporelle? La lotion après-rasage?

— Pas ce genre d'odeur.

Dominic secoua la tête.

— Compare cela à la façon dont tu vois les auras colorées des émotions d'une personne. Cheval a senti le *mal*.

Je me mordis la lèvre, me rappelant l'aura maléfique de la boule de cristal hantée que j'avais possédée (pour être précise, la boule de cristal m'avait possédé *moi*). J'avais aussi été en contact avec des personnes ayant une aura si sombre que leur âme vous aspirait comme dans un trou noir. Puis, un souvenir se remit en place —, celui d'un grand jeune homme squelettique avec une déroutante queue de cheval blanche fuyant la scène d'un crime.

— C'est ça !

Je claquai des doigts.

— Quoi ?

Dominic se pencha vers moi avec curiosité.

— Je sais avec qui Josh est parti !

— Qui ?

— Grey, son nouvel ami magicien. Ils se rendaient toujours ensemble à des réunions secrètes de magiciens dont Josh ne voulait pas me parler.

Plissant le front, je me souvins de ma première rencontre avec Grey, le vandale qui avait démoli La chasse aux bonbons avec un bâton de baseball. La chasse aux bonbons était une merveilleuse petite boutique de friandises, propriété de Velvet, l'amie de ma grand-mère, et j'avais entendu un horrible fracas depuis l'arrière-boutique où nous étions réunis pour une séance. Je m'étais précipitée dehors et j'avais poursuivi le vandale, mais il était parti en voiture. Je n'ai pas réalisé que le casseur et Grey étaient la même personne jusqu'au jour où Josh et moi avons rompu. J'avais prévenu Josh que Grey était dangereux, mais il avait refusé de me croire.

Et maintenant, Josh avait disparu.

Dominic ne dit pas un mot pendant quelques kilomètres, et je me demandai si ç'avait été une mauvaise idée de parler de Josh. Discuter de votre ex est probablement en tête de la liste *Quoi ne pas dire à son nouveau petit ami*. Je ne voulais pas laisser croire à Dominic que j'avais encore des sentiments pour Josh, parce que je n'en avais *vraiment pas*. Cependant, je l'aimais comme un ami, et c'était naturel de m'inquiéter pour un ami disparu. Puis, alors que je pensais à une façon d'assurer à Dominic qu'il était le seul pour moi, il me jeta brusquement un regard et dit la dernière chose au monde que je m'attendais à entendre de lui.

— Sabine, je vais me mettre à la recherche de Josh.

C'était une bonne chose que je ne conduisais pas, sinon nous aurions quitté la route pour nous écraser dans une clôture.

— Tu veux trouver mon ancien petit ami ?

— Quelqu'un doit s'y mettre, dit Dominic d'un ton neutre. Il semble que Josh se soit fourré dans une mauvaise situation. S'il ne revient pas, Cheval se laissera mourir de faim.

— Trouver Josh ne sera pas facile.

J'enroulai une mèche folle de mes cheveux autour d'un doigt.

— Il ne veut pas être retrouvé. Il est loin d'ici, parmi des étrangers vêtus de capes.

Dominic me jeta un regard perçant de côté.

— Tu as eu une vision ?

Il me connaît tellement bien. Je lui parlai donc des personnages en capes et du couteau.

— Donc, Josh pourrait être mort ? s'informa Dominic lorsque j'eus terminé.

— Non ! Il se porte bien… il le doit, dis-je, essayant de me convaincre. Cependant, quelque chose de grave pourrait se produire, alors j'ai demandé à sa mère si je pouvais examiner sa chambre à coucher.

— As-tu trouvé quelque chose ?

— Oh, j'ai trouvé quelque chose, ça, c'est certain. Mais, pas dans la chambre de Josh.

Je serrai la mèche de cheveux autour de mon doigt si fort qu'elle se brisa.

— Et pas à propos de Josh.

Dominic haussa les sourcils en signe d'interrogation. Je ne voulais tellement pas discuter de la scène déplaisante avec Jade et Evan. Mais, il s'agissait de Dominic, et je pouvais avoir confiance en lui, alors je lui racontai tout… Enfin, presque. Je ne mentionnai pas la menace d'Evan.

— Sabine, ne laisse pas ta demi-sœur te bouleverser. Partager un ADN ne signifie pas que vous devez vous apprécier.

— Aucune chance, maintenant. De toute façon, je n'en ai pas besoin. J'ai déjà deux merveilleuses petites sœurs.

— Amy et Ashley sont formidables.

Note mentale à moi-même : appeler Amy et Ashley plus tard et leur dire à quel point je les aime. Ensuite, je racontai à Dominic ma fouille de la chambre de Josh.

— J'ai touché certains des objets, mais n'ai pu sentir où il se trouvait, ajoutai-je.

— Trouver est le talent de Thorn, et non le tien, dit Dominic d'un ton neutre, parlant de notre amie gothique qui avait aidé à résoudre quelques problèmes avec son mystérieux don de psychométrie. Tout ce qu'elle avait à faire était de toucher un objet pour que son énergie envoie des informations comme un GPS automatique.

— Tout de même, j'aurais dû percevoir quelque chose, me plaignis-je. Tout ce que j'ai eu, c'est Opal me disant de regarder à travers un rideau pour découvrir des réponses. Puis, j'ai vu Jade... Bon, tu sais à quel point cela a mal tourné.

— Ta guide spirituelle a peut-être laissé entendre que Jade sait quelque chose à propos de la disparition de Josh.

— Jade ne sait que mentir, répliquai-je amèrement.

— Et Evan? En tant que meilleur ami de Josh, il sait possiblement où il est allé.

— Je pensais cela au début, mais pas tellement, maintenant.

Dominic fit tambouriner ses doigts sur le volant.

— Nous devrions demander à Thorn de faire son truc de Trouveuse dans la chambre à coucher de Josh.

Je secouai la tête.

— Elle n'acceptera pas. Tu sais comment Thorn devient bizarre à propos de son don psychique. Elle déteste que les gens en fassent une grosse affaire.

— Elle le ferait pour toi.

— Tu crois?

Je n'étais jamais certaine si Thorn m'aimait vraiment. Nous ne traînions pas ensemble à l'école et ne parlions pas beaucoup. Néanmoins, nous avions vécu des drames ensemble et semblions avoir un genre de lien.

— Thorn ne peut pas nous aider à trouver Josh, à moins que nous ne lui donnions quelque chose à toucher, ajouta Dominic alors qu'il mit en marche le clignoteur droit et tourna dans l'allée de gravier de Nona. Ce que nous n'avons pas.

— Ah non?

Je sortis la baguette en plastique de mon manteau. Je l'agitai légèrement, et le bout en diamant brilla. Cela ressemblait à un objet qu'un enfant utiliserait pour un faux spectacle de magie.

— Que dis-tu de cela?

— D'où l'as-tu eu?

— De la chambre à coucher de Josh.

Il sourit largement.

— Tu m'épates.

Son sourire fit palpiter mon cœur, et je décidai de ne pas ajouter que je l'avais prise sans le vouloir.

Rangeant la baguette dans la poche de mon manteau, j'attrapai mon cellulaire et j'envoyai un message texte à Thorn, demandant si nous pouvions nous arrêter chez elle. Je reçus une réponse presque immédiatement. Thorn dit que sa maison était un zoo de sa bruyante fratrie multipliée par leurs amis, alors elle nous rejoindrait chez Nona.

Je m'attendais à une allée déserte puisque ma grand-mère s'était absentée pour le week-end, rencontrant le chef de la direction d'une entreprise de rencontres rivale. Je fus donc étonnée de voir la voiture familiale déglinguée qu'empruntait souvent Penny-Love à ses frères aînés. Pen et moi avions parlé de prendre le centre commercial d'assaut aujourd'hui, mais pas avant cet après-midi.

Sur la véranda, Penny-Love tendait la main vers la porte, des clés dans sa main lançant un éclair argenté. Elle pivota vers nous, sa queue de cheval cuivrée bondissante.

— Sabine! appela-t-elle, venant à ma rencontre alors que je descendais du camion.

— Que fais-tu ici, si tôt?

— Nona croule sous les nouveaux clients, alors je lui ai offert de travailler quelques heures supplémentaires.

Penny-Love était une «assistante de l'amour» à mi-temps dans l'entreprise de ma grand-mère, Fusion des âmes sœurs. En plus, il s'est passé quelque chose…

— Quoi?

— Peux-tu venir à l'intérieur avec moi?

Je pouvais voir ses lèvres trembler, comme si elle allait fondre en larmes.

— J'ai vraiment besoin de parler. En privé.

Elle voulait dire pas devant Dominic, alors je me tournai vers lui.

— Est-ce que cela te dérange?

— Du tout. Je dois m'occuper de certaines tâches.

Dominic s'apprêta à partir lorsque Penny-Love l'appela.

— Attends!

— Quoi?

Dominic pivota, les sourcils levés.

— J'ai presque oublié —, un gars vêtu d'un costume sombre avec une hideuse cravate orange te cherchait.

Dominic plissa le front.

— Il a demandé à me parler?

— Pas tout à fait, mais tu es le seul Dominic que je connais. Il était ici, quand je suis arrivée, et il a déclaré qu'il était détective privé. Je lui ai demandé ce qu'il désirait, et il a dit qu'il recherchait un Dominic Sarver. Mais, ton nom de famille est Smith, du moins c'est ce que m'a appris Sabine, je lui ai donc affirmé qu'il avait le mauvais gars. Sauf qu'il veut quand même te parler. Connais-tu Dominic Sarver?

— Jamais entendu parler de lui, dit-il.

— Bien, si c'est le cas, informe-le que le détective privé veut discuter avec lui de la mort de son oncle.

— Certain.

Dominic n'affichait aucune expression, mais son aura tourbillonnait d'émotions sombres et dérangeantes pendant qu'il s'éloignait.

Penny-Love et moi partîmes vers la maison, mais des alarmes sonnaient dans mon esprit. Dominic avait dit quelque chose à propos de tâches, mais il ne se dirigeait pas vers le corral ni les enclos à bétail. Il allait dans la grange —, dans son loft.

Je m'arrêtai brusquement.

— Pen, je viens juste de me souvenir d'une chose que je dois dire à Dominic. Entre, et je te rejoins dans quelques minutes.

Puis, je me dépêchai derrière Dominic, le rattrapant au moment où il commençait à monter l'escalier vers son appartement.

— Qu'est-ce qui ne va pas? demandai-je.

— Rien.

— Ne me mens pas. Ton aura est folle de couleurs émotionnelles.

— Sabine, retourne vers Pen.

Il ne me regarda pas, son expression de marbre.

— J'ai des choses à faire.

— Ton permis de conduire est un faux, n'est-ce pas? devinai-je. Ton nom de famille n'est pas Smith. C'est Sarver.

Il serra la main courante avec force, son regard balayant les tas de foin, les sacs de nourriture et les enclos des animaux.

— Dominic Andrew Sarver, dit-il après de longues secondes. Le détective privé me cherchait et il reviendra. Sauf que je ne serai pas ici.

Sa manière de parler était tellement fataliste, comme s'il n'allait jamais revenir.

— Mais tu... Tu ne peux pas partir ! haletai-je, le choc se changeant vite en panique. C'est ta maison.

— Plus maintenant.

— Mais pourquoi ?

Ma voix se brisait... tout comme mon cœur.

— Mon oncle n'est pas mort de façon naturelle.

Dominic s'écarta de moi.

— Je l'ai tué.

5

Je suivis Dominic en haut des marches.

— Tu ne peux *pas* partir.

Il m'ignora comme si je n'étais pas là, ouvrant à la hâte des tiroirs et jetant des vêtements dans une valise.

— Dominic, sois raisonnable. Ton oncle te battait et t'enchaînait à l'extérieur, te traitant plus mal qu'un animal. Même si tu l'as vraiment tué, si tu ne t'étais pas défendu, il t'aurait tué. Tu n'avais pas le choix.

— Mon choix a été de le laisser… mort.

— Tu n'étais qu'un enfant! C'est même extraordinaire que tu aies survécu.

— J'ai eu de l'aide.

Dominic leva les yeux au même moment où le faucon s'envola de son perchoir près de la fenêtre, puis atterrit au coin de la commode. Il tendit la main et caressa doucement les plumes luisantes de l'oiseau, son regard retournant dans le passé.

— Qu'est-ce que Dagger a eu à voir avec cela? demandai-je, intriguée.

— J'étais enchaîné à côté de la niche, et il pleuvait. Mon oncle se moquait de moi en laissant seulement des croquettes pour chien. Je lui ai dit que j'aimerais mieux mourir de faim. C'est ce qui serait arrivé en plus, sauf que Dagger m'a apporté de la nourriture.

— Wow. Il est encore plus extraordinaire que je ne le croyais.

— Je lui dois beaucoup.

— Alors, permets-lui de continuer à vivre ici. Il est heureux de se reposer dans la grange et de chasser dans les bois.

— J'ai été heureux, moi aussi…, plus que je ne le mérite.

Dominic laissa retomber sa main de sur l'oiseau, puis traversa la pièce jusqu'à son placard.

Avant qu'il ne puisse mettre davantage de vêtements dans sa valise, je me déplaçai vivement et lui bloquai le passage.

— Écoute Dominic. La légitime défense est une défense légale et morale. Mon père est avocat, et je l'ai entendu discuter de cas pas tellement différents du tien. Il a défendu cette fille de dix ans qui avait poignardé son père alors qu'il étranglait sa mère. On a déclaré qu'il s'agissait de légitime défense, et tous les chefs d'accusations ont été abandonnés. Papa est un formidable avocat. Il te représenterait, si je lui demandais.

— Non.

Dominic fronçait les sourcils.

— Mais, tu as besoin de conseils légaux. Fuir n'est pas une manière de vivre.

— Ni être enfermé derrière des barreaux.

— Cela ne se produira jamais avec papa à tes côtés. Il prouvera que tu es innocent.

— Mais je ne le suis pas. Je l'ai fait.

Il s'écarta de moi, les épaules tombantes.

— Nous nous sommes battus. Je l'ai frappé fort, et il est tombé..., et il est mort. C'est quelque chose avec quoi je devrai toujours vivre. J'ai été stupide de penser que je pourrais avoir un avenir et oublier le passé. Je vais m'occuper de cela à ma façon.

— Ne peux-tu pas laisser quelqu'un t'aider juste une fois?

— Je l'ai fait... une fois. C'est ce qui m'a amené ici.

— Nona, devinai-je.

— Ouais. Elle m'a dit qu'elle avait besoin d'aide ici et que si je lui permettais de m'enseigner à parfaire mon don psychique, c'est à elle que je rendrais service. Je n'ai pas vraiment cru cela, mais je suis venu quand même. J'avais prévu de rester quelques semaines ou un mois, puis de poursuivre ma route comme toujours. Ce que je n'avais pas prévu, c'est de te rencontrer.

— Reste avec moi.

Je m'avançai plus près, tirant sa main loin de la valise et entrecroisant mes doigts avec les siens, serrant si fort qu'il ne partirait jamais.

— Tu n'as pas besoin de mes ennuis.

— Je les veux. J'en fais partie.

Je plongeai mon regard profondément dans ses yeux, l'adjurant de m'aimer assez pour rester.

— Nous pouvons trouver une solution ensemble.

Avec sa main libre, il caressa doucement mes cheveux.

— Sabine, tu n'as aucune idée à quel point je…

Sa voix s'enroua.

— Je veux rester.

— Alors, fais-le.

— C'est compliqué, murmura-t-il, levant ma main à ses lèvres et l'embrassant avec douceur. Je ne peux pas changer le passé.

Une douleur languissante brûlait en moi. Je voulais le supplier, pleurer et le menacer ; n'importe quoi pour qu'il reste.

— Je ne suis pas la seule qui a besoin de toi, dis-je. Nona compte sur toi.

— Je me suis reposé sur elle, moi aussi. Plus que tu ne le sais, ajouta-t-il d'un ton qui faisait allusion à des secrets.

— Que veux-tu dire?

— J'étais un enfant apeuré, quand j'ai rencontré Nona, et elle m'a offert de l'aide sans rien savoir de moi.

— Attends une minute. Ne m'as-tu pas dit que Nona connaissait ta mère?

— C'est ce qu'elle voulait que je prétende, puisque c'était plus logique que la vérité.

— Et la vérité? insistai-je.

— Nous nous sommes rencontrés au moment où j'essayais de trouver un foyer pour le chien de chasse de mon oncle. Je n'étais pas le seul battu par mon oncle. Il donnait des coups de pied à Volcano et l'affamait. Ta grand-mère a sauvé Volcano en lui offrant une bonne maison.

— Kano! m'écriai-je. Le dernier mari de Nona, l'artiste, avec un gentil chien noir qui le suivait partout.

— Tu te souviens de lui?

Je hochai la tête.

— J'adorais ce chien. Mais, je n'ai jamais su qu'il appartenait à quelqu'un d'autre. Je l'ai surnommé Éclaboussure parce qu'il agitait sa queue dans les peintures de mon grand-père et s'éclaboussait partout sur sa fourrure.

Parfois, la peinture atterrissait sur moi également.

Je souris tendrement, puis fronçai les sourcils en me rappelant la suite.

— Grand-papa et Kano sont décédés le même été. Nona ne s'est jamais remariée ni procuré un autre chien. Mais, c'était, genre, il y a cinq ans. Pourquoi n'es-tu pas venu ici plus tôt ?

— Nona ne méritait pas mes problèmes.

— Elle aurait voulu aider.

— À cette époque, je n'étais pas une personne qui faisait confiance.

— Et tu l'es, à présent ?

— Bien…, pas tellement.

Il m'offrit un sourire amer.

— Mais, tu ne pouvais avoir plus de treize ou quatorze ans. Comment t'en es-tu sorti tout seul ?

— J'étais grand, pour mon âge, c'était donc facile pour moi de passer pour plus vieux. J'ai travaillé dans des ranchs, partant chaque fois que quelqu'un posait trop de questions. Pendant un temps, je suis demeuré avec ces professeurs à la retraite qui m'ont fait l'école à la maison. Ils m'ont amené à lire de la poésie et à fréquenter la bibliothèque. Ils ont deviné que j'étais mineur et ont fait allusion à leur désir de m'adopter…

Sa voix s'estompa, son expression s'attristant.

— Alors, pourquoi n'es-tu pas resté avec eux?

— Ils n'avaient pas les moyens de conserver leur ranch, ils ont donc déménagés en Arizona près de leurs petits-enfants. Je m'étais ramolli en m'attardant à un endroit aussi longtemps, alors j'ai poursuivi ma route.

— N'as-tu pas tenté de savoir ce qui était arrivé à ton oncle?

— Certain. J'ai fait des recherches en ligne, mais il n'y avait rien. Je me suis même pris à espérer que je n'étais pas un assassin…, que mon oncle avait survécu.

Ses yeux bleus se glacèrent.

— Maintenant, je sais.

Il y eut une vague de musique qui s'échappa de mon cellulaire.

Je l'ignorai jusqu'à la troisième sonnerie. Quand j'ai vu qui téléphonait, j'ai juré tout bas et fermé l'appareil, le fourrant dans ma poche arrière.

— Qui était-ce ? demanda Dominic.

— Personne d'important.

Je tendis la main vers la sienne et enroulai mes doigts autour des siens.

— Dominic, s'il te plaît, reste ici. Et qu'en est-il de tes cours de maréchal-ferrant ?

— Aucune importance, à présent.

Il se tourna de nouveau vers sa valise.

— Diriger ta propre entreprise de maréchal-ferrant est ton rêve ! argumentai-je, le contournant afin qu'il soit obligé de me regarder en face. Tu ne peux pas abandonner, maintenant. Et tu ne peux pas abandonner les gens qui t'aiment non plus. Qu'en est-il de nous ? Ne t'en soucies-tu pas ?

Il s'arrêta, un jean fané suspendu dans sa main.

— Je m'en soucie… trop.

— Alors, reste, et nous gérerons la situation ensemble. Qu'est-ce que ça fait si le détective privé te cherche ? N'as-tu pas entendu Penny-Love ? Elle lui a dit qu'il avait la mauvaise personne et l'a renvoyé d'où il venait. Il est parti depuis longtemps, à présent.

— Les détectives privés ne laissent pas tomber aussi facilement. Et je dois être libre — comme Dagger.

Il fit un geste en direction de l'oiseau, qui s'était installé sur le perchoir de bois près de la grande fenêtre ouverte.

— La prison serait une mort lente. Je suis désolé, Sabine. Il n'y a pas d'autre façon.

— Je t'en prie, Dominic.

Je combattis l'envie de pleurer.

Son regard balaya la pièce, les peintures sur les murs, les étagères de livres, les photos encadrées sur sa commode, les bougies, l'encens et un bol en verre rempli de cristaux, comme s'il les voyait pour la dernière fois. Fronçant les sourcils, il ferma sa valise d'un claquement.

— Je vais emporter uniquement ce que je peux transporter.

Dominic était trop sacrément fier, pour rester pour son propre bien. Il ne croyait pas qu'il méritait d'être heureux et avait l'idée stupide que partir nous protégerait Nona et moi de ses ennuis. J'allais devoir tenter une autre approche : frapper fort et de manière radicale.

— Dominic, mentais-tu à madame DeMarco ? demandai-je.

Sa valise glissa de ses doigts et tomba au sol avec un bruit saisissant.

— De quoi parles-tu ?

— Ne te souviens-tu pas de ta promesse d'aider Cheval ?

Je croisai les bras sur ma poitrine et le transperçai d'un regard d'acier.

— Si tu pars, tu briseras ton engagement.

— Je ne suis utile à personne, maintenant.

— Alors, Cheval mourra.

Je ne la jouais pas de façon loyale, mais j'étais désespérée. Je comptais sur son sens de l'honneur tenace. Si je pouvais seulement le forcer à rester plus longtemps — à tout le moins jusqu'au retour de Nona —, nous trouverions une solution qui n'incluait *pas* le départ de Dominic.

Sauf que le retour de Nona n'était pas prévu avant ce soir.

Je voyais par l'expression de Dominic, passant de la détermination au doute, que mon accusation lui avait fendu le cœur. Je me sentais coupable de le manipuler ainsi…, mais aussi optimiste, car cela fonctionnait.

Quand il s'écarta de la valise et se laissa tomber sur le coin du lit, je vins m'asseoir près de lui. Je posai ma main sur son bras.

— Tu resteras ?

Ses épaules se voûtèrent, vaincues.

— Franchement, je l'ignore.

— Bien, moi je le sais, dis-je avec beaucoup plus d'assurance que j'en ressentais. Et je sais que Nona pensera de même. Si le détective privé revient, nous te couvrirons et découvrirons toute l'affaire. Il ne veut possiblement que te poser des questions. Peut-être ne te soupçonne-t-il même pas de la mort de ton oncle.

— Il ne m'a pas débusqué après cinq ans juste pour quelques questions.

— Bien, il ne peut rien faire, s'il ne te trouve pas. Nona et moi te cacherons.

— Et risquerez une arrestation pour avoir abrité un fugitif ? Oublie ça.

— Trop tard, dis-je avec entêtement. Tu es coincé avec nous.

Il garda le silence pendant un moment, prenant un cristal vert et le roulant entre ses doigts calleux. Son visage était sombre, perdu dans ses pensées.

— Je ne brise pas mes promesses, déclara-t-il enfin. Je vais tenter d'aider Josh et Cheval. Ensuite, je vais m'occuper de mes affaires tout seul. D'accord?

Non, pas d'accord. Mais, c'était le mieux que je pouvais espérer, en ce moment. Alors, j'acquiesçai.

— Je vais déplacer mon camion hors de vue, puis reprendre mes tâches. Il y a un loquet de barrière à réparer.

Il jeta un coup d'œil vers le pâturage.

— Tu ferais mieux d'aller parler à Penny-Love.

— J'aimerais mieux rester avec toi.

— Tu veux qu'elle vienne te chercher ici? demanda-t-il avec un sourire ironique.

— Elle en serait capable, aussi. Promets que tu n'iras nulle part?

Il hocha la tête, mais c'était un hochement du genre temporaire.

Je tendis la main vers lui et, murmurant mon nom, il ouvrit les bras, et je me coulai dans son étreinte. Si proche, si chaud, si difficile de croire que tout ceci pourrait prendre fin. Je pressai ma joue contre son torse, entendant le rapide battement de son cœur. Je m'accrocherais très fort à lui et ne le lâcherais jamais. Ce que nous partagions était réel et profond, et je savais qu'il ressentait la même chose.

Il m'aimait. Cependant, cela ne l'empêche-rait pas de me quitter.

6

Mon monde avait tremblé, éclatant en petits morceaux fragiles. Pendant que je retournais à la maison de ferme, mes pieds pataugeant sur le même sentier que j'avais emprunté des milliards de fois, autour de moi, tout semblait différent. Le ciel nuageux avait l'air plus sombre, lui aussi, bouillant de nuages coléri-ques et fouettant l'air d'un vent froid et mor-dant qui me transperçait la peau.

Dominic voulait être avec moi, et je voulais être avec lui —, n'était-ce pas suffisant? Pourquoi fallait-il que cet horrible enquêteur vienne ici? Dominic n'avait pas l'intention de tuer son oncle. Toutefois, pourrait-il le prouver? S'enfuir et changer de nom paraîtrait suspect. Il aurait besoin d'un bon avocat et, heureusement, il se trouvait que mon père en était un. Cependant, comment pourrais-je convaincre Dominic d'engager papa?

Sombrant dans le désespoir, la dernière chose que je souhaitais était d'écouter Penny-Love parler de qui fréquentait, trompait, mentait, se jouait de quelqu'un d'autre à l'école. Toutefois, elle ignorait totalement que je traversais une crise et que je ne pouvais rien pour Dominic, du moins avant le retour de Nona.

Lorsque j'entrai dans la maison, je fus enveloppée dans un cocon de confort. Je ne me sentais pas tout à fait mieux, mais moins anxieuse. Le salon était rempli d'amis familiers; un collage de photos encadrées au-dessus du téléviseur, une couverture afghane crochetée pour moi par Nona et la table à café en bois où j'avais gravé mes initiales quand j'apprenais mon alphabet.

L'odeur ambiante était aussi réconfortante — celle du thé à la vanille et à la cannelle —, et je suivis cet arôme jusqu'à la cuisine, où je découvris Penny-Love à table. Ses yeux étaient gonflés et rouges comme si elle avait pleuré.

Je me versai donc une tasse de thé, puis tirai une chaise à côté d'elle. Je glissai mon bras autour de ses épaules et lui demandai de me raconter ce qui s'était passé.

— Ma vie est finie. Jacques m'a jetée.

Sa douleur me transperça, et je ressentis sa souffrance —, j'étais près de perdre le gars que j'aimais, moi aussi.

— Oh, Pen! C'est un idiot, et il ne te mérite pas.

— Il ne me l'a même pas dit en personne. Il m'a envoyé un texto.

— C'est brutal! Pas étonnant que tu sois triste.

— Triste? Plutôt furieuse.

Elle frappa son poing sur la table, des gouttes de thé se renversant de sa tasse.

— Ce n'est pas ainsi que les choses sont censées être. C'est moi qui dois rompre, mais il m'a devancé.

— Pardon?

Je tendis la main vers une serviette en papier et essuyai le dégât.

— Tu veux dire que tu allais rompre avec *lui*?

— Pas avant le lendemain du jour de l'An. Il ne m'appelle presque jamais, et nous n'avons pas grand-chose en commun.

Elle marqua une pause et sirota son thé.

— As-tu la moindre idée comme c'est humiliant de se faire jeter juste avant Noël?

— Josh m'a laissé tomber après l'Action de grâce.

— Pas la même chose. Tu t'es immédiatement mise en couple avec Dominic. Je n'ai pas un nouveau gars en attente. Les filles de la troupe vont me prendre en pitié —, ce qui ne va pas du tout.

J'essayai de suivre sa logique, mais j'eus l'impression d'avoir pris un mauvais virage dans un labyrinthe.

— Je suis désolée, fut tout ce que je trouvai à dire.

— Désolée! Ne comprends-tu pas?

Elle me lança un regard furibond. Être l'objet de pitié rejeté est dommageable pour l'ego. J'entends constamment mes frères parler d'anciennes petites amies, et j'ai juré de ne jamais être celle qui est jetée.

— Parfois, cela se produit, tout simplement, affirmai-je avec compassion.

— Pas à moi. C'est pourquoi j'ai un plan.

— Mettre un contrat sur Jacques ?

— Comme s'il y avait du temps pour cela.

Elle secoua ses boucles flamboyantes comme si j'avais été sérieuse.

— J'ai besoin de lui vivant et avec moi, pour la fête du Nouvel An, au Booster Club.

— Tu souhaites encore sortir avec lui ?

— Seulement jusqu'au Nouvel An. Après, s'il désire toujours en finir, alors parfait. Tu vois, j'ai cette théorie que Jacques a rompu avec moi par texto, car il savait que s'il me voyait en personne, il voudrait être avec moi. Je ne me vante pas, c'est juste un fait. J'ai une quantité inhabituelle de magnétisme sur les gars.

J'essayai de ne pas sourire.

— J'ai décidé de pardonner à Jacques et de lui offrir une seconde chance.

— Tu crois qu'il sera d'accord ? demandai-je d'un ton sceptique.

L'idée que se faisait Penny-Love de l'amour pouvait être un peu irréaliste.

— Totalement.

Elle me jeta un sourire confiant.

— Le seul hic est que j'ignore où Jacques vit.

— Tu fréquentes ce gars depuis un mois et tu n'as jamais vu sa maison?

— Il dit qu'un gentilhomme passe toujours prendre sa dame chez elle. Je pensais que c'était tellement vieillot et gentil, je n'ai jamais songé à poser des questions sur sa demeure. Il a mentionné vivre dans un appartement du côté ouest de la ville. Je vais le chercher en ligne, puis le surprendre en m'y rendant.

J'étais sur le point de lui faire remarquer que c'était une mauvaise idée quand j'entendis une voiture descendre l'allée. Je savais, d'après le grondement unique, que c'était Thorn conduisant la Volkswagen coccinelle jaune de sa mère.

Thorn et Penny-Love dans la même pièce?

Si Penny-Love était une tornade de drames, Thorn était un trou noir instable.

En surface, mes amies étaient de parfaites opposées, mais des stéréotypes : Penny-Love, la plus que populaire, et Thorn, la rebelle et marginale. Pourtant, je les connaissais au-delà de cela et je les aimais toutes les deux. Penny-Love visait la perfection et la popularité, embrassant les tendances mode, mais elle mélangeait et assortissait les choses selon son bon plaisir. Thorn était antitendance et antipopularité, cherchant à s'affranchir des règles et de la société, mais elle était là pour moi dans les moments critiques. Et lorsqu'il s'agissait de foncer pour ce qu'elles voulaient, les deux étaient également intrépides.

Quand Penny-Love vit Thorn sortir de sa Volkswagen, elle le prit mieux que je ne m'y attendais, me faisant seulement la morale en m'expliquant combien c'était mauvais pour ma réputation de traîner avec une « dingue gothique ».

— N'as-tu pas dit que tu avais du travail à faire dans le bureau de Nona ? lui demandai-je avec tact.

— Je comprends le message. Et pendant que je travaillerai, je chercherai Jacques sur Google pour trouver son adresse.

Elle remplit sa tasse de thé, avant de s'engager dans le couloir.

— Mais, si je reviens et te découvre vêtue de cuir noir ou en train de te faire percer le nez, je ne vais pas être contente.

— Aucun perçage, promis-je en souriant.

Quelques minutes plus tard, il y eut un coup frappé à la porte.

Thorn paraissait presque normale, aujourd'hui, ayant remplacé son habituel cuir noir et ses bottes d'armée par des tennis blancs et un jean noir. Ce n'est que lorsqu'elle m'effleura en passant devant moi que je vis le fil barbelé tressé dans ses cheveux, les minuscules pierres du Rhin sur ses paupières et le perçage en forme de dague dans son sourcil.

— Merci d'être venue si rapidement, lui dis-je alors qu'elle prenait la chaise de cuisine tout juste libérée par Penny-Love.

Je me levai et allai chauffer l'eau du thé, me rappelant que Thorn préférait la tisane.

— Je ne faisais rien de mieux. Tous les autres chez moi se préparaient à aller à l'église.

— Bien, il est vrai que ta mère *est* ministre du culte.

— Elle pratique ses sermons encore et encore jusqu'à ce que je puisse les prononcer moi-même.

Thorn roula des yeux.

— Alors, que se passe-t-il?

Je l'informai rapidement de la situation concernant Josh.

— Impressionnant, dit Thorn quand j'eus terminé.

— Je ne pensais pas qu'un BCBG comme lui aurait le courage de sécher les cours.

— Il n'a pas séché, il est disparu et en danger.

— Et tu sais cela *comment*? demanda-t-elle avec une grimace sceptique de ses lèvres dessinées de noir.

J'hésitai, toujours gênée de discuter de mes visions. Cependant, Thorn n'était pas étrangère aux aptitudes paranormales, et je savais qu'elle comprendrait. Je décrivis donc le lieu étrange et les gens vêtus de capes que j'avais aperçus dans ma vision. Je frissonnai, quand je lui parlai du couteau.

— Intensité.

La dague dans son sourcil percé s'éleva légèrement alors qu'elle m'observait.

— Tout de même…, je vais passer.

Je ne m'étais pas attendu à ce qu'elle réponde « oui » immédiatement, mais son refus rapide était décevant.

— Allons, Thorn. Je ne demande pas grand-chose. Je veux simplement que tu touches quelque chose appartenant à Josh.

— Ai-je l'air d'un animal de cirque ?

— Je n'ai jamais dit que tu l'étais.

— Je n'ai pas de véritable talent, pas comme tes visions ou la façon dont Dominic communique avec les animaux.

— Bien sûr que si. Tu es une Trouveuse, et j'ai besoin de ton aide pour trouver Josh.

— Pourquoi cette obsession pour Josh ?

Thorn tordit négligemment le bracelet de fil barbelé à son poignet.

— Il n'était tellement pas bon pour toi. Oublie-le.

— Je l'ai oublié, insistai-je.

— Alors, oublie l'idée de le trouver.

— C'est sa famille et son chien qui ont besoin qu'il rentre à la maison, lui fis-je remarquer. Et si je ne l'avais pas autant blessé, il ne serait pas parti en premier lieu.

— Josh est presque un adulte. Il peut aller où il le désire.

— Mais, sa vie pourrait être en danger.

— Depuis quand surréagis-tu ainsi ?

Je fronçai les sourcils.

— J'ai ce sentiment viscéral que si je ne le trouve pas bientôt, il pourrait ne jamais revenir. Je ne solliciterais pas ton aide, si je n'étais pas vraiment inquiète.

— Comme si je pouvais faire quelque chose —, pas vraiment.

— Je te demande simplement d'essayer. Allons, Thorn. Ce sera intéressant.

Elle me lança un regard furieux, puis se détendit avec un soupir.

— Pourquoi est-ce que je me laisse convaincre de faire ces choses ? Tu commences à devenir une vraie plaie comme Manny. Finissons-en à la fin. Que veux-tu que je touche ?

Je sortis la baguette.

— Ceci appartient à Josh.

— Comment l'as-tu eue ?

La chaleur me monta aux joues.

— Je l'ai en quelque sorte pris dans sa chambre à coucher.

— Volée ?

Elle rigola.

— Vilaine fille.

— Je l'ai empruntée. Je vais la rendre.

— Pourquoi perdre ton temps? C'est de la pacotille bon marché d'un magasin à un dollar. Es-tu certaine qu'elle appartenait à Josh?

— Dis-le-moi. Touche-la.

Elle but son thé, puis repoussa la tasse et s'empara de la baguette. Alors que ses doigts se calaient sur le plastique lisse, l'énergie dans la pièce se modifia; les petits poils sur ma peau se redressèrent.

Les yeux de Thorn se fermèrent, et une totale sérénité s'installa sur ses traits doux. Son aura changea aussi, s'adoucissant de rose et jaune pastel. Sans les vibrations de son attitude irritable, elle paraissait étonnamment vulnérable et jolie.

L'horloge en forme de coq sur le réfrigérateur tictaqua lentement.

Les cils scintillants de Thorn papillonnèrent en s'ouvrant, et elle déposa la baguette sur la table.

— Carte. Maintenant.

Je sautai sur mes pieds. Après avoir fouillé trois tiroirs d'un bureau, je tombai enfin sur une carte routière de la Californie. Je me hâtai de la remettre à Thorn.

Elle avait un regard vitreux, comme si une partie d'elle se trouvait encore ailleurs —, une impression que je connaissais trop bien de mes propres expériences paranormales. Si je fermais les yeux et me concentrais, glisserais-je dans son monde, laissant ce corps à la maison ?

Je ne tentai pas de le découvrir, je tapai seulement du pied pendant que Thorn dépliait la carte, l'étalant sur la table. Elle agita ses bras, oscillant étrangement, et regarda en haut, au lieu d'en bas. Puis, elle tendit la main, son doigt pointé alors qu'il visait et atterrissait sur la carte.

— Ici, dit-elle.

Je me penchai et vis son ongle verni de noir montrant une région vert foncé de la Forêt nationale, à l'est d'Auburn.

— C'est une vaste région. Peux-tu localiser une ville avec précision ?

Thorn secoua la tête, clignant des paupières en revenant à la réalité.

— Je ne sais vraiment pas… Quelque part proche de l'endroit que j'ai indiqué, à environ cent soixante kilomètres.

Elle passa délicatement ses doigts sur l'étoile de cristal de la baguette.

— La chose étrange est qu'au début je ne percevais pas d'énergie masculine —, seulement féminine. Une énergie féminine très forte.

Je me souvins de la vision de la femme aux cheveux cuivrés que j'avais eue en prenant la baguette.

— Une femme l'a offerte à Josh, je pense. J'ignore de qui il s'agit.

Thorn me remit la baguette.

— Je n'ai rien ressenti d'autre.

— Ne peux-tu pas réessayer ?

— Je fais ce que je peux, sans promesse.

Frustrée, je fixai la carte.

— Mais, c'est, genre, cent soixante kilomètres de terre sauvage. Je n'en ai pas appris suffisamment pour lancer une opération de secours pour Josh.

— Mais moi, j'en ai beaucoup appris, interrompit quelqu'un.

Penny-Love était là, debout dans le cadre de porte, souriant largement.

Thorn me jeta un regard furibond.

— Sabine, pourquoi ne m'as-tu pas dit *qu'elle* était ici?

— À l'évidence, Sabine est bonne pour garder des secrets, lança Penny-Love d'un ton accusateur.

— Je suis désolée, Thorn, déclarai-je, la pièce à présent ridiculement chargée d'énergie, et pas d'un bon type. J'ignorais qu'elle écoutait. Pen, comment as-tu pu?

— Ça n'a pas été facile. Je ne pouvais pas entendre grand-chose, avant d'entrouvrir la porte. Ensuite, j'en ai assez compris pour savoir que tu peux m'aider.

Penny-Love pointa Thorn.

— Moi, t'aider toi? se moqua Thorn. Tu te fais des illusions.

— Je pourrais être au téléphone en ce moment même, envoyant à tous mes amis par messagerie texte la vidéo que je viens juste de réaliser pendant que tu pratiquais ton étrange truc de Trouveuse avec la carte. Il pourrait même finir sur YouTube. Les nouvelles bizarres se répandent vite.

— Tu n'oserais pas.

— Oh que si. Mais, hé, je vais tout effacer, si tu me rends un tout petit service. Après, nous pourrons revenir à notre relation mutuelle d'antipathie et d'évitement.

Thorn regarda Penny-Love avec fureur, puis moi, puis encore elle.

— Quel service ? demanda-t-elle à travers ses dents serrées.

— Mène-moi à Jacques.

7

Penny-Love et Thorn conclurent une alliance temporaire. Demain, après l'école, Thorn accomplirait sa « magie de Trouveuse », comme disait Pen, pour trouver Jacques. En retour, Penny-Love jura de ne jamais parler du talent de Thorn à qui que ce soit.

Toutefois, la reine des ragots de Sheridan High pouvait-elle conserver un secret ?

Peu probable. Tout de même, leur trêve momentanée valait mieux que leur combat « à bas tout le monde, le sang va couler, je te tiens par les cheveux ».

Après la signature de leur contrat, Thorn le rangea en sécurité dans sa poche et rentra chez elle. Un peu plus tard, Penny-Love partit également, jetant le blâme sur des obligations familiales. Je me sentais agitée. C'était presque l'heure du déjeuner, mais j'étais trop inquiète à propos de Dominic pour manger. Je ne savais pas trop quoi faire. J'avais prévu de devenir une accro du shopping pour la journée avec Penny-Love au centre commercial, mais je n'arrivais pas à penser à autre chose qu'à Dominic. Que faisait-il, en ce moment ? Et s'il était parti sans me prévenir ? Je devais le voir, m'assurer qu'il allait bien. Je venais d'attraper mon manteau quand j'entendis le rugissement d'un moteur de voiture.

— Nona !

J'aurais reconnu le son de sa vieille guimbarde n'importe où.

La porte claqua derrière moi alors que je me précipitais dehors, pleurant presque de soulagement à la vue de ma grand-mère —, et pas uniquement parce qu'elle m'avait manqué. Depuis qu'elle s'était remise d'une grave maladie, Nona avait de l'énergie et l'esprit plus vif que jamais. Elle saurait comment s'y prendre pour que Dominc reste.

Nona s'échappa de sa voiture comme un vent rapide, m'ouvrant les bras.

— Voici ma fille préférée!

Elle sentait le shampoing à la menthe poivrée et pêche.

Je l'étreignis très fort.

— Je suis contente que tu sois de retour!

— C'est bon d'être à la maison, affirmat-elle, repoussant d'une caresse légère les cheveux de mon visage.

— Attends que je te raconte ce qui s'est passé…, commençai-je à lui dire en même temps qu'elle s'exclamait : «J'ai des nouvelles étonnantes à t'apprendre!»

Nous rîmes toutes les deux, et je lui dis de parler en premier.

— Bien, tu sais que je suis allée à San Francisco pour affaires, dit-elle en soulevant sa valise dans le coffre.

Je tendis la main pour l'aider.

— Et cela s'est avéré davantage qu'un voyage d'affaires.

— Que veux-tu dire? demandai-je, la suivant dans la maison.

Nona drapa son écharpe mauve tricotée en travers du fauteuil en cuir.

— J'ai rencontré un homme merveilleux, brillant et spirituel.

Une rougeur adoucit ses joues ridées par le soleil.

— Son nom est Roger Aimsley, et il est propriétaire de Cœurs de lumière, un service de rencontre en ligne qui connaît beaucoup de succès. Beaucoup plus visible que ma petite affaire. Il m'a surpris avec une proposition.

— Proposition? Tu te remaries? grognai-je.

Nona avait été mariée à plusieurs reprises déjà, deux fois au même homme. Cela n'était *pas* de bon augure.

— Pas de mariage, même si on ne sait pas ce que le futur nous réserve. Il s'agit d'un autre type d'union —, un genre qui changera mon avenir.

Note à moi-même : plus de voyages de week-end pour Nona.

— Je ne comprends pas, dis-je.

Ma grand-mère retira son manteau d'un coup d'épaule et le drapa sur le dos de la chaise berceuse. Ses yeux verts brillaient et ses mains bougeaient avec excitation.

— Je ne lui ai pas encore donné de réponse. Je l'ai informé que je devais en discuter avec Penny-Love et toi.

— Pourquoi Pen?

— Elle fait partie de mon entreprise, à présent. Roger m'a offert un partenariat qui combinerait nos sociétés.

Je l'écoutai m'expliquer les nombreux avantages d'une union entre Fusion des âmes sœurs et Cœurs de lumière. Cependant, elle ne voulait rien bousculer, insista-t-elle, et planifiait consulter les cartes astrologiques et de tarot avant de signer quelque papier que ce soit. Elle dansait pratiquement en parlant, pétillant d'une façon que je n'avais pas vue depuis longtemps. Je détestais gâcher son moment avec des nouvelles loin d'être positives.

Tout de même, ce devait être fait.

Je rassemblai mes pensées, essayant de trouver la manière la plus facile de lui servir les mauvaises nouvelles. Enfin, je finis par tout lâcher, commençant par l'appel téléphonique de madame DeMarco ce matin et terminant par le détective privé et Dominic. Son rapide changement d'expression montra qu'elle avait soupçonné le passé violent de Dominic et saisit la gravité de sa situation.

— Dominic affirme qu'il s'en va, conclus-je avec tristesse.

— Absurde !

Elle secoua sa tête brune grisonnante.

— Il ne le pense pas.

— Oui, il le pense ! Il croit que partir constitue la façon de rester hors de prison et de nous protéger aussi de ses ennuis.

— Ce garçon peut s'avérer une sacrée tête de mule. ·

— À qui le dis-tu.

Je soupirai.

— Comment pouvons-nous l'aider, s'il ne nous le permet pas ?

— En appelant les troupes.

— Les troupes ?

— Mes cartes d'anges et mes guides spirituels.

Nona serra doucement ma main.

— Ne t'inquiète pas, Sabine, Dominic ne va nulle part.

Elle paraissait si optimiste. Je voulais la croire, mais mon estomac se noua, et tout ce que je pouvais ressentir, c'était la peur.

* * *

Une demi-heure plus tard, Nona se dirigea vers la grange pour discuter avec Dominic. Elle ne m'invita pas à l'accompagner. Au lieu, elle m'ordonna de rester près des téléphones au cas où elle recevrait un appel important. De la manière dont elle prononça « important », je devinai qu'elle parlait de Roger Aimsley (ou, comme je l'avais mentalement surnommé : monsieur Cœurs de lumière).

Il n'appela pas, mais mon cellulaire s'anima quatre fois —, et lorsque je vérifiai l'afficheur, je lançai presque l'appareil par terre.

« Encore Jade. »

Pourquoi n'arrêtait-elle pas de téléphoner ? Elle avait montré qu'elle ne voulait pas être mon amie ou ma sœur. Je ne souhaitais absolument ment *pas* lui parler.

J'effaçai ses messages.

Me retirant dans ma chambre à coucher, je cherchai la paix intérieure en brûlant de l'encens et en sortant mon dernier projet de broderie de mon sac d'artisanat. Plusieurs de mes cadeaux de Noël étaient fabriqués à la main. J'avais déjà personnalisé des taies d'oreiller dans des teintes chatoyantes pour mes parents et j'en avais presque terminé une paire pour Nona. Pour mes sœurs jumelles, j'avais enfilé de minuscules lettres de l'alphabet pour les transformer en délicats bracelets de cheville. Amy et Ashley appréciaient notre tradition de cadeaux faits maison —, c'était beaucoup mieux que des chèques-cadeaux ou des articles pris au hasard qui devaient habituellement être échangés.

J'avais déjà deux sœurs parfaitement bien.

Je n'en avais *pas* besoin d'une autre.

Je piquai l'aiguille dans mon doigt trois fois, puis décidai brusquement de tout remettre dans mon sac d'artisanat. Traversant la pièce jusqu'à la fenêtre du grenier, qui offrait une vue remarquable sur la ferme de Nona, je pressai mon visage contre le verre et regardai la grange en bas. Dominic serait-il encore ici, pour Noël ? Se trouvait-il à l'intérieur avec Nona, en cet instant ? Que disaient-ils ?

Je me détournai de la fenêtre. Me ronger les sangs à propos de Dominic ne faisait que me rendre folle. Je devais me garder occupée, pour me distraire. Des papiers d'emballage mélangés, des boîtes et des sacs étaient étalés à travers mon lit. Il ne restait que quelques noms sur ma liste de Noël. Après avoir rayé le nom de Jade avec d'épaisses lignes noires qui signifiaient « je te déteste pour toujours », je décidai de fabriquer quelque chose de très spécial pour mes *véritables* sœurs.

À dix ans, Amy et Ashley possédaient déjà des personnalités si distinctes qu'à première vue, les gens ne voyaient pas qu'elles étaient des jumelles identiques. Glamoureuse Ashley pétillait dans son style et sa musicalité. Elle écrivait des chansons et adorait découvrir de nouveaux talents pour ajouter à sa liste de musique à écouter. Il ne me fallut donc que quelques minutes pour aller en ligne et commander pour elle des chansons d'un artiste émergent de R&B.

Mais, la plus grande passion d'Amy, le papillon de bibliothèque (pas rat !), était de collectionner des séries de livres classiques pour jeune fille comme les polars Nancy Drew et Judy Bolton. Sa collection commençait à être tellement importante qu'il était difficile de trouver quelque chose qu'elle n'avait pas déjà. Je surfai sur le Net et eus un coup de chance, découvrant un livre rare — *All About Collecting Girls' Series Books*[3], de John Axe. Alors que je cliquais sur «acheter» en ligne, mon signal de message entrant clignota sur mon téléphone.

C'était Jade. Encore. Quel était son problème? Elle avait été claire sur le fait qu'elle ne pouvait pas me sentir. Pourquoi ne pouvait-elle pas laisser tomber?

Le courriel apparut sur mon écran :

Travaille sur probl. Dois te parler. Urgent!

— J'ai assez de mes propres ennuis, merci beaucoup, murmurai-je sarcastiquement. Je ne suis pas intéressée par les tiens.

J'effaçai le message.

Quand je retournai surfer sur Internet, je m'attendis à un autre message de Jade. Mais, il n'y en eut aucun, ce qui était bien, m'assurai-je. Comme le disait Dominic, le simple fait d'être sœurs ne faisait pas de nous des amies.

---

3. N.d.T. : Tout ce qu'il faut savoir pour collectionner des séries de livres pour jeunes filles.

J'avais espéré connaître les réflexions de Dominic sur Jade au dîner, mais il ne vint pas. Je partis presque en trombe pour me rendre à son loft et le forcer à me parler. Cependant, Nona m'avertit de lui laisser de l'espace, qu'il avait besoin de réfléchir. Bien que Nona ne semblât pas inquiète, je restai longtemps les yeux ouverts durant la nuit avec une peur viscérale au ventre de m'éveiller demain et de constater la disparition de Dominic.

Je plongeai enfin dans un sommeil calme, et il fut si profond que je dormis tard et je dus me hâter à me préparer pour l'école. Je n'avais avalé que quelques bouchées d'un muffin lorsqu'une voiture klaxonna dehors. Mâchant en vitesse, j'attrapai mon sac à dos et volai presque en bas des marches.

Toutefois, je m'arrêtai au son d'un faible hennissement de cheval et détournai mon regard vers le pâturage, pour apercevoir Dominic brossant Rio. Dieu merci, il était encore ici! Il se tourna et regarda directement vers moi, levant son bras pour me saluer. Je levai le mien aussi. Je ne pouvais pas voir son expression, mais je sus que notre salut constituait comme une promesse. Quand je reviendrais de l'école, Dominic serait là à attendre. À m'attendre.

Souriant, je me hâtai de monter dans la voiture de Penny-Love.

Elle était entièrement vêtue de noir : un jean noir ajusté, une veste d'aviateur noire sur une blouse en dentelle noire et un bracelet de perles en onyx. Ses cheveux roux bouclés étaient sévèrement coiffés en tresse, et même si le soleil n'était pas encore levé, elle portait des lunettes de soleil sombres.

— Aimes-tu mon allure d'espion ?

— C'est donc pour ça, tout ce noir, dis-je avec un sourire ironique. Je pensais que le style gothique de Thorn avait déteint sur toi.

— Oh, je t'en priiiie ! Comme si ça pouvait arriver un jour ! Mais, puisque Thorn et moi irons chercher Jacques plus tard, je ne voulais pas que quelqu'un me reconnaisse.

— Gênée d'être vue avec Thorn ?

— Ne sois pas ridicule.

Elle posa ses ongles peints de bourgogne sur sa poitrine en feignant l'indignation.

— Nous devrons peut-être filer Jacques, tu sais, comme dans les films d'action. C'est mon style incognito. Toi, d'un autre côté, tu as l'air à chier. Un peu de maquillage arrangerait tes yeux gonflés. Es-tu malade ou quoi ?

— Bon matin à toi également. Si tu dois le savoir, j'ai eu de la difficulté à dormir.

— Dommage.

Elle hocha la tête d'un air absent alors qu'elle ralentissait à cause d'un panneau d'arrêt. Son regard glissa vers un groupe de gars passant en voiture. Connaissant Pen, elle alignait déjà quelqu'un pour prendre la place de Jacques.

Au moment où nous atteignîmes l'école, Pen avait dévoilé tous les derniers potins : un joueur de football avait surpris sa mère faisant l'amour avec son entraîneur ; certains jeunes avaient été arrêtés pour avoir vendu de la drogue sur le campus ; et nos amies meneuses de claque, Kaitlyn et Catelyn, se querellaient… encore.

C'était surréaliste d'être assise en classe, écoutant à moitié les professeurs et tentant de suivre une conversation ordinaire quand la seule chose qui occupait mes pensées, c'était Dominic. Je me surpris à flotter hors de mon corps, la partie consciente planant comme un fantôme en haut de mon être physique. C'était apaisant de m'élever au-dessus de tout, détachée, sans véritables émotions. Je m'observai, étonnée que cette fille blonde puisse sourire et parler avec autant de nonchalance avec ses amis comme si le monde ne glissait pas sur son axe. Penny-Love avait raison à propos de mes yeux gonflés, mais autrement on ne verrait jamais que quelque chose clochait.

Sabine Rose jouait très bien son rôle scolaire.

À la pause du midi, je me déplaçai sur pilote automatique, me dirigeant comme d'habitude vers la salle informatique, qui était devenue mon repère depuis ma rupture avec Josh. Alors que je traversais le couloir à une intersection bondée, des corps se précipitant dans toutes les directions, je me frappai presque contre Manny DeVries distribuant des prospectus.

Manny était comme d'habitude terriblement séduisant, un croisement entre un pirate et un surfeur avec ses tresses rastas noires luisantes, son sourcil percé et ses sandales en cuir. Pluie ou froid glacial, Manny portait toujours ses sandales caractéristiques. Il était éditeur de notre journal de l'école, l'*Écho de*

Sheridan, et j'y travaillais comme correctrice d'épreuves.

— Hé, Binnie! me lança-t-il.

J'eus un mouvement de recul en entendant le surnom. N'apprendrait-il jamais à prononcer mon véritable nom?

— Que fiches-tu? lui demandai-je, zieutant l'épaisse pile de papiers qu'il transportait.

— Je répands mes nouvelles, répondit-il avec un sourire diabolique. Prends un paquet et distribue-les.

— Désolée, pas maintenant.

J'avançai, mais il avait déjà fourré des papiers dans mes mains. Et puisque peu de personnes avaient le courage de dire non à Manny, je me résignai et commençai à l'aider.

Quand j'étais entrée à Sheridan High cet automne, mon plan était de me ménager une place parmi les autres sans me faire remarquer et viser le statut de semi-popularité. Je m'étais jointe au personnel du journal de l'école comme moyen de me tenir au courant en restant dans les coulisses et je m'étais découvert un ami en Manny DeVries —, un séduisant gars à la peau foncée avec des tresses rastas et une attitude franche et effrontée. Malgré nos différences, ou peut-être à cause d'elles, nous travaillions bien ensemble. J'étais calme ; il était bruyant ; il était autoritaire et impoli ; j'évitais les grands groupes ; sa personnalité charismatique attirait les foules comme des admirateurs s'attroupant autour d'une vedette du rock.

— Alors, qu'est-ce que c'est ? demandai-je, forçant les feuilles au hasard sur des passants.

— Un prospectus annonçant une édition spéciale de l'*Écho de Sheridan*, déclara fièrement Manny.

— Quelle édition spéciale ?

— Celle que j'ai décidé de sortir vendredi — le dernier jour avant les vacances d'hiver —, à titre de cadeau du personnel du journal pour ses loyaux lecteurs. Il contiendra des entrevues spéciales, de remarquables coupons-cadeaux et des prédictions en prime de Manny le voyant.

Il était peut-être Manny le voyant, mais ses prédictions étaient entièrement de moi. L'arrangement secret nous profitait à tous les deux — Manny m'aidait quand j'avais besoin de ses talents de pirate de l'informatique, et je lui fournissais des prédictions extraordinairement vraies.

— Je n'avais pas prévu passer mon déjeuner de cette façon, lui dis-je.

— Des choses amusantes ont simplement le don de se produire, lorsque je suis dans les parages, blagua-t-il.

— Ton idée du plaisir n'est pas la mienne.

Il rigola, puis fit briller son sourire charmeur pour une brunette avec de jolis yeux sombres et une blouse au décolleté très plongeant.

— Contente-toi de passer les feuilles. Ensuite, je te dirai tout à propos de ta grande mission pour Manny le voyant. Tu vas l'adorer.

Je secouai la tête, mais conservai un sourire poli en distribuant les papiers.

— Allons, Binnie, tu sais que tu finiras par faire ce que je veux, alors sautons les arguments. Fais semblant que j'ai déjà passé une journée à te supplier de m'aider et que tu as capitulé parce que c'est exactement le genre de personne gentille que tu es.

Il me lança son sourire impudent qui gagnait le cœur des filles. Mais pas le mien. J'avais Dominic…, mais pour combien de temps?

— Bien. Peu importe.

Je n'avais pas l'énergie de combattre, aujourd'hui.

— Qu'est-ce qu'attend de moi Manny le voyant?

— Pas grand-chose..., juste quelques prédictions supplémentaires de *Dix ans dans le futur*.

Cette chronique de Manny le voyant était sa plus populaire —, on prédisait à un étudiant ou à une étudiante choisie au hasard ce que sa vie serait dans dix ans. La semaine dernière, j'avais prédit que Carrie Marquez, une première année dans l'équipe d'athlétisme, inventerait un gadget qui la rendrait riche.

— Combien d'autres prédictions?

Je levai un sourcil.

— Deux ou trois?

— Douze.

— DOUZE!

— C'est le thème des douze jours avant Noël.

— Oublie ça. Pour en trouver autant, cela me demandera des semaines de méditation!

— J'en ai besoin d'ici jeudi.

Trois jours? Il devait blaguer. Je le regardai, attendant de le voir rigoler de sa plaisanterie, mais ses yeux noirs rencontrèrent les miens avec sérieux. Je ne me donnai même pas la peine de discuter. Il n'était pas possible de gagner avec Manny. Toutefois, je ne capitulai pas non plus et, avec un «hum» exaspéré, je passai devant lui à longues enjambées et entrai dans la salle d'informatique. Je sortis mon sac à déjeuner et mangeai en jouant à des jeux d'ordinateurs bêtifiants.

Pendant la sixième période, Manny ne remit pas le sujet sur le tapis, et quand la dernière cloche sonna, je fus dehors en un rien de temps. Chaque minute loin de Dominic était une torture, et je ne pouvais penser qu'à le retrouver. Donc, quand Penny-Love m'offrit de me reconduire à la maison, je saisis l'occasion de voir Dominic plus rapidement.

Lorsque j'aperçus Thorn assise sur le siège avant avec Pen, ce fut vraiment bizarre. Comme quand on regarde un de ces casse-têtes où l'on est censé assortir les choses qui vont ensemble.

Thorn et Pen n'étaient *absolument* pas assorties.

— Où allez-vous, toutes les deux? demandai-je, glissant sur la banquette arrière et bouclant ma ceinture de sécurité.

— L'appartement de Jacques, répondit Penny-Love en démarrant le moteur.

— Vous avez donc découvert où il vit? m'informai-je.

— Thorn a accompli sa magie de Trouveuse.

— Je t'ai dit qu'il ne s'agit pas de magie.

Thorn poussa un long soupir douloureux.

— J'ai simplement regardé une carte de la ville et, en quelque sorte, j'ai vu un appartement et une adresse. Bien que ce ne soit pas l'appartement exact.

— Mais, ce ne sera pas difficile à découvrir une fois sur place, conclut Penny-Love.

— Bien, merci de me laisser en passant, leur dis-je.

— En fait…

Penny-Love attrapa mon regard dans le rétroviseur.

— En fait, nous ne te laissons pas en passant.

— Quoi! m'exclamai-je. Pourquoi pas?

— Thorn et moi avons besoin de toi pour nous empêcher de nous entretuer. Nous sommes donc tombées d'accord pour que tu nous accompagnes.

— Bien, je n'ai pas accepté. Amène-moi à la maison immédiatement.

— Trop tard. Nous venons juste de dépasser la route, déclara Penny-Love sans une once de regret dans la voix. J'imagine que tu viens avec nous.

8

À part sauter en bas d'une voiture en marche, que pouvais-je faire ? Elles étaient mes amies. J'imaginai que cela ne pouvait pas me tuer d'aller avec elles —, sauf que chaque kilomètre m'éloignait de Dominic.

Ne résiste pas au voyage imprévu, me conseilla ma guide spirituelle dans ma tête.

— Opal ?

Je fermai les paupières, afin de la voir nettement ; sa majestueuse chevelure noire entourée autour de son crâne comme une couronne, ses pommettes hautes, et de sages yeux ébène.

Tu es mal à l'aise, ce qui se comprend, mais tu serais sage de conserver ton énergie pour la route à venir, lorsque tes choix influenceront tes proches qui se balancent en équilibre précaire entre la vie et la mort.

Peu importe ce que cela voulait dire, ce ne pouvait pas être bon. Je roulais déjà sur une route que je n'avais pas choisie, avec mes deux plus proches amies —, l'une d'elles courrait-elle un danger ? Je me mordis la lèvre, jetant un coup d'œil à Penny-Love et à Thorn sur la banquette avant de la voiture. Thorn critiquait Penny-Love parce qu'elle avait pris un virage si serré en sortant du parc de stationnement de l'école qu'elle avait failli renverser un jeune traînant un étui à tuba.

« Y a-t-il quelque chose que je devrais savoir ? » demandai-je à ma guide spirituelle en silence.

La connaissance entraverait le cours naturel avec des émotions négatives encombrantes. Tu continues d'être le noyau d'événements qui uniront ou briseront ceux que tu chéris. Tes défis forment les pierres de gué sur lesquelles les autres marcheront au cours de leur ascension vers l'illumination.

« Hein ? » pensai-je.

Tu comprendras le temps venu, mais quand le moment des choix arrivera, soit tes décisions ouvriront les portes pour un être aimé, soit elles les fermeront à jamais.

« S'agit-il de Dominic ? Est-il en danger ? »

Je ne peux pas répondre à cela sans influencer tes choix. Souviens-toi, écoute ton cœur et agis avec amour, et non avec colère.

Elle s'estompa, avant même que je puisse lui poser une autre question. Une habitude agaçante.

Je tentai de déchiffrer le message d'Opal. Elle m'avait lancé un avertissement à propos de Dominic, décidai-je, et la mention de fermer les portes laissait entendre que Dominic allait partir, si je ne pouvais pas l'aider. J'avais besoin de lui parler —, avant qu'il ne soit trop tard.

Quand je sortis mon cellulaire, Thorn pivota dans son siège pour me regarder.

— Tu nous dénonces aux policiers ? demanda-t-elle, les coins de ses lèvres noires miroitantes se courbant d'un humour empreint d'ironie.

— Je le devrais.

— Et que dirais-tu ?

Thorn rigola sombrement.

— Officier, je suis retenue en otage par une dangereuse poule gothique et sa complice meneuse de claque.

— Complice ? grogna Penny-Love. Amener Sabine était mon idée.

— Je m'assurerai d'informer les poulets de cela lorsqu'ils viendront nous arrêter, répliqua Thorn.

— Personne ne sera arrêté, déclara Penny-Love, attrapant mon regard dans le rétroviseur. Sabine ne l'admettra pas, mais elle aimerait mieux être avec nous qu'avec qui que ce soit d'autre.

— Je préférerais la compagnie de mon amoureux, insistai-je, agitant mon cellulaire.

— Je ne peux pas t'en vouloir.

Pen poussa un sifflement admiratif.

— Dominic est plus chaud qu'une vague de chaleur, ma chanceuse.

« Pas si chanceuse, si Dominic s'en va », pensais-je avec angoisse en jetant un coup d'œil sur l'horloge illuminée dans le tableau de bord.

Des secondes précieuses que j'aurais pu passer avec Dominic s'envolaient, et le téléphone continuait de sonner, sans réponse.

— Merde, il ne décroche pas.

— Ne panique pas, suggéra Penny-Love. Il rappellera.

Il le ferait peut-être…, ou pas. Ayant une meilleure idée, je téléphonai à ma grand-mère.

— Oh…, Sabine.

Était-ce de la déception dans la voix de Nona ? Toutefois, le temps me manquait pour la questionner et découvrir de qui elle espérait un appel (un certain monsieur Cœurs de lumière ?) Rapidement, je lui expliquai que j'étais avec des amies et serais à la maison plus tard. Quand je m'informai à propos de Dominic, elle m'apprit qu'il était allé discuter avec son professeur d'école de maréchal-ferrant. Laissait-il tomber ses études ?

Alors que je refermais mon téléphone dans un claquement, Thorn demanda doucement :

— Les choses se passent bien entre Dominic et toi ?

— Mieux que jamais.

Je me forçai à sourire.

— Nous allons très bien.

Thorn m'étudia.

— Alors, pourquoi as-tu l'air aussi tendu ?

— J'espérais être avec lui, à cette heure-ci. Pas ici.

— Cela ne devrait pas prendre trop de temps, m'assura-t-elle.

— Venir avec moi n'est pas de la torture, interrompit Penny-Love. Tu vois Dominic tous les jours, mais combien de fois as-tu l'occasion d'observer une spectaculaire réunion romantique ?

— Romantique ?

Thorn s'étrangla de rire, la carte routière étalée sur ses cuisses glissant vers ses genoux de sorte qu'elle dut la rattraper.

— Dans tes rêves.

— Hé, ce sera digne d'une téléréalité. Quand je me présenterai à l'appartement de Jacques, il sera incapable de me résister et il me suppliera de revenir.

— Sur quelle planète as-tu été élevée ? demanda Thorn. Les gars ne fonctionnent pas comme ça.

— Jacques n'est pas ennuyeux et enfantin comme la plupart des gars du lycée. Il est excitant et mature.

— Mature signifie trop vieux pour toi, rétorqua Thorn.

Je hochai la tête, d'accord avec elle. Les quelques fois où j'avais été en présence de Jacques, j'avais ressenti une étrange impression, comme si quelque chose ne collait pas. Il avait l'air plus vieux, et j'avais entendu des rumeurs qu'il touchait à la drogue, bien que Penny-Love refusait d'écouter quoi que ce soit de négatif sur lui. Il avait l'air pas si mal —, du moins, jusqu'à ce qu'il jette ma meilleure amie.

— Il a dix-huit ans, dit Penny-Love à Thorn. Je préfère les hommes plus âgés.

— C'est ce qu'il est, c'est certain.

Thorn tapota ses ongles peints en noir sur le repose-bras. A-t-il été forcé de recommencer une année parce qu'on l'a retenu ou qu'il a échoué ?

— Il n'a pas échoué —, c'est un premier de classe et il est en dernière année. Qui s'en soucie, s'il a repris une année deux fois ? Cela explique en partie pourquoi il est si mature. Et que connais-tu des gars, de toute façon ?

La voix de Penny-Love s'éleva sous la colère.

— Tu ne vas même pas à des rendez-vous amoureux.

— J'ai eu des rendez-vous, argua Thorn. C'est juste que personne ne me plaît, en ce moment.

— Ou, genre, jamais. Et qu'en est-il de ce gars débile qui te suit partout?

— Qui? Tu veux dire KC?

Thorn secoua sa tête sombre striée de rose.

— Ouais, apparence ordinaire et, en général, peu mémorable. Et il te suit toujours à l'école. N'était-il pas un sans domicile, auparavant?

— Et si c'était le cas? Il vit avec ma famille, maintenant.

— Partageant ta chambre?

Penny-Love garda une main sur le volant en se tournant et lança un clin d'œil à Thorn.

— Même pas!

Thorn avait le regard furieux.

— Il partage avec mes frères, et il n'est absolument pas attiré par moi. Je veux dire, il est comme un autre frère.

— La façon dont il te regarde n'a rien de fraternel, déclara Penny-Love, et elle était bien placé pour le savoir parce qu'elle ne manquait pas grand-chose de ce qui se passait à l'école.

— Continue à proférer des bêtises, et je vais t'enfoncer cette carte dans la gorge, la prévint Thorn.

Penny-Love se contenta de rire.

— Oh, j'ai peur !

— Si tu ne conduisais pas, tu serais déjà morte.

— Et si tu ne…

— Assez ! criais-je, tirant sur ma ceinture de sécurité et allongeant mes bras entre elles.

Elles ne blaguaient pas, lorsqu'elles prétendaient avoir besoin d'un arbitre.

— Concentrons-nous sur l'objectif ici. Trouver Jacques, vous vous rappelez ?

— Mais, quand elle a dit…

J'interrompis Penny-Love d'un regard plein de mépris.

— D'accord, d'accord.

Elle abandonna.

— De toute façon, je me fous de ce qu'elle pense. Après que Jacques sera de nouveau mien, je ne m'approcherai pas à moins de deux mètres de ce nid de perdants gothiques à l'école.

— Et j'éviterai les pathétiques clones meneuses de claque.

Penny-Love s'apprêta à rétorquer, puis pointa brusquement une plaque de rue.

— Thorn, n'est-ce pas ici que nous virons?

Thorn consulta rapidement la carte.

— Ouais.

— À droite ou à gauche? demanda Penny-Love.

— À droite.

Thorn esquissa un geste en direction de la vitre.

— Ensuite, continue sur environ un demi-kilomètre et tourne encore à droite.

— Ce ne peut pas être par là, dit Penny-Love, se mordant la lèvre inférieure en regardant autour les commerces munis de barreaux aux fenêtres. Jacques ne vivrait pas dans un quartier aussi laid.

— Tu t'attendais à un château? demanda Thorn.

— Non, mais à quelque chose de mieux que ceci. Peut-être un joli appartement en copropriété, tu sais, dans les faubourgs.

— Tout le monde n'a pas les moyens de posséder une maison, lui fis-je remarquer. Il se peut que ses parents n'aient pas beaucoup d'argent ou aient perdu leurs emplois.

Elle secoua la tête.

— Jacques ne vit pas avec ses parents. Il vit avec un frère aîné qui est phlébotomiste.

— Phlébo quoi? demandai-je.

— Un suceur de sang.

Penny-Love rit.

— Il fait des prises de sang à l'hôpital. Et Jacques fait un peu de travail de construction les week-ends, alors il a pas mal d'argent — une fois, j'ai vu une pile de billets de cent dans son portefeuille. J'en ai déduit qu'il vit quelque part de bien.

— Pas si bien, glissa Thorn alors qu'elle pointait un immeuble à appartements de trois étages, fade et de couleur vomi, baptisé Appartements Gable Lombard.

Penny-Love grogna, donnant un coup de volant pour éviter un nid-de-poule et me projetant en avant.

— Thorn, ton radar de Chercheuse est défectueux.

— Pas défectueux.

Thorn agita la carte pliée.

— Il est ici, il n'y a pas de doute. Je sens l'énergie plus forte, venant de quelque part par là.

— Le premier étage ? devinai-je, suivant son doigt pointé. Cela restreint donc le choix à une douzaine d'appartements environ. Comment allez-vous découvrir le bon ?

— S'il est là, nous le trouverons.

Penny-Love se gara et éteignit le moteur.

— Garde-moi en dehors de cela, lui dis-je. Tu m'as forcée à vous accompagner, mais je ne vais pas plus loin que cette voiture. Je veux ressayer de téléphoner à Dominic. Bonne chance pour trouver Jacques.

Et peu importe à quel point elle se lamenta, je refusai de quitter le véhicule. Je fus soulagée que Thorn n'insiste pas. Elle sortit simplement de la voiture et se dirigea vers l'appartement. Penny-Love me lança un dernier regard exaspéré, puis se hâta derrière Thorn.

J'observai mes deux amies désassorties avancer sur le trottoir fissuré menant à l'immeuble. Était-ce une bonne idée de les laisser seules ? Pouvaient-elles s'entendre pendant cinq minutes sans s'entretuer ? Pendant un instant, je gardai ma main sur la poignée de la portière, prête à les suivre. Mais, je la laissai ensuite tomber et pris mon cellulaire.

J'écoutai les cinq sonneries jusqu'à ce que la voix enregistrée de Dominic m'invite à laisser un message.

— C'est moi, dis-je. On se parle plus tard.

En fermant le cellulaire, je poussai un long soupir de frustration, d'inquiétude et de solitude. J'étais certaine que Dominic n'était pas parti... encore. Il ne le ferait pas avant d'avoir aidé Josh et Cheval, et puisque Josh n'était toujours pas à l'école, je devinai qu'il manquait encore. Et j'étais assurément inquiète à propos de Dominic.

J'essayai d'imaginer ce qu'il faisait en ce moment même et je fermai les yeux, souhaitant fortement une vision. Rien ne vint, comme si le lien que je sentais habituellement entre Dominic et moi était bloqué par un mur. Il me maintenait à l'extérieur. Était-ce intentionnel ? S'écartait-il de moi afin que je ne puisse pas le retrouver lorsqu'il partirait pour de bon ?

J'ignore combien de temps je regardai fixement par la vitre en pensant à Dominic, mais j'entendis soudainement quelqu'un crier mon nom. En me relevant subitement, je frappai mon coude sur la portière, et je vis Thorn tirer Penny-Love vers la voiture, leur aura ayant un incendie de rouges flamboyants.

— Dépêche, dépêche!

Thorn ouvrit brusquement la portière côté passager et poussa Penny-Love sur le siège avant.

— Quelque chose ne va pas? demandai-je.

— Boucle ta ceinture! ordonna-t-elle sans s'arrêter pour répondre à ma question.

Elle se hâta de se rendre du côté du conducteur et sauta à bord, les clés cliquetant entre ses doigts.

— Que se passe-t-il?

J'agrippai la banquette devant moi pour garder l'équilibre, quand la voiture bondit en démarrant.

— Nous filons d'ici!

Thorn vit vrombir le moteur.

— Mais, pourquoi l'urgence? Et pourquoi conduis-tu?

— Quelqu'un doit s'en occuper. Elle ne peut pas.

Thorn désigna Penny-Love du pouce, son ton colérique, mais un peu effrayé aussi.

Penny-Love ne dit rien en bouclant sa ceinture. Ses taches de rousseur ressortaient dans son visage sinistrement pâle et ses yeux fixaient aveuglément droit devant elle. Une tache rougeâtre éclaboussait la manche de sa blouse. Rouge foncé… comme du sang.

— Que s'est-il passé ? questionnai-je encore une fois, inquiète.

Thorn, conduisant, secoua la tête.

— Demande-lui. Nous devons nous éloigner d'ici, et rapidement.

— Pen, parle-moi, exigeai-je. Explique-moi ce qui se passe.

Mais, Penny-Love continua à fixer droit devant elle, le regard vide, comme si quelqu'un avait pesé sur la touche «effacer» de sa personnalité. La seule trace d'émotion était une unique larme glissant sur sa joue.

— Elle n'a pas dit un mot depuis que c'est arrivé.

Thorn tira brusquement sur le volant, faisant bondir la voiture (et nous) sur le côté.

— Depuis que quoi… Thorn ! criai-je alors qu'elle entrait presque en collision avec un camion d'ordures. Ralentis ! Essaies-tu de nous tuer ?

— Nous tuer?

Thorn commença à rire, un son amer qui m'effraya.

— Thorn, que se passe-t-il? Et qu'as-tu fait à Pen?

— Moi? Tu crois que j'y suis pour quelque chose?

Thorn gronda. C'est elle qui nous a fourrées dans ce pétrin.

Je me tournai de nouveau vers Penny-Love, qui fixait toujours devant elle avec une expression absente de zombie. Je la fis pivoter vers moi, et mon regard rencontra les yeux fixes de Penny-Love. Je me sentis projetée en avant —, et cette fois, cela n'avait rien à voir avec la manière sauvage de conduire de Thorn. Une vague d'énergie torride surgit et m'étouffa avec une intensité surprenante. Tout devint flou alors que je m'élevai et tournoyai, tournoyai, tournoyai...

Quand le tournoiement cessa, j'étais toujours dans la voiture, mais à un moment différent. J'avais d'une manière ou d'une autre voyagé dans le temps pour revenir à l'instant où Thorn, Penny-Love et moi venions d'arriver à l'appartement. Sauf qu'au lieu de rester dans la voiture, j'avançais à travers le parc de stationnement et j'entrais dans l'immeuble. Et Thorn se déplaçait à côté de moi, ce qui m'embrouilla jusqu'à ce que je réalise que je ne rejouais pas ce moment en tant que moi-même. Mon âme était montée à bord des souvenirs de Penny-Love.

Nous hésitâmes dans le hall d'entrée jusqu'à ce que Thorn ferme les yeux, comme en transe, et pointe à droite. Nous longeâmes l'étroit corridor sur un tapis taché…, décoré de peinture orange fané et transportant des odeurs de pipi de chat, de tacos et d'humidité… Thorn hochait la tête alors que nous approchions du bout du corridor.

— Voici comment cela va se passer, dit Penny-Love à Thorn alors qu'elles dépassaient l'appartement 12. Je vais entrer seule. Tu attends dans le corridor, pendant que j'exerce mon charme sur Jacques.

— Cinq minutes, déclara sèchement Thorn, à l'évidence agacée de recevoir des ordres. Si tu n'es pas de retour, je pars.

Je sentis le visage de Penny-Love s'étirer en un sourire confiant, tout en elle évoquant l'optimisme et l'assurance. Elle appliqua du brillant à lèvres à la fraise et coiffa ses cheveux bouclés avec ses doigts. Alors qu'elle levait le bras pour frapper à la porte de l'appartement 18, elle poussa un petit cri de surprise.

— C'est déjà ouvert !

— C'est étrange, dit Thorn en fronçant les sourcils.

— Non, c'est merveilleux ! se réjouit Penny-Love. C'est un signe que je suis destinée à me trouver ici !

— Tu te montres stupide.

— Tu sais quel est ton problème, Thorn ? Tu n'as aucun sens du romantisme.

— Et tu sais qu'elle est le tien, meneuse de claque ? Tu es…

Avant que Thorn ne puisse lui dire, Penny-Love lui lança un petit salut guilleret et partit toutes voiles dehors vers l'appartement, comme un vent frais.

— Jacques, je suis ici, appela-t-elle en courant à travers le salon, puis le couloir menant à une autre porte ouverte comme une invitation, comme s'il s'attendait à la voir.

Elle entra brusquement dans la pièce…, puis, tout devint flou et rempli de violentes teintes de rouge et de noir. Quelque chose sur le plancher… non, *quelqu'un*.

Penny-Love cria, s'agenouillant près du corps immobile. Jacques… Jacques…, pourquoi ne bougeait-il pas ? En soulevant un bras inerte et en serrant sa main, elle le supplia de bouger…, il y avait quelque chose de collant. Elle retira sa main en regardant fixement, horrifiée, une chose humide sur ses doigts.

Collant, humide, rouge…, du sang.

Et elle hurla.

9

L'énergie me ramena dans le présent comme un coup de fouet, et le monde devint silencieux.

Thorn arrêta la voiture d'un bond à faire craquer les os.

Je regardai à travers la vitre. Nous nous trouvions maintenant dans un parc de stationnement vide, à côté d'un gros édifice ressemblant à une boîte avec un clocher s'élevant en spirale depuis le toit vers le ciel. *Première église de Sheridan Valley*, lis-je sur l'auvent éclairé de derrière.

— Nous pouvons parler ici, expliqua Thorn, débouclant sa ceinture de sécurité et pivotant.

— Est-ce ici que ta mère travaille? devinai-je.

— Ouais…, pour l'instant, du moins.

Les lèvres cramoisies de Thorn se serrèrent fermement, comme s'il s'agissait d'un sujet qu'elle ne voulait pas aborder.

— Il n'y a pas de réunion de prières ni d'étude de la Bible, ce soir, alors c'est discret. Nous devons discuter de trucs sérieux.

— La mort de Jacques, dis-je, si bas que je n'entendis presque pas ma propre voix.

— Comment le savais-tu? demanda Thorn, puis elle secoua la tête sans attendre ma réponse. Oublie cette question. Tu sais toujours des choses que tu devrais ignorer.

— Donc, ce que j'ai vu est réel?

Je me frottai la tête. J'avais l'habitude de parler à des gens *après* leur décès, mais voir en rêve le corps en sang d'une personne de mon école était horrifiant.

— Jacques est vraiment mort ?

— Très mort, reprit Thorn avec un regard anxieux vers Penny-Love, qui fixait toujours le vide. J'ai suivi Pen dans l'appartement, mais j'ai attendu dans le salon. J'ai remarqué des dossiers à l'allure officielle éparpillés sur une table. Une photo attachée à l'un des dossiers m'a étonnée, et je tendais la main vers elle quand j'ai entendu Pen crier. Je ne me suis pas trop approché du corps, mais impossible de rater le sang sur son torse. C'était soit un suicide, soit il avait fait chier quelqu'un comme ce n'était pas possible.

— Thorn !

Je lui jetai un regard mauvais.

— Un peu de sensibilité, je te prie.

— Ce n'est pas comme s'il pouvait nous entendre.

— Pen le peut.

Cependant, Penny-Love ne parlait toujours pas, et quand je me tournai vers elle, elle avait les yeux baissés sur ses mains tremblantes tachées de sang.

Je revins à Thorn, me rappelant un truc bizarre dans ses propos.

— Tu as mentionné une photo attachée à un dossier qui t'a étonnée. Qui était sur la photo ?

Elle fronça les sourcils, frottant celui qui était percé.

— Ce n'est pas le bon moment de répondre à cette question.

— Et quand viendra-t-il ? Les choses sont déjà critiques. Ce que tu as vu ne peut pas les aggraver.

— Ne compte pas là-dessus.

— À quoi fais-tu allusion ? demandai-je. Dis-le-moi, tout simplement.

— Bien. Mais, tu n'aimeras pas. Je n'ai jeté qu'un regard rapide au dossier. Il portait une étiquette avec le nom *Hughes, Greyson* à l'encre noire et un genre de sceau officiel dans le coin. Fixées devant avec une agrafeuse, il y avait deux photographies ; une d'un mec blond terriblement grand, et l'autre… bien… c'était Josh.

J'ouvris la bouche pour insister sur le fait que Thorn devait faire erreur, mais je m'arrêtai quand j'entendis Penny-Love sangloter le nom de Jacques. Je creuserais cela avec Thorn plus tard —, en ce moment, Penny-Love était plus importante.

Je tendis la main, touchant l'épaule de Penny-Love.

— Doucement, Pen. Tu ne peux rien pour Jacques.

— Sabine?

Penny-Love cligna des yeux devant moi comme une statue de glace fondant lentement.

— Sais-tu ce qui s'est passé?

Je hochai la tête.

— Je n'arrive pas à y croire... Il était juste allongé là..., immobile.

— Je suis désolée, fut tout ce que je trouvai à dire.

Une larme coula sur la joue tachée de rousseur de Penny-Love.

— Jacques ne peut pas être... parti. Il est... était... si talentueux, un artiste tellement extraordinaire et trop jeune pour... Oh, mon Dieu! Ce doit être une erreur..., il devrait être en vie.

— Mais, il ne l'est pas, interrompit impatiemment Thorn. Et nous sommes les chanceuses ayant découvert son corps mort. Merci beaucoup, meneuse de claque.

— Ne sois pas cruelle, Thorn, lançai-je sèchement.

— Je suis réaliste. Nous avons de sérieuses décisions à prendre.

— Quelles décisions ?

Mon cerveau resta coincé sur pause.

— Nous ne pouvons rien faire pour l'aider, à présent, sauf appeler le 911[4]. Ou l'as-tu déjà fait ?

— Je me souciais davantage de foutre le camp de là.

— Tu t'es enfuie d'une scène de crime ?

J'avais suffisamment regardé d'émissions de télévision pour savoir que c'était une mauvaise idée.

— C'est certain, et traîner la meneuse de claque zombie n'a pas été facile non plus. Elle ne voulait pas lâcher la main du cadavre. J'ai pratiquement dû la porter hors de là. Est-ce qu'une de vous a la moindre idée des ennuis que nous pourrions avoir ? Si la police nous interrogeait, nous devrions expliquer comment nous avons trouvé Jacques. Pensez-vous vraiment qu'elle croirait que mon don de Chercheuse me transforme en GPS humain ?

— Nous pourrions dire que nous connaissions son adresse, argumentai-je.

---

4. N.d.T. : Équivalent au service 112 en France et en Belgique.

— Un mensonge mène à un autre et à un autre, puis les policiers devineraient que nous cachons quelque chose. Ç'aurait été dément de rester là.

— Mais, c'était mal de partir.

Je secouai la tête.

— À présent, que sommes-nous censées faire? Un appel anonyme au 911, ou simplement repartir en voiture et prétendre que nous ignorons sa mort?

— Reprendre la route me convient, déclara Thorn.

— Mon pauvre, pauvre Jacques, murmura Penny-Love.

— Ce n'est pas comme si *elle* pouvait prendre une décision.

Thorn fit un geste en direction de Penny-Love, qui regardait à présent par la vitre du véhicule en répétant «Jacques» tout bas encore et encore.

— Elle aurait des sueurs froides en se faisant interroger par les policiers, si je n'avais pas traîné son cul hors de là. Regarde-la : du sang sur ses vêtements et son bras. Elle pourrait être la première suspecte puisque Jacques l'a laissé tomber. Il y aura des preuves de cela dans leurs téléphones cellulaires.

— Suspecte? répétai-je.

— Allô.

Thorn roula des yeux, ombrés de khôl.

— Quiconque trouve un corps paraît toujours coupable, alors ils pourraient nous soupçonner, toi et moi, d'être complices.

— Mais, nous n'avons rien fait de mal.

— Pouvons-nous le prouver?

J'avais grandi en entendant les anecdotes de papa à propos de ses affaires, y compris des histoires d'horreur sur des gens innocents accusés de crime. « La justice est un luxe que peu peuvent s'offrir », m'avait déclaré mon père une fois. À l'époque, je ne savais pas trop ce qu'il voulait dire, mais je comprenais, maintenant.

Je regardai Penny-Love.

— Ça va?

Penny-Love secoua la tête, ses boucles rousses dansant autour de son visage pâle.

— Pauvre Jacques... tellement de sang. Qui pourrait lui faire cela?

Thorn se renfrogna.

— Espérons que la police ne pensera pas que c'est son ex-petite amie dédaignée.

— Hein?

Penny-Love s'étrangla.

— Tu veux dire *moi*?

— Je dis seulement que les policiers pourraient sauter aux conclusions.

— Thorn, ne l'effraie pas, ordonnai-je, tendant la main pour donner à Penny-Love une légère tape rassurante sur l'épaule. Elle a reçu un choc terrible.

— Elle doit s'en remettre vraiment vite. Nous devons nous mettre d'accord sur ce que nous allons raconter ou vivre le cauchemar d'un drame policier. Heureusement, nous sommes sorties de là rapidement sans rien déranger de la scène du crime. Nous sommes parties avant que je touche au dossier. Et toi, meneuse de claque?

Thorn changea de position dans son siège pour voir Penny-Love en face.

— As-tu touché à quelque chose?

Penny-Love ne répondit pas immédiatement, le regard encore vague et les mouvements lents.

— Tout est embrouillé et difficile à se rappeler... J'ai commencé par frapper à la porte, sauf qu'elle était déjà ouverte, et j'ai remarqué que le téléviseur était en marche, mais personne ne le regardait, alors je suis allée vers la chambre à coucher, et cette porte aussi était ouverte...

— Donc, tu n'as touché à aucune porte, déclara Thorn avec soulagement. Moi non plus. Nous n'avons rien laissé que des types du genre *Les experts* pourraient retracer jusqu'à nous.

— Sauf peut-être une chose, interrompit doucement Penny-Love.

— Quoi ? voulut savoir Thorn.

— J'ai touché Jacques.

Penny-Love frotta les taches rougeâtres sur ses mains.

— Je n'ai pas compris tout de suite.... qu'il n'était pas en vie... et j'ai tendu la main pour le tenir.

— Le sang disparaîtra au lavage, déclara Thorn. Débarrasse-toi de tes vêtements, afin qu'il n'y ait rien pour nous lier à la scène du crime.

Penny-Love hocha la tête.

— Je pense que nos petits culs sont protégés.

Thorn expira.

— Je crois que personne ne nous a vues, et nous sommes partis de là très rapidement. Si tes empreintes digitales sont sur Jacques, on s'en fout, tu es sa petite amie. Nous devrions donc être couvertes.

— Enfin…, sauf que j'ai pris quelque chose, confessa Penny-Love. Je ne savais pas ce que je faisais…, je n'ai jamais voulu le toucher. Mais, il est tombé de ses mains, lorsque j'ai tendu la mienne vers lui, alors je l'ai déplacé.

— Déplacé quoi ? demanda sèchement Thorn.

— Ceci.

Je me penchai si loin en avant que ma ceinture de sécurité s'enfonça dans mon épaule. Je pouvais voir Penny-Love mettre la main dans sa poche de manteau et en sortir un petit pistolet gris foncé.

Thorn jura.

Ma bouche s'ouvrit en grand.

Tout ce que Penny-Love dit fut :

— Oups.

10

Thorn frappa le volant avec une telle force que la voiture vibra. Puis, elle cria à Penny-Love :

— Range cette chose !

Penny-Love s'exécuta, puis se couvrit le visage à deux mains. Elle continuait de gémir « je ne voulais pas ! », ses épaules secouées de sanglots. Mon regard se fixa sur le sang répandu sur son bras, ce qui d'une certaine manière rendait toute cette horrible situation encore plus horrible.

Thorn était furieuse, mais pour dire vrai, je l'étais également. Trouver un cadavre était déjà assez grave. Apporter ce qui était probablement l'arme du crime était un milliard de fois pire. Nous étions maintenant liées à ce crime. Je n'avais même pas voulu les accompagner et, à présent, je pourrais être appréhendée comme complice d'un meurtre. Je devrais laisser Thorn et Penny-Love se débrouiller avec ce drame. Toutefois, si je les laissais seules ensemble, elles pourraient ajouter au bilan meurtrier en s'entretuant.

J'intervins donc encore une fois en tant qu'arbitre. Après d'autres larmes et des disputes, elles se calmèrent. Personne ne voulait ramener l'arme, mais personne ne voulait la garder non plus. Thorn proposait de l'enterrer. Penny-Love désirait la lancer dans une benne à ordures. Mon idée de poster le pistolet de manière anonyme à la police fut fortement rejetée.

Puisque personne ne pouvait s'entendre, Thorn déclara qu'elle allait cacher l'arme dans un endroit sécuritaire jusqu'à ce que nous décidions quoi en faire. Elle l'enveloppa dans des serviettes en papier qu'elle trouva dans le coffre à gants, puis elle sortit de la voiture et entra dans le petit bâtiment à côté de l'église. Elle ressortit les mains vides environ cinq minutes plus tard.

Comme je ne souhaitais pas que ma voyante de grand-mère s'approche assez de Thorn et de Penny-Love pour soupçonner un problème, je demandai à Thorn de me laisser descendre dans la rue. Pendant que je parcourais le reste de la route à pieds jusqu'à la maison, je tentai de ne pas penser à Jacques, maudissant la vision qui me liait à la scène du crime. Je voulais agiter une baguette magique et être aussi innocente qu'une enfant.

Et qu'en était-il du dossier vu par Thorn? Pourquoi Jacques détiendrait-il des photographies de Josh et de Grey? Cela ne faisait absolument aucun sens, à moins que cela ne concerne l'école —, sauf que Grey ne fréquentait pas notre établissement.

Je fus presque soulagée d'interrompre le fil de mes pensées lorsque j'atteignis la maison de ferme et remarquai une berline brun foncé inconnue garée dans l'allée. Non pas que c'était inhabituel, puisque Nona rencontrait à l'occasion des clients chez elle. Nona occupée, il me serait facile de me glisser discrètement dans ma chambre à coucher.

Cependant, quand je m'approchai de la véranda, la porte d'entrée s'ouvrit brusquement, et Nona sortit avec un homme vêtu d'un costume sombre. Il n'avait pas l'air d'un client. Pouvait-il s'agir de son partenaire d'affaires potentiel, monsieur Cœurs de lumière? Mais, il semblait plus jeune que je ne l'aurais cru, dans la trentaine au lieu d'un âge plus proche de celui de ma grand-mère.

— Je ne peux vraiment rien vous dire, disait Nona d'un ton sec et inamical. Je suis terriblement désolée.

— J'en doute, l'accusa subtilement l'homme.

Puis, il m'aperçut et se déplaça rapidement, pivotant pour se tenir devant moi, bloquant les marches vers la maison.

— Il doit s'agir de votre petite-fille.

Nona fit un geste vers la voiture brun foncé, l'invitant à partir.

— Bonne chance dans votre recherche.

— Allez-vous nous présenter?

L'homme me fixa.

Nona lissa un pli sur sa jupe jaune, le visage calme, mais les mains formant maintenant des poings.

— Monsieur Caruthers, voici Sabine.

— Salut, dis-je poliment.

Son aura, des verts jade et des bruns, me troubla.

— Monsieur Caruthers partait à l'instant, ajouta ma grand-mère avec une impolitesse inhabituelle.

— Je ne suis pas pressé. J'aimerais parler à Sabine.

La hideuse cravate de l'homme pendait de travers, me rappelant un nœud de pendaison.

— P-pourquoi? demandai-je, me tordant les mains.

— De simples questions de routine, m'assura-t-il.

— Monsieur Caruthers est détective privé, intervint Nona avec un regard d'avertissement.

Un détective? Et il voulait me parler? La culpabilité rougit mon visage. La police m'avait-elle déjà retrouvée? Était-il au courant pour Jacques et le pistolet? Quelque chose à propos de sa cravate — une teinte orange vomi — me dérangeait. Quelqu'un n'avait-il

pas récemment mentionné une cravate orange ?
Alors que je fixais sa cravate, le souvenir me
revint.

S'agissait-il du privé qui cherchait
Dominic ?

— Il n'y a aucune raison que vous parliez à
ma petite-fille, affirma sèchement Nona.

— Cela ne prendra que quelques minutes.

— Absolument pas ! Elle est mineure.

— Elle me semble assez vieille pour parler
d'elle-même.

Il inclina la tête vers moi.

— Serais-tu ennuyée de répondre à quelques questions rapides ?

Oui, cela m'ennuyait. Toutefois, refuser me
donnerait l'air coupable, comme si j'avais
quelque chose à cacher.

— Ça va, dis-je, lançant un regard rassurant à Nona.

Elle haussa les épaules et recula, mais elle
continua à froncer les sourcils.

— Connais-tu Dominic Sarver ? me
demanda le détective privé.

— Non.

— Mais, tu connais un jeune homme du
nom de Dominic Smith ?

— Ouais.

J'essayais de garder un ton nonchalant.

— Je ne le connais pas si bien.

— Quand l'as-tu vu pour la dernière fois ?

Nona s'approcha de moi, me donnant un petit coup de coude.

— J'ai déjà dit à monsieur Caruthers que Dominic ne travaille plus ici.

— Exact. C'est le cas, acquiesçai-je. Je ne l'ai pas vu depuis un moment.

— Combien de temps, exactement ?

— Quelques jours. Peut-être une semaine.

Je jetai un coup d'œil à Nona qui m'approuva d'un léger hochement de tête.

— Sais-tu où il est allé ?

Je secouai la tête.

— Non.

— Une idée de la manière dont je peux entrer en contact avec lui ?

— Aucune, répondis-je.

— Il constitue toute une énigme, n'est-ce pas ? Mais, ce n'est qu'une question de temps avant que je ne le retrouve.

Le détective plissa les paupières en me regardant, puis tourna son regard vers ma grand-mère.

— Êtes-vous certaine de n'avoir rien d'autre à me dire?

— S'il me donne de ses nouvelles, vous êtes la première personne à qui je téléphonerai, mentit Nona avec un gentil sourire.

— Oui, j'en suis certain, rétorqua-t-il sarcastiquement. Dites à monsieur Smith — ou Sarver — qu'il serait dans son meilleur intérêt de communiquer avec moi. Il pourrait être le bénéficiaire d'une grosse succession.

«Bien sûr, un détective privé dirait cela», pensai-je. Un mensonge tellement pathétique! Offrir un héritage pour débusquer un suspect, puis, avant qu'il ne puisse demander «Où est l'argent?», les menottes claquent et il écoute un poulet lui lire ses droits. J'étais plus avisée que de croire les propos du détective.

— Je suis certain qu'il voudra entendre cela, affirma Nona avec ironie.

— Vous avez déjà ma carte professionnelle, vous savez donc comment me joindre.

Monsieur Caruthers s'inclina poliment.

— Merci, mesdames, pour votre temps et votre hospitalité.

Nona et moi restâmes debout en silence, l'observant grimper dans sa voiture et partir.

Je ne me tournai vers ma grand-mère que lorsque le véhicule ne fut plus qu'un point au loin.

— C'était intense.

Je fronçai les sourcils.

— J'espère qu'il ne reviendra pas.

— Ne compte pas là-dessus. Je sens que nous le reverrons, ce qui est perturbant.

Nona plissa les lèvres. Il a une aura suspecte.

— Quelles questions t'a-t-il posées ?

— Tout sur Dominic — depuis combien de temps je le connaissais, quand il avait commencé à travailler ici, et si j'avais rencontré un ou l'autre des membres de sa famille.

Lilybelle bondit sur la main courante autour de la véranda, et je caressai sa douce fourrure.

— Alors, que lui as-tu dit ?

— Que Dominic avait récemment démissionné. J'ai insisté sur le fait que son nom était Smith, et non Sarver, et que j'avais connu sa mère, que je savais donc avec certitude qu'il n'avait pas d'oncle.

— Tu ne connaissais pas vraiment sa mère, n'est-ce pas? demandai-je en me rappelant ce que m'avait raconté Dominic.

— Bien, non. Je peux mentir au besoin, affirma Nona avec un clin d'œil entendu. Je voulais m'assurer que le détective privé cesse de le chercher. Cette histoire d'héritage est une totale ineptie! Si les parents de Dominic avaient eu de l'argent, il n'aurait pas été forcé de vivre avec cet oncle dégoûtant. Ce détective ne peut pas me tromper.

— Je n'ai pas cru à cette histoire non plus, admis-je.

— Pour m'assurer que monsieur Caruthers ne revienne pas, je lui ai montré l'appartement de Dominic.

— Tu n'as pas fait cela!

Nona émit un petit rire.

— Tout ce qu'il a vu était un loft *vide*.

— Vide?

Je retirai vivement ma main de sur Lilybelle, ce qui la prit par surprise et la fit sauter en bas de la main courante et se sauver sous la chaise longue.

— Mais, et les affaires de Dominic?

— Cachées, répondit gravement Nona. Tout comme Dominic.

Je devais le constater par moi-même.

Sautant en bas de la véranda, je courus à travers l'allée vers la grange. Je grimpai l'escalier et regardai dans le loft. Les photos et les peintures de Dominic n'étaient plus sur les murs, ses livres préférés n'étaient plus empilés sur les étagères, et le dessus de la commode était exempt de poussière et d'effets personnels. Le seul indice qu'il avait déjà habité ici était le perchoir en bois pour son faucon, qui se tenait en solitaire à côté de la fenêtre ouverte comme le seul arbre encore debout dans une forêt dévastée.

Lorsque je revins vers ma grand-mère, elle refusa de me révéler où il était parti.

— S'il veut que tu le saches, il te le dira, déclara-t-elle calmement, puis elle entra dans son bureau et referma la porte.

«S'il veut que je le sache!»

J'ignorais contre qui je devais éprouver le plus de colère —, ma grand-mère ou Dominic. Ne me faisaient-ils pas confiance? Comment osaient-ils me tenir à l'écart?

Grimpant à pas lourds et bruyants vers ma chambre, je ne réussis pas à me concentrer sur mes devoirs ou la télévision ou mes travaux d'aiguille. Pour engourdir mes émotions, je montai le volume de ma stéréo à fond.

C'est pourquoi je n'ai pas su que j'étais demandée au téléphone jusqu'à ce que Nona frappe à ma porte environ une heure plus tard. Je ne lui criai pas d'entrer parce que j'étais encore foutrement agacée. Mais, elle entra quand même. Après s'être arrêtée pour baisser grandement le volume de ma musique, elle me tendit l'appareil.

Je sus que c'était mon père, avant d'entendre sa voix —, et qu'il était inquiet à propos d'une personne dans ma famille.

— Papa.

Je me tendis.

— Quelqu'un est-il malade ? Est-ce maman ?

— La plupart des gens répondent « Allô » ou « Comment vas-tu ? »

— Je ne suis pas la plupart des gens. Est-ce qu'Amy et Ashley se portent bien ?

— Tes petites sœurs vont bien, elles aussi.

Papa s'éclaircit la gorge.

— Cependant, je n'en suis pas aussi sûr pour ta grande sœur.

Je resserrai mon emprise sur le combiné.

— Ah ?

— Jade n'est pas rentrée à la maison, hier soir, et sa mère est inquiète.

Me mordant la lèvre, je résistai à l'envie de faire remarquer que c'était habituellement la mère de Jade qui causait de l'inquiétude à sa fille. Elle souffrait d'une dépendance aux jeux de hasard et partait souvent pendant des semaines sans donner de nouvelles.

— Crystal a appelé les amis de Jade, poursuivit papa avec angoisse. Ils n'ont pas entendu parler d'elle et semblent croire qu'elle a un nouveau petit ami, mais personne ne le sait.

— Pourquoi me téléphones-tu ? Je connais à peine Jade.

— Je pensais que Jade et toi vous vous entendiez mieux. Amy a mentionné que vous vous envoyiez des textos.

— Bien…, un peu.

— Sais-tu quelque chose à propos de son nouveau copain ?

Oui, j'en savais beaucoup, mais voulais-je l'admettre à papa ? J'hésitai, réfléchissant, me battant contre mes émotions amères et décidai finalement que je n'étais pas obligée de raconter à papa les trucs gênants. Je lui dis simplement que j'avais vu Jade avec Evan Marshall hier.

— Elle est donc probablement encore avec Evan ?

— Sinon, il saura où elle se trouve.

Je lui dis où demeurait Evan, puis nous raccrochâmes.

Fixant le téléphone, j'éprouvai plus que jamais du ressentiment contre Jade. Je parie qu'elle créait un drame uniquement pour causer des ennuis. Je n'étais pas inquiète pour elle —, loin de là. C'était une vache sans considération pour qui que ce soit d'autre qu'elle-même. Elle ne voulait même pas prendre le temps de téléphoner à sa famille pour les informer qu'elle était avec Evan. Mais, était-elle avec lui ? À présent que j'y repensais, j'avais vu Evan se pavaner à sa manière égocentrique habituelle dans le corridor de l'école aujourd'hui avec quelques-uns de ses copains. Si Jade n'était pas avec lui ou à ses propres cours, où était-elle ?

Je me souvins des appels de Jade que j'avais zappés plus tôt et de cet étrange texto qu'elle m'avait envoyé : *Travaille sur probl. Dois te parler. Urgent !*

Sauf que je n'avais pas répondu.

Merde. À présent, je me sentais coupable. J'étais furieuse contre Jade, mais je ne voulais pas qu'il lui arrive du mal. Je regardai mon téléphone, mais il n'y avait pas de nouveaux messages, et j'avais efficacement effacé les précédents. Elle avait peut-être envoyé un courriel.

Je vérifiai dans mon ordinateur — et découvris quatre courriels d'elle.

Les deux premiers disaient simplement : *Appelle-moi !*

Le suivant : *Pq n'as-tu pas appelé ? ? ? ?*

Le quatrième et dernier courriel datait d'hier à 14 h 25.

Frangine,

Pourrais-tu répondre, merde ?

PTI : Rencontre Grey @ 21 h, CaB, ce soir.

Sois-y.

Jade

Pourquoi Jade rencontrait-elle *Grey* ? Comment s'était-elle acoquinée avec lui ? Et que signifiait « CaB » ? Encore plus intriguant, pourquoi me demander « Sois-y » ?

Sauf qu'au lieu de m'y rendre, j'avais ignoré ses messages.

Elle était allée rencontrer Grey seule.

Et à présent, elle avait disparu.

11

Après avoir appelé papa pour lui parler du courriel de Jade, je me mis au lit de bonne heure.

Malheureusement, le sommeil me boudait comme les réponses aux questions qui bourdonnaient dans ma tête. C'était comme si quelqu'un avait pressé sur le bouton « folie » dans ma vie et tout envoyé tourbillonner hors de contrôle. Il devait y avoir une malédiction sur les prénoms commençant par «J». Jade et Josh avaient disparu. Et le pauvre Jacques était mort.

Quand Nona avait commencé à m'enseigner comment utiliser mes dons paranormaux, elle avait parlé des mystères étranges du hasard. Des membres d'une même famille partageant la même date de naissance, des gens décédant le même jour où ils étaient nés et comme on peut rencontrer quelqu'un en ayant l'impression de le connaître depuis toujours. La plupart des gens mettent cela sur le compte de la coïncidence, mais Nona m'avait assuré qu'il y avait un plan maître pour toutes nos vies. Même les noms, souvent aléatoires, pouvaient porter une profonde signification pour notre chemin de vie.

Toutefois, mes inquiétudes à propos de Josh et de Jade étaient éclipsées par le trou laissé dans mon cœur par Dominic. Je ne voyais que son visage, quand je fermais les yeux. Sa voix murmurait d'agréables souvenirs de nos moments magiques ensemble. Et mes lèvres brûlaient de sentir à nouveau la douce caresse des siennes.

Pour éloigner les esprits, je dormais toujours avec une veilleuse allumée. Ce soir, j'avais choisi une lumière en forme de cœur, et sa vaporeuse lueur rouge brillait sur le mur opposé à mon lit. Cela semblait calmer mon angoisse, comme si la lumière en cœur me liait à Dominic.

Le lendemain matin, je fus étonnée de constater que j'avais dormi à poings fermés. Aucun rêve de pistolets, de cadavres ou de magiciens maléfiques qui pouvaient faire disparaître les gens. Bien que je me souvins immédiatement de tout dès que j'ouvris les yeux. Me préparer pour l'école me paraissait un acte si futile et ordinaire. Mais, comment faire autrement ?

D'ailleurs, j'avais un examen d'anglais.

Je fus un peu déçue, quand Penny-Love ne vint pas me prendre en voiture, alors je lui envoyai un message texte. Elle répondit : « À + ».

Quand j'arrivai à l'école, je la vis qui m'attendait —, sauf qu'elle n'était pas seule.

Les bas résilles roses de Thorn, son maquillage crayeux et ses minuscules boucles d'oreille en forme de crâne formaient un contraste saisissant avec le jean cigarette avec ses poches en forme de fleur de Penny-Love, sa blouse rayée à taille empire et ses cheveux pris dans deux queues de cheval bondissantes.

— Vous deux êtes ensemble? demandai-je.

— Une défaillance de jugement, répondit Thorn, la mine renfrognée.

— Nous devons nous tenir les coudes, du moins jusqu'à ce que ce petit problème soit résolu, ajouta Penny-Love.

— Petit? se moqua Thorn.

— Lâche-moi un peu, d'accord? J'ai passé une mauvaise nuit.

Les yeux de Penny-Love étaient gonflés et cernés comme si elle avait mal dormi.

— Sabine, as-tu entendu quelque chose?

— À quel propos?

Regardant furtivement autour d'elle, Penny-Love siffla dans mon oreille :

— Jacques! Quoi d'autre?

— Oh…, ouais. Eh non, je n'ai rien entendu.

— Moi non plus! Et ça me rend folle!

Elle agrippa mon bras, ses ongles pointus sur ma peau.

— J'ai vérifié les nouvelles, et il n'y avait rien du tout sur Jacques! Comment est-ce possible? Aucun rapport à propos du meurtre d'un étudiant du lycée local?

— Je t'ai dit que nous aurions dû appeler le 911, rétorquai-je. Son corps n'a probablement pas été découvert.

— Oh oui, il l'a été, m'assura Penny-Love.

— Comment peux-tu en être certaine? Ce n'est pas comme si tu étais retournée vérifier…

J'observai une rougeur coupable assombrir son visage.

— Oh, mon Dieu, Pen, tu n'as pas fait ça!

— Il le fallait. Après que Thorn soit rentrée chez elle, je n'arrêtais pas de penser à Jacques. Je devais savoir. Alors, j'y suis allée en voiture, m'attendant à voir des voitures de police et des gyrophares. Mais, c'était calme. Par conséquent, j'ai pénétré dans l'immeuble… simplement pour vérifier.

— Espèce d'idiote!

Thorn lui lança un regard furieux.

— Tu mérites d'être présentée dans cette émission de télévision à propos des criminels stupides.

— Mais, je ne suis pas une criminelle.

Les épaules de Penny-Love tressautaient comme si elle était sur le point de s'effondrer.

— Nous savons cela, la rassurai-je en glissant mon bras autour d'elle.

Je jetai un regard venimeux à Thorn.

— N'est-ce pas, Thorn?

— Oh, d'accord, admit Thorn avec mauvaise grâce. Elle n'est pas une criminelle. Elle agit seulement avec stupidité.

— Je n'ai pas pu m'en empêcher, sanglota Penny-Love. Je devais savoir ce qui se passait et m'assurer que quelqu'un le trouverait. J'ai agi avec prudence et j'ai fait semblant de me rendre à un autre appartement. La porte de son appartement était fermée, mais j'ai entendu des voix à l'intérieur. Je me suis donc dit qu'il s'agissait de la police, bien que je me suis demandé pourquoi il n'y avait pas de ruban délimitant la scène du crime comme on en voit toujours dans les séries télévisées lorsqu'ils découvrent un cadavre.

— Les séries télévisées ne sont pas toujours exactes à propos de truc comme ça, intervint Thorn.

— Encore que ce ne pouvait pas être la police, car j'ai vérifié en ligne, et il n'y a pas une seule mention du meurtre de Jacques. Je n'ai rien pu trouver sur lui. C'est comme s'il n'avait pas seulement été assassiné : il a été effacé de l'existence.

— Étrange.

Thorn plissa le front.

— Je ne peux pas l'oublier et je dois savoir ce qui s'est passé.

— Cela fera la manchette à un moment donné, déclarai-je à Penny-Love avec assurance.

— Et si non ? argumenta-t-elle avec une férocité qui m'étonna. Et si le meurtrier s'en tirait ?

— Ces trucs arrivent.

Thorn haussa les épaules.

— Pas à des gens qui me sont chers, insista Penny-Love. Je ne peux pas patienter sans rien faire. Je ne cesse de me souvenir de Jacques —, son rire, ou sa manière mignonne de grimacer sous la concentration, quand il peignait, et comme ses bras me paraissaient si chauds, et ses mains savaient exactement comment…

— Arrête immédiatement !

Des ongles mauves scintillèrent au moment où la main de Thorn s'éleva en guise de protestation. Je ne veux pas entendre parler de ta vie sexuelle.

— Pas du sexe…, de l'amour.

Un triste sourire vacilla sur le visage de Penny-Love.

— Et il était le meilleur…, même si tout ce dont il parlait, c'était de faire la fête et de planer. Il était un peu dangereux, mais un vrai bon gars. C'est pourquoi je vous ai demandé à toutes les deux de venir — parce que je vais découvrir qui l'a tué et j'ai besoin de votre aide.

Je secouai la tête.

— Je ne peux pas…, il se passe trop de choses dans ma vie. Josh a disparu et peut-être Jade aussi. Et Thorn a vu ce dossier avec la photo de Josh dans l'appartement de Jacques : à quoi ça rime ? Puis, il y a Dominic… enfin, il a aussi besoin de moi. Mon quota de soucis est atteint, et je ne peux plus gérer d'autres problèmes. Laisse le meurtre aux poulets.

— Mais, tu es ma meilleure amie, Sabine, gémit Penny-Love. Tu ne peux pas m'abandonner maintenant que je suis dans la situation la plus affreuse de ma vie.

Quand elle présentait les choses ainsi, il était difficile de refuser. J'hésitai.

— Cesse de jouer les martyres, lança sèchement Thorn à Penny-Love.

— Qu'est-ce que c'est censé vouloir dire ? rétorqua Penny-Love.

— Si tu es un tant soit peu l'amie de Sabine, tu remarqueras qu'elle traverse elle aussi des trucs pénibles. Toutefois, tu ne penses qu'à toi-même, comme d'habitude.

— Je ne t'ai pas demandé ton avis.

— Par contre, tu étais sur le point de demander mon aide, ce qui signifie mon don de Chercheuse. C'est quelque chose que tu as promis de ne plus jamais mentionner.

— Je ne l'ai pas mentionné, dit Penny-Love, le regard furieux. Tu l'as fait.

— Tu allais le faire.

— Et si c'était le cas ? Mais, à l'évidence, tu ne m'aideras pas.

— Une fois encore, tu as tort, meneuse de claque.

Thorn était plus petite que Penny-Love, mais elle semblait plus grande à cause de son aura dorée, verte et ambre-rouge scintillant vivement. Je vais t'aider, non parce que tu le mérites, mais parce que je ne veux pas que tu embêtes Sabine.

— Je ne…

— Ne le nie pas. Tu manipulais son cœur tendre, t'attendant à ce qu'elle te suive comme un petit lieutenant. Elle n'a pas trouvé le corps, nous l'avons fait. Si tu es sérieuse dans ton intention de découvrir l'assassin de Jacques, nous la laissons en dehors de ça. Je peux être plus utile que Sabine. Es-tu partante ou non ?

— Bien…

Penny-Love me jeta un coup d'œil, fronçant les sourcils. Puis, elle poussa un long soupir et se tourna de nouveau vers Thorn.

— D'accord.

* * *

Le soutien de Thorn m'étonna et me fit réfléchir à l'amitié pendant que je marchais lentement vers mon prochain cours. Penny-Love était-elle réellement ma meilleure amie ? Parfois, elle agissait comme telle, mais la plupart du temps elle était centrée sur ses propres histoires. Elle était amusante et populaire, et son bagou constituait un bon camouflage pour mes dons étranges. Il m'était facile de rester en arrière-plan avec les personnes à demi populaires, lorsque j'étais en sa compagnie, et de ne pas me faire remarquer. Était-ce là la description d'une meilleure amie ?

Le plus drôle, réalisai-je plus tard, quand j'aperçus Thorn avec l'une de ses copines gothiques, était que Thorn agissait davantage comme ma meilleure amie. Elle s'était portée à ma défense et avait critiqué Pen pour sa façon de me mener par le bout du nez. Il était aussi facile d'être avec elle, car elle m'acceptait sans jugement. Pourtant, Thorn ne me présentait jamais à ses amis gothiques, et nous ne nous fréquentions pas comme de véritables amies. Parfois, le seul moyen pour moi de savoir ce qu'elle fabriquait, c'était de poser la question à Manny —, ce que j'ai fait lorsque je l'ai vu à la pause du midi dans la salle informatique.

— Thorn a-t-elle une meilleure amie ?

— Thorn n'a pas de meilleur quoi que ce soit.

Les billes dans les tresses de Manny cliquetèrent, quand il se détourna de l'écran d'ordinateur.

— Pourquoi poses-tu la question?

— Je pensais simplement…

— Un truc dangereux à faire, me taquina-t-il. Cela pourrait t'attirer toutes sortes d'ennuis.

— J'en ai déjà beaucoup.

— Quelque chose dont tu as envie de parler?

Je soupirai. C'était tentant de me confier à lui, car il m'avait aidée à de nombreuses reprises. Cependant, raconter à l'éditeur du journal scolaire qu'un camarade de classe avait été assassiné et que je connaissais la cachette de l'arme du crime n'était pas une bonne stratégie. Bien sûr, ne pas rapporter le meurtre n'était pas intelligent non plus. Mais, tout était arrivé si vite, et nous avions paniqué.

— Allons, Binnie, dit-il, utilisant ce stupide surnom. S'agit-il de Josh? Manque-t-il toujours à l'appel?

— Comment sais-tu cela?

Il sourit mystérieusement.

— Manny le voyant voit tout et sait tout.

— Je vois et je sais que Manny le voyant est un gros imposteur.

— Il faut un immense talent, pour maîtriser l'art de l'imposture, ce en quoi j'excelle, se vanta-t-il. Ma chronique de prédictions est extrêmement populaire.

— As-tu oublié qui te fournit toutes ces prédictions ?

— Je ne peux jamais t'oublier, Binnie.

— Ne m'appelle pas comme ça.

— Te fais-tu du mouron pour Josh ?

Manny me tapota la main avec sympathie.

— Parce qu'il est parti et tout le monde ignore où ?

— Je suis inquiète, admis-je, décidant qu'il n'y avait pas de risque à lui parler de ce problème.

Je lui racontai donc les détails de mon passage à la maison de Josh ; Cheval ne mangeant pas, la note laissée par Josh, l'étrange vision que j'avais reçue en touchant la baguette magique et les vagues résultats de Chercheuse de Thorn à propos de Josh.

— Hum… dit-il lorsque je terminai, caressant la barbe foncée de quelques jours sur son menton. Bien, ma sage fille, tu es venue au bon endroit. Je suis certain de pouvoir trouver Josh.

— Comment?

— Analyse intense et recherche, déclarat-il, gesticulant vers l'ordinateur. Se concentrer sur les faits. Josh se montrait discret sur ses activités de magicien. Il avait récemment rompu avec sa petite amie —, toi.

Mes joues rougirent.

— Notre rupture n'a rien eu à voir avec sa disparition.

— Je n'ai pas dit que c'était le cas ; je ne fais que compiler les faits. Comment a-t-il réagi à votre rupture ?

— Il m'évitait et ne répondait pas à mes messages.

— Une rupture traumatisante peut entraîner un comportement extrême — comme la fuite.

— Il ne s'est pas enfui ! lançai-je sèchement. J'ai peur que Grey ne lui ait fait quelque chose. Je t'ai parlé de Grey — comment il a vandalisé La chasse aux bonbons, mais qu'il a ensuite réussie à tromper Josh en lui faisant croire à son innocence.

— Comment sais-tu que Josh est en compagnie de Grey ?

— Sa note disait qu'il était parti avec Arturo, mais un témoin l'a vu monter en voiture avec Grey.

— Quel témoin ?

J'hésitai, car je savais que cela paraîtrait vraiment bizarre, même venant de moi.

— Le chien de Josh. Dominic lui a parlé, et les chiens ne mentent jamais.

— Un chien ne constitue *pas* un témoin fiable, dit Manny en faisant bruisser ses tresses, tournoyant dans sa chaise, les doigts volant vers le clavier d'ordinateur. Malgré tout, Josh se trouve probablement avec les *deux*, Arturo et Grey. Toutes les preuves pointent vers un genre de cachette de magicien dans les bois. L'indice de Thorn sur la carte est utile aussi. Je vais faire des recherches pour toi, et toi tu…

— Et moi, je vais trouver douze nouvelles prédictions pour *Dix ans dans le futur*, continuai-je, soupirant.

— As-tu déjà commencé ? insista-t-il.

— Non. Mais, je prédis que dans dix ans, j'aurai peut-être terminé.

— Pas drôle.

Manny se leva, glissant un bras autour de mes épaules.

— Médite ou fais ce que tu dois, et je vais m'atteler au problème Josh. C'est un gars sympa, et je l'ai toujours aimé. Je veux le trouver, moi aussi.

Mais, et Jacques? me demandai-je. Avait-il des amis ou de la famille qui le cherchaient? Personne à l'école ne semblait remarquer qu'il était parti. Mort. Que serait-il arrivé, si j'avais médité sur son avenir quelques jours auparavant? Aurais-je pu le sauver?

— Remets tes prédictions d'ici jeudi, à midi, lança Manny.

J'hésitai, puis hochai la tête.

— Je vais faire de mon mieux.

— Formidable! Ce sera une chronique extraordinaire. Je ne vais même pas t'imposer les sujets. Choisis n'importe qui, même des professeurs, si tu veux.

Il me tendit le livre de fin d'année des étudiants de Sheridan High de l'année précédente.

* * *

Je rentrai à la maison à pieds, puisque Penny-Love m'avait envoyé un texto m'informant qu'elle s'en allait avec Thorn. Je ne demandai pas où, car je ne souhaitais pas le savoir.

Tout ce que je voulais, c'était le retour de Dominic dans son loft, m'attendant.

Cependant, son camion n'était toujours pas là, et il y avait une impression d'abandon autour de la grange. Dans mon cœur, je savais qu'il était réellement parti.

Une partie de moi avait disparu aussi.

Il n'avait même pas dit au revoir. Pas même un minable message texte. « Les cœurs peuvent vraiment se briser et mourir », pensai-je misérablement. Même si j'avais une longue liste de choses à faire, je me sentais sans but et vide. J'avais envie de me cacher dans ma chambre à coucher et d'éteindre la lumière et de disparaître dans le sommeil.

Je m'avançai vers la véranda devant la maison, puis m'arrêtai.

Qu'était ce bruit de miaulement ?

Regardant autour de moi, je vis Lilybelle sauter en bas de la main courante et se hâter vers moi. Sa queue multicolore se balançait d'un côté à l'autre.

Elle leva les yeux et miaula bruyamment ; ce n'était pas sa manière habituelle de réclamer des caresses, mais un son plus revendicateur. Je déposai mon sac à dos sur la balancelle de la véranda et tendis les bras pour la prendre. Elle se tortilla en s'écartant de quelques mètres. Puis, elle s'arrêta, pour me fixer de nouveau.

— Que se passe-t-il avec toi ? murmurai-je.

Elle miaula avec humeur, s'éloigna davantage, puis s'arrêta de nouveau, m'offrant une expression suppliante, semblant exiger quelque chose.

— As-tu faim ?

Elle fit osciller sa queue.

— Je prends cela pour un refus, dis-je, intriguée.

Elle ne cessait de tourner en rond d'une façon agitée. J'aurais aimé que Dominic soit ici pour déchiffrer son langage. Je n'avais jamais eu de succès en essayant de comprendre les animaux.

— Alors, que veux-tu ?

Lilybelle bondit à mes pieds et commença à mâchouiller mes lacets.

— Hé, arrête ça ! Ce sont mes plus beaux baskets !

Je me penchai et la repoussai loin de mes chaussures. Elle donna un coup de dents sur mes doigts, sans vraiment me mordre. Puis, elle détala à quelques mètres et marqua une pause en faisant bouger ses moustaches, l'air d'attendre quelque chose.

— Veux-tu que je te suive ?

Elle agita sa queue de haut en bas comme si elle acquiesçait.

Je la suivis donc.

Elle me guida au-delà de la grange, à travers le corral et le pâturage où les chevaux et les vaches broutaient. Elle ne ralentit pas non plus, se dépêchant sur ses quatre petites pattes comme si elle participait à une course. Je dus courir, pour rester à son niveau. Lorsque nous arrivâmes à la frontière de la propriété de ma grand-mère, la clôture qui entourait les bois, Lilybelle sauta par-dessus.

— J'espère que tu sais où tu vas, grommelai-je alors que je me hissais par-dessus la clôture et sautais de l'autre côté.

Elle disparaissait le long d'un sentier étroit qui menait dans la forêt, et je la serrai de près. Je la perdis quelques fois, mais ensuite je vis sa queue colorée. Les arbres autour de nous se rapprochaient comme une canopée sombre et ombrageuse, et le sentier de terre tracé par les animaux sauvages était extrêmement difficile à suivre.

Puis, soudainement, Lilybelle s'arrêta devant un tronc d'arbre aussi large qu'un réfrigérateur, foncé et noueux avec une écorce rugueuse. Je m'arrêtai aussi, me penchant pour reprendre mon souffle et commençant à me sentir comme une idiote d'avoir suivi ma chatte dans la forêt. Il ferait sombre bientôt, et je n'osais pas rester longtemps de peur de ne pas retrouver ma route avant le lendemain matin. Bien que l'élévation de notre coin de pays n'était pas suffisante pour héberger des ours, nous accueillions par contre des pumas —, de distants cousins de Lilybelle par ADN que je ne voulais *pas* rencontrer.

Où était donc Lilybelle?

Je jetai un coup d'œil tout autour, mais aucun signe de ma chatte.

Puis, il y eut un bruissement, et quelque chose de doux atterrit sur mon épaule. Tendant la main, je ramassai une feuille. J'inclinai ensuite la tête vers l'arrière et regardai vers le haut, très haut dans l'arbre, m'attendant à voir ma chatte.

Au lieu, je vis des cheveux couleur de sable et des yeux bleus.

— À peu près temps que tu arrives, lança Dominic.

Puis, il baissa le bras et me souleva jusque dans l'arbre.

12

Je fixai le sol avec étonnement, quand mes pieds atterrirent, non sur une branche, mais sur un tapis.

— Bienvenue dans ma modeste demeure, dit Dominic, ne lâchant pas ma main. Je ne retirai pas la mienne non plus, profitant de sa caresse chaude, ferme et merveilleuse.

— Une maison dans un arbre? demandai-je.

Pas une grossière cabane faite de branches et de planches, mais un chalet dans les airs avec des murs solides, un coin-cuisine, un sofa en cuir rapiécé et une chaise berçante sous la lueur gris-bleu de la lumière du soir. Une lumière s'éclaira en moi aussi, sachant que Dominic m'avait amenée ici, qu'il voulait me voir.

— Tu aimes ?

Dominic sourit largement.

— C'est extraordinaire ! L'as-tu construite ?

— Non.

— Alors, qui ?

— Ta grand-mère.

— Nona ? Pas possible !

— Ne la sous-estime pas, dit Dominic, me menant au sofa et me faisant signe de m'y asseoir.

Il s'installa près de moi.

— Elle m'a appris que c'était sa retraite quand ses rôles de mère et d'épouse la stressaient et qu'elle avait besoin d'un endroit juste à elle.

— C'était il y a des décennies !

Je regardai autour de moi, encore dépassée par cette maison miniature dans un arbre.

— Elle était ici bien avant ma naissance ? Mais, j'avais l'habitude de jouer dans ces bois et je n'ai jamais remarqué de maison dans un arbre.

— Elle est bien camouflée, déclara Dominic.

— Comme une illusion de magicien.

Je contemplai mon entourage avec étonnement.

— Aucun faible truc de scène ici, uniquement une construction habile. Les branches ont poussé autour des murs, et cet arbre est d'une variété à feuillage persistant. Quand tu lèves les yeux depuis le sol, tout ce que tu vois, c'est un enchevêtrement de brindilles et de branches noueuses.

— Wow. Comment Nona a-t-elle monté cela ici ?

Je pointai un réfrigérateur miniature.

— Ce n'est pas elle —, je l'ai acheté quand j'ai su que j'habiterais possiblement ici pendant un moment. Il fonctionne au gaz propane.

— Nona t'apporte-t-elle de la nourriture ?

— Non. Elle a une peur maladive du détective privé et pense qu'il pourrait nous espionner avec du matériel de haute technologie. Elle ne veut même pas que j'utilise un cellulaire. Ma troupe d'animaux me donne donc un coup de main.

Il poussa un sifflement aigu, et des ailes foncées voltigèrent à travers une fenêtre ouverte. Son faucon atterrit sur un perchoir en bois.

— Que fait Dagger? m'enquis-je.

— Il relaie des messages.

— Apparemment, tout comme Lilybelle.

Au son de son nom, ma chatte leva fièrement la queue et se frotta contre mes jambes, ronronnant.

— Lily est géniale, dit Dominic, souriant. J'aurais envoyé Dagger, mais il était parti chasser.

— Chasser de la nourriture pour toi? demandai-je, un peu dégoûté par cette image mentale.

— Nan, je ne suis pas encore désespéré.

Dominic rigola. Il alla au réfrigérateur, l'ouvrit et me montra des boîtes de carton contenant des restes de prêt-à-manger.

— Quand je veux sortir, Dagger retire le verrou du corral afin que Rio galope jusqu'ici.

Puis, je le monte jusqu'à mon camion —, il est caché à l'orée de la forêt près de la route.

— Tu te rends à cheval jusqu'à ton camion?

— Un cheval se présentant au comptoir du service à l'auto attirerait l'attention, blagua Dominic. Hier soir, j'ai opté pour des mets chinois.

Ensuite, il m'invita à partager des restes de porc sauce aigre-douce, de nouilles et de légumes.

Nous mangeâmes, jouâmes aux cartes et parlâmes. Je fus étonnée d'apprendre qu'il était même retourné à la maison de Josh.

— Comment se porte Cheval? demandai-je.

— Beaucoup mieux —, et cela n'a rien à voir avec moi.

— Alors, qui l'a aidé?

Dominic déposa sa main de cartes et me décrocha un regard me prévenant que je n'aimerais pas ce qu'il était sur le point de dire.

— Evan. Il prend soin de Cheval, le nourrit et l'emmène en promenade au parc.

— Enfin…, c'est bien, admis-je à contrecœur.

Il était difficile de ne pas détester Evan, même lorsqu'il se montrait gentil.

— Et Josh ? Des nouvelles ?

— Ouais.

Dominic hocha la tête.

— De bonnes nouvelles —, il a téléphoné à ses parents.

— Oh, mon Dieu, quel énorme soulagement ! Qu'a-t-il dit ?

— Qu'il serait de retour pour Noël.

— Madame DeMarco doit être enchantée.

— Ouais. Elle l'était. Et toi ?

Il s'agissait d'une question, et elle n'était pas posée à la légère.

— Je suis contente qu'il aille bien…, mais seulement parce qu'il reste un ami.

Je croisai son regard.

— Rien de plus.

— Bien, dit-il, ramassant ses cartes, les examinant, puis se défaussant d'une carte sur la pile au centre de la table.

— Josh a-t-il donné des explications ?

Je m'emparai de sa carte défaussée et l'ajoutai à ma main.

— Par exemple, la raison de son départ et l'endroit où il se trouve ?

— Seulement qu'il se trouvait avec Arturo pour une formation secrète de magicien.

— Pourquoi tout ce secret ?

— Tu ne veux pas entendre mon avis, affirma Dominic.

— En tout cas, c'est formidable que Cheval se porte mieux —, une chose de moins à t'occuper.

— Ouais. Il ira bien.

« Mais toi ? » pensai-je en songeant au détective.

À l'exception du bruissement des feuilles à l'extérieur de la maison dans l'arbre et des créatures invisibles murmurant entre les branches, le silence tomba à l'intérieur de notre paradis. Je me raidis, à quelques centimètres de mon amour, ayant malgré tout l'impression que je glissais loin de lui.

— Donc, avec Cheval sur pied, tu peux partir, dis-je, combattant les larmes. Tu as respecté ta promesse d'aide, donc tu n'as plus de raison de rester, maintenant.

— Il y a toi.

Il tira sur ma main et me prit dans ses bras, m'offrant un baiser doux comme un murmure.

— Je ne veux pas m'en aller.

— Tu resteras ?

— Aussi longtemps que je le peux.

Puis, il m'attira plus près de lui, nos cœurs battant à l'unisson, et il ne fut plus question de Josh, de Cheval ou de départ.

Pendant l'école, le lendemain, je rejouai ma merveilleuse soirée avec Dominic. Penser à lui me donnait l'impression d'être moins seule, comme s'il marchait à côté de moi.

Avec seulement quelques jours de classe avant les vacances de Noël, il ne se passa pas grand-chose dans les cours et encore moins pendant les récréations et la pause du midi. Thorn et Penny-Love étaient mystérieusement absentes. Quand j'envoyai un texto à Pen pour m'informer de ce qui se tramait, ses réponses se révélèrent encore plus énigmatiques. Je savais que cela concernait Jacques. Il n'y avait toujours pas eu de nouvelle à propos de son meurtre, et personne à l'école ne semblait avoir conscience de son absence. Normalement, je demanderais à Manny d'utiliser ses talents de pirate de l'informatique pour vérifier en ligne, sauf que je ne pouvais pas lui parler du meurtre…, s'il *s'agissait* de meurtre. Je commençais à douter de ma vision du corps en sang de Jacques. Ce ne serait pas la première fois que j'aurai mal interprété une vision —, il y avait eu cette fois où j'avais fait un voyage astral jusqu'à la maison de Jade et pensé que quelque chose de terrible était arrivé à sa mère. Mais, il s'était avéré que Crystal se portait bien.

Je ne m'attardai pas là-dessus très longtemps, car l'horloge égrenait les minutes qui me séparaient de mon rendez-vous avec Dominic ce soir-là, et mes pensées se centraient toutes sur l'amour. Je voulais seulement être avec Dominic de toutes les façons. Des images surgissaient dans mon esprit — et elles n'étaient pas du type paranormal. J'étais assise en classe, observant mon professeur écrire au tableau, quand tout à coup j'imaginais le visage de Dominic ou bien son torse nu. Je sentais sa caresse sur ma peau, ses lèvres sur ma bouche et la chaleur de nos deux corps collés.

Et je me demandais comment ce serait d'être *vraiment* avec Dominic. Je n'avais jamais été aussi intime avec un gars avant et, pour parler franchement, j'ignorais si j'étais prête. Tout de même, je ne cessais de penser qu'avoir une relation aussi profonde avec Dominic l'attacherait assez solidement à moi pour qu'il ne parte jamais. Notre cachette dans la forêt était totalement privée (sauf pour les visiteurs à plumes et à fourrure). Loin au-dessus du sol, les sons étouffés par les feuilles et les branches, nous pouvions faire ce que bon nous semblait… oh…, et comme je le *voulais*.

Dominic ne m'avait fait aucune avance, par contre, cela me troublait. N'éprouvait-il pas les mêmes sentiments? Mes envies étaient suffisamment chaudes pour enflammer spontanément la maison dans l'arbre, mais Dominic ne demandait jamais plus que de me tenir la main et m'embrasser. Même avec mon lien psychique avec lui, j'ignorais ses pensées.

Après l'école, j'avais hâte d'arriver à la maison. Mais, je dus attendre la noirceur avant de sortir discrètement afin que personne ne me voie. Quand il fut enfin assez tard, je pris un peu plus de temps pour coiffer mes cheveux en vagues tombantes, au lieu de les tresser, et je portai un séduisant débardeur sans manches sous un chandail soyeux à col en V avec un jean à taille basse. Je savais que Dominic n'appréciait pas beaucoup le maquillage, je me contentai donc d'appliquer une fine couche de brillant à lèvres à la pêche.

Uniquement avec l'aide des yeux brillants de ma chatte pour me guider, je trouvai ma route jusqu'à la maison dans l'arbre. J'adorai sa façon de me regarder. Son regard s'assombrit, intense, et j'espérai que c'était en raison du désir. Cependant, il ne fit que me déposer à la table et commença à battre les cartes.

Pas le jeu que j'avais en tête.

Mais, je pouvais attendre...

Dominic m'enseigna trente et une versions du poker, et je passai près de lui en suggérer une trente-deuxième : le strip-poker. «Vilaine, vilaine Sabine», pensai-je. Au lieu, je lui appris un jeu que m'avait montré Nona et qu'elle appelait «Crache et jure». Nous ne crachâmes pas, mais je jurai un peu, lorsqu'il gagna quatre fois de suite.

Et nous rîmes beaucoup, particulièrement des bouffonneries de la troupe animale de Dominic. Passer du temps dans un arbre semblait inciter la faune à aller et venir à sa guise. Un écureuil grassouillet et un écureuil décharné se chamaillèrent pour une noix pendant qu'ils se pourchassaient à travers le plafond de branchages. Dominic tenta de régler la situation en leur offrant une deuxième noix, mais le rongeur tout en os s'empara de la deuxième noix, puis se hâta de sortir par la fenêtre. D'autres animaux nous visitaient aussi —, un hibou avec un visage blanc en forme de cœur, un raton laveur avec une adorable face de bébé, et même une moufette (Dominic m'assura qu'elle était apprivoisée et ne lâcherait pas sa bombe puante sur moi, mais je refusai quand même de la caresser).

Beaucoup de désordre autour de nous, mais rien de tel entre Dominic et moi. Sérieusement frustrant.

Quand je rentrai à la maison, je canalisai mon énergie contenue pour trouver douze prédictions pour Manny. La méditation était relaxante et ouvrait ma psyché, de sorte que lorsque je feuilletai le livre des étudiants que m'avait prêté Manny, ce fut plus facile que je ne l'avais prévu d'entrevoir l'avenir. Je terminai douze prédictions et je les remis fièrement à Manny pendant la pause du midi, le lendemain, dans la salle informatique. Quand il lut les noms que j'avais sélectionnés —, en majorité des amis communs, un professeur et, pour finir, Manny —, il rejeta la tête en arrière et rit. Cet article allait assurément faire son effet à l'école, me dit-il. Il était impatient d'être à vendredi.

J'avais hâte à vendredi, moi aussi, pour des raisons totalement différentes. Dominic l'ignorait, pour le moment, mais j'avais décidé que ce soir-là marquerait le début d'un amour plus profond entre nous.

Vendredi s'étira comme si chaque seconde valait une décennie. Nous avons eu des professeurs intérimaires dans deux de mes cours, ce qui signifiait plus de jeu que d'apprentissage. Jill, capitaine des meneuses de claque, m'invita à me joindre à la troupe pour le déjeuner, ce qui était génial, mais un peu embarrassant lorsqu'elle s'informa de Penny-Love qui manquait encore mystérieusement.

Je secouai la tête.

— Aucune idée de ce qui se trame avec cette fille.

Heureusement, bien d'autres nouvelles circulaient pendant le repas. L'édition spéciale de l'Écho de Sheridan avait été imprimée, et il y avait beaucoup d'histoires autour des prévisions pour l'avenir de Manny le voyant. Je souriais chaque fois que j'entendais quelqu'un dire en haletant de surprise : « Monsieur Blankenship deviendra-t-il réellement riche ? » Ou bien « Impossible que Kaitlyn entre un jour à l'armée ! »

Mais, derrière mon sourire, quelque chose d'intense couvait.

Et ce soir-là, quand Dominic me souleva dans la maison dans l'arbre, la caresse de ses doigts m'envoya une onde de choc à travers le corps. La chaleur entre nous brûlait avec tellement d'ardeur que Dominic aurait dû être un robot pour ne pas la remarquer.

Toutefois, sa seule réaction fut un coup d'œil au sac de nourriture que je transportais.

— Qu'as-tu emporté ? demanda-t-il.

Moi, voulais-je crier.

— Du poulet frit, répondis-je.

— Hum, ça sent bon. Tu as faim aussi ?

— Oh oui.

Mais, pas de nourriture.

Il déposa des assiettes en carton sur la table à café bancale et m'offrit une boisson froide de son réfrigérateur. Je filai m'installer très près de lui sur le sofa déchiré.

— Nona t'envoie un message, lui dis-je, essuyant mes doigts gras sur mon jean.

— Quoi ?

— À propos du détective privé, repris-je sérieusement. Nona a parlé avec un commis de l'hôtel Valley View et découvert que monsieur Caruthers paie sa note demain. N'est-ce pas une formidable nouvelle ?

Dominic mâcha et secoua la tête.

— Mais, n'es-tu pas soulagé ? Avec le détective parti, tout peut rentrer dans l'ordre.

— Je ne pense pas, me dit-il.

— Pourquoi pas ?

— On me veut toujours.

— Oh oui.

— Je hochai la tête, m'approchant encore davantage de lui sur le sofa.

— Moi, aussi.

— Je veux être avec toi aussi.

Il leva la main pour effleurer ma joue.

— Mais, tu mérites mieux.

— Personne n'est mieux que toi.

— Comment peux-tu dire cela, sachant ce que j'ai fait ?

— Parce que je sais qui tu es. Ici.

Je posai ma main sur mon cœur.

Il suivit mon geste, si près que je pus sentir la chaleur monter brusquement entre nous. Toutefois, il recula en secouant la tête.

— J'aimerais que les choses soient différentes.

— Moi pas, lui dis-je. Tu es toi en raison de ton passé, et nous réglerons tes problèmes ensemble.

— Sabine…

Mon nom ressemblait à une caresse de ses lèvres.

— Il faut que tu me laisses partir.

— Tout ce qu'il me faut, c'est toi.

— Je ne veux pas t'entraîner dans ce gâchis.

— Tu ne m'y a pas entraînée —, je suis ici de mon plein gré. Ne comprends-tu pas? Je veux être avec toi, peu importe la gravité de tes ennuis.

Je me penchai vers lui, nos cuisses se touchant.

— J'embrasse *tes* ennuis.

— Sabine, pourquoi me rends-tu aussi fou de toi?

— Je fais cela? demandai-je innocemment, posant ma tête sur son épaule.

— Tellement, tellement…

Il ravala son souffle saccadé, fixant intensément mon visage.

— Tellement fou.

Ma peau frissonna, quand son doigt suivit le contour de ma mâchoire, s'attardant près de mes lèvres. Tout mon univers se concentra sur ses mains, ses merveilleuses mains rugueuses et bronzées. Je me glissai dans la chaleur de ses bras solides enroulés autour de moi et qui m'attirèrent jusqu'à mêler nos souffles, le sien parfumé de cannelle sucrée comme s'il venait tout juste de manger une pâtisserie. J'eus l'envie pressante de goûter à ses lèvres et…

Plop!

Des griffes pointues s'enfoncèrent dans mes cuisses.

— Lilybelle! criai-je, bondissant sur mes pieds. Mauvaise chatte!

— Je ne peux pas la blâmer de désirer ton attention, intervint Dominic, grattant le cou de ma chatte.

— Elle ne veut pas mon attention, mais la tienne. Elle est jalouse.

— Comment le sais-tu? rigola-t-il. Peux-tu parler son langage?

— Non, mais j'adorerais l'apprendre. Peux-tu m'enseigner à lui parler, moi aussi, de sorte qu'elle m'obéisse ?

— Personne ne peut se faire obéir d'un chat. Le truc est de les convaincre qu'ils veulent faire ce que tu veux qu'ils fassent. La communication avec les animaux n'est pas qu'une question de connaître les bons mots, c'est beaucoup plus subtil.

— Je suis tout à fait partisane de la communication subtile.

Je délogeai Lilybelle de ses genoux d'une petite poussée. Serrant la main de Dominic, je portai sa peau rugueuse à mes lèvres pour un baiser pas très subtil.

Il glissa son bras autour de mes épaules, m'attirant plus près. Je levai mon menton, et ses lèvres caressèrent les miennes, douces et sucrées avec néanmoins un goût sauvage. Et mes émotions bouillonnaient, culbutaient et s'intensifiaient.

— Si je demandais quelque chose, murmurai-je, refuserais-tu ?

— Je ne peux jamais te dire non.

— Alors, veux-tu…, bien…

Mon visage brûlait.

— Tu sais.

— Hein ?

Il plissa le front.

— Quoi ?

— Je veux dire... ne veux-tu rien de moi ?

Il désigna le poulet frit.

— Tu m'as déjà apporté de la nourriture.

Les gars avaient-ils réellement aussi peu de cervelle ?

J'étais à moitié sur ses genoux, inclinant les lèvres de sorte qu'elles ne se trouvent qu'à un souffle des siennes.

— Dominic, ne comprends-tu pas ce que j'essaie de te dire ? Seule Nona sait que nous sommes ici et elle ne nous interrompra pas.

— Tu sais pourquoi ?

Il fouilla intensément mon visage, à la recherche d'une réponse. Quand je secouai la tête, il poursuivit.

— Nona nous accorde sa confiance. Je ne veux pas perdre son respect.

— Nona n'a pas besoin de savoir..., s'il y a quelque chose à savoir, ajoutai-je, rougissant. Nous sommes seuls dans notre paradis privé. Il peut se produire n'importe quoi.

Il toucha ma joue d'un doigt, traçant ma mâchoire jusqu'à mes lèvres.

— Es-tu certaine de vouloir qu'il se passe *n'importe quoi* ?

J'entendis la sonorité rauque dans son ton et plongeai profondément dans les eaux bleues de ses yeux. Je compris que je me trouvais à une croisée des chemins, l'un de ces chemins de vie auxquels Opal faisait souvent allusion, où les choix arrêtés pouvaient tout changer. Je marquai mentalement une pause, prêtant l'oreille à la voix de ma guide spirituelle, m'attendant à ce qu'elle intervienne avec ses conseils habituellement moralisateurs. Cependant, je n'entendis que les battements de mon propre cœur. Elle m'avait abandonnée à mes choix d'adulte.

Et je n'étais plus une enfant ; j'étais presque une adulte et prête à devenir une femme à part entière. Je faisais confiance à Dominic encore plus qu'à moi-même. Tout ce qui existait pour moi, en ce moment, était Dominic. Ici, avec moi, son cœur ouvert et ses mains sur ma peau. Bougeant doucement, doigts tendus, sa bouche murmurant dans mon oreille.

— Être avec toi est tellement bon, dis-je
tout bas. Mais, je veux tellement plus.

— Plus quoi ?

Ses lèvres frôlèrent mon front, mon nez,
mes lèvres.

— Plus de *toi*. Seulement toi.

— Tu m'as.

— Vraiment ?

Ma voix se cassa, quand je vis derrière ses
mots, une image de lui conduisant un camion
sur une route solitaire loin d'ici.

— J'ai ce sentiment que tu prévois encore
partir.

— Je ne le souhaite pas.

— Reste ici, et nous nous cacherons
ensemble, lui dis-je. Les animaux peuvent
nous apporter tout ce dont nous avons besoin,
et nous pourrions être heureux pour toujours.

— Jusqu'à ce qu'un détective ou la police
se présente.

— Que faudrait-il, pour que tu restes ? Je
ferai n'importe quoi.

Il prit mon visage en coupe dans ses fortes
mains rugueuses, plongeant profondément et
intensément son regard dans mon âme. Mes

propres émotions étaient tellement folles de désir, de peur et de joie que j'étais incapable de voir au-delà d'elles et dans son esprit à lui. À quoi pensait-il? Savait-il jusqu'où j'étais prête à aller, pour le retenir près de moi? Je me donnerais totalement à lui, non seulement parce que je l'aimais tellement, mais parce que j'étais convaincue que cela le garderait ici plus longtemps. N'importe quoi, n'importe quoi…, il n'avait qu'un signe à faire.

Au lieu, il secoua la tête et s'écarta.

Un silence tomba dans la maison dans l'arbre qui s'éternisa comme la mort lente des saisons…, les fleurs du printemps se fanant, le cœur brûlant de l'été, la perte d'innocence de l'automne et la brutale réalité de l'hiver.

— Dominic? commençai-je, hésitante.

Il ne répondit pas. Son aura était gris charbon et brûlait d'un feu cramoisi.

— Je t'en prie, murmurai-je, modifiant ma position sur le sofa pour me tourner vers lui.

Son visage, tordu par l'angoisse, me brisa le cœur.

— Dis-moi ce que tu penses.

Son regard de granit était distant, comme s'il était parti au loin en abandonnant son corps ici. La peur glissa le long de ma colonne vertébrale. Quand il prit ma main, sa peau était chaude et moite, et je sus que quelque chose avait changé.

— Au final, il s'agit de respect, lâcha-t-il enfin. Je n'en mérite pas de ta part ou de Nona, si je ne me respecte pas d'abord moi-même. Et je ne peux pas respecter un homme qui décharge ses problèmes sur les gens qu'il aime et se cache de ses propres erreurs.

— Tu n'es pas comme cela. Tu n'as rien fait de mal.

— J'ai tué mon oncle, que je l'aie voulu ou non, déclara-t-il d'un ton froid comme l'hiver.

— Quel est ton plan? demandai-je, la peur montant en moi.

— Affronter mes démons.

Son regard balaya la pièce comme s'il la voyait pour la dernière fois.

— Demain, je vais rencontrer le détective privé et me livrer.

13

Je suppliai Dominic de me permettre de téléphoner à mon père afin qu'il profite d'un avocat
pour protéger ses droits, mais il refusa.

— Je vais m'en occuper tout seul,
insista-t-il.

— Alors, laisse-moi t'accompagner,
discutai-je.

Mais, il s'opposa à cela aussi.

— Je ne veux pas que ta famille ou toi soyez impliquées, déclara-t-il avec entêtement.

— Mais, t'aimer m'implique déjà ! Et Nona aussi.

— C'est exactement la raison pour laquelle je ne veux pas t'accabler avec cela. Je fuis depuis cinq ans, depuis que je suis garçon. Mais, je suis un homme, à présent, et je dois affronter cela seul.

— Tu me tiens à l'écart. C'est injuste.

— Ne rends pas les choses plus difficiles.

— Je veux seulement t'aider, dis-je, ma voix se brisant.

— Tu ne peux pas.

Il y avait un aspect morne dans son regard qui me fit mal au cœur.

— S'il te plaît, va-t'en.

Je le fixai.

— Est-ce réellement ce que tu désires ?

Quand il hocha la tête, ce fut comme une porte qui me claquait au visage. Il n'y avait pas moyen de discuter avec lui pour le faire changer d'avis.

Parfait ! Si c'était ce qu'il voulait, je partirais. Et je m'exécutai.

Sans même lui dire au revoir.

Seule dans ma chambre à coucher, je regrettai totalement mon départ et je partis presque en courant à travers la forêt pour retrouver Dominic. Mais, et s'il me rejetait encore une fois?

Ce soir, il n'aurait dû être question que de me rapprocher de Dominic. Pourtant, nous étions maintenant plus éloignés que jamais l'un de l'autre. La vie deviendrait déplaisante de toutes sortes de manières, quand Dominic se livrerait au détective. J'essaierais encore de le convaincre de permettre à mon père de l'aider, mais tout semblait sans espoir. Dominic avait admis le meurtre de son oncle. Tout son avenir — notre avenir ensemble — était à l'eau avant d'avoir commencé. Arrêté, enfermé pendant des mois, des années…, toute la vie? Je me vis vieillir seule, mes cheveux blonds fanés passant au gris et ne rencontrant jamais l'amour de nouveau.

Pour me réconforter alors que je me mettais au lit, je choisis une veilleuse en forme d'aigle, ce que j'avais de plus ressemblant à un faucon. Dominic était destiné à vivre libre comme une créature sauvage, et non en cage sans voir le ciel ni le soleil. Je devais l'empêcher de gâcher sa vie. Je tournai et me retournai sur mon matelas, tentée à plusieurs reprises de voler hors de mon lit et de repartir pour la maison dans l'arbre. À la frontière de ma conscience, une femme aux cheveux sombres appela mon nom. Mais, je repoussai Opal, ne voulant pas entendre des trucs comme *L'honnêteté porte sa propre récompense*, et *ce sera pour le mieux*.

« Va-t'en », lui dis-je en pensée.

Et elle partit.

Je réussis tant bien que mal à dormir toute la nuit, m'éveillant plus tard que d'habitude. C'était samedi, le premier jour des vacances d'hiver. À travers ma fenêtre, je pouvais voir le matin scintiller sous les diamants de givre sur les cimes des arbres. Je me levai et m'habillai chaudement, enfilant mes plus lourdes chaussures et deux paires de bas, puis attrapant un manteau en duvet. Je sentais l'urgence de me dépêcher, me dépêcher ! Il n'y avait pas de temps à perdre pour rejoindre Dominic.

Je n'avais trouvé aucune solution, dans mes rêves tourmentés, mais compris que les sentiments heurtés n'importaient pas, quand on aimait quelqu'un.

Je partis donc à la recherche de Dominic.

Cependant, lorsque j'arrivai sur place, la maison dans l'arbre était vide. Aucun oiseau ou écureuil, pas de bruissements venant d'autres créatures sauvages. Tout ce que je découvris fut une note épinglée au tronc de l'arbre.

Ma Sabine,
Désolé pour mes propos.
S'il te plaît, respecte ce que je dois faire.
Je t'aimerai toujours.
Ton Dominic.

Je la lus maintes fois. Dans ma tête, je pouvais l'entendre prononcer « ma Sabine » comme un baiser murmuré. Il m'aimait. Je l'aimais. Pourquoi cela ne suffisait-il pas ?

Quand j'essayai de le joindre par son cellulaire, la boîte vocale s'enclencha.

Qu'avait dit Nona à propos du détective privé ? Qu'il payait sa note d'hôtel aujourd'hui ? Dominic ne pouvait pas être parti depuis très longtemps ; son aura et le faible arôme du café flottaient encore dans l'air de la maison dans l'arbre. Donc, si je me hâtais de rentrer, je pourrais me rendre à l'hôtel pour l'arrêter.

— Nona! appelai-je en pénétrant en coup de vent dans la maison.

Je découvris ma grand-mère dans sa chambre à coucher, assise au lit avec un regard ensommeillé.

— Qu'y a-t-il? s'enquit-elle, tendant la main vers ses lunettes. Tu vas bien?

— Il ne s'agit pas de moi, c'est Dominic. Il se livre au détective privé!

Nona sortit rapidement du lit, enfilant une robe de chambre par-dessus un pyjama en soie mauve. Elle mena la marche jusqu'à la cuisine et fit chauffer de l'eau. Au lieu de vite partir à la rencontre de Dominic, elle infusa du thé et m'invita à m'asseoir à la table. Quand je protestai, elle posa une main réconfortante sur mon épaule et m'assura que nous ne resterions pas sans agir. Nous verrions à ce que Dominic bénéficie des services d'un bon avocat, peu importe ce qu'il en pensait. Puis, elle m'étreignit. Et nous pleurâmes ensemble.

J'étais incapable de manger, je me contentai donc d'aller dans ma chambre. Je me recroquevillai sur la banquette sous la fenêtre avec une couverture autour de mes épaules et fixai mon regard sur la grange.

Mes pensées étaient engourdies, comme si la température froide dehors avait envahi mon cœur. Cette période aurait dû être heureuse et festive. Deux semaines complètes de vacances, de fêtes en famille et entre amis…, mais sans Dominic.

Je jetais sans cesse des coups d'œil à mon cellulaire, espérant le forcer à me téléphoner par ma seule volonté. Toutefois, il n'y avait aucun appel —, pas même de Jade.

Jade…, mais que se passait-il donc avec elle?

Avec le départ de Dominic, j'avais oublié que Jade se trouvait aussi dans un genre de situation difficile. Bien sûr, elle était probablement rentrée à la maison, à présent. Curieuse, je téléphonai à mon père.

«Elle manque toujours», me dit papa. Sa voix était sèche sous l'angoisse. Il avait communiqué avec Evan, mais cela n'avait mené à rien, il en était au point mort (j'eus un mouvement de recul en entendant ces mots). Evan avait dit qu'il n'avait pas vu ni eu des nouvelles de Jade. Je demandai à papa si le courriel de

Jade avait été utile, mais il dit qu'il n'avait pas réussi à retrouver Grey. Il n'allait pas laisser tomber, par contre, et me tiendrait au courant des développements.

Après avoir raccroché le téléphone, j'ouvris ma boîte de réception de courriels et relus la dernière note de Jade. Je fixai intensément les mots… *PTI : rencontre Grey @ 21 h, CaB, ce soir.*

C'était dimanche soir, presque une semaine avant. Mais, que signifiait « CaB ? » Puisque Jade était du genre paranoïaque, ils avaient dû se voir dans un endroit où elle se sentait en sécurité et que Grey pouvait facilement trouver. Un lieu où ils s'étaient tous les deux rendus auparavant…

Je fis claquer mes doigts ensemble. Évidemment !

Je savais exactement où ils s'étaient donné rendez-vous.

Et je m'y rendais, moi aussi.

* * *

Nona était adossée à sa chaise de bureau, parlant au téléphone. J'attendis qu'elle me remarque, puis demandai à emprunter la voiture. Elle hocha la tête et me lança les clés. Elle agita la main, mais ne posa pas de question, se contentant de reprendre sa conversation.

J'avais la main sur la porte, prête à partir, quand je sentis un petit coup sur mon flanc. Regardant autour de moi, je ne vis personne, mais je sentis une présence et entendis un appel murmuré.

« Opal, je n'ai pas de temps pour toi, en ce moment », dis-je à ma guide spirituelle, fermant les yeux afin de voir plus nettement ses cheveux tressés enroulés autour de son crâne.

Si je peux traverser d'innombrables frontières pour venir à toi, il est dans ton intérêt supérieur de prendre le temps de converser, me gronda Opal.

« Je suis pressée », insistai-je.

La hâte engendre des occasions ratées. Suis mon conseil ou souffre l'agonie des regrets.

Je soupirai. Le sarcasme était un art hautement évolué chez Opal.

« Que veux-tu, maintenant ? »

Te préserver d'un ennemi sans scrupule et protéger tes traversées à un croisement dangereux. En te livrant pour sauver une autre personne, tu pourrais perdre ta vie terrestre et te retrouver à errer *parmi les morts-vivants.*

« Qu'est-ce que les morts-vivants ? »

C'est mon souhait le plus fervent que tu ne le découvres jamais. Tu ne devrais sous aucun prétexte quitter ta demeure, et ainsi tu échapperas aux vents gris de la tempête qui se prépare.

« Je ne peux pas rester assise à ne rien faire », discutai-je.

Le point de non-retour de la nuit la plus sombre approche, et si tu t'éloignes de ton refuge sécuritaire, tu subiras de terribles conséquences.

« Quelles conséquences ? » demandai-je, agacée.

L'avis de danger est faible, sans beaucoup d'information. Des mots arrivent à moi, et je les partagerai avec toi, même si je ne saisis pas leur signification. « Garde près de toi le bâton de cristal pour sauver le cœur, sinon la vieille âme cherchant à commander à la mort volera plus que la vie. »

« Hein ? Je ne comprends absolument pas. »

Peut-être pas maintenant, mais réfléchis là-dessus plus tard pour ta protection.

« Prends-tu plaisir à m'embrouiller ? »

Je n'éprouve pas de plaisir devant ton manque de reconnaissance et de compréhension, à quoi l'on doit s'attendre chez quelqu'un entravé par la pesanteur de l'ignorance.

J'avais le sentiment qu'elle me qualifiait de stupide, mais c'était difficile à dire.

Quelle vieille âme ? Quel bâton de cristal ? Était-ce possible qu'Opal parle de la baguette magique bon marché que j'avais découverte dans la chambre de Josh ? Je commençai à rire, car l'idée était vraiment ridicule. La baguette n'était pas en cristal, mais en plastique.

Avant que je ne puisse interroger Opal, je sentis qu'elle se retirait ; m'ayant totalement embrouillée, elle s'en allait. Typique !

Je restai debout avec ma main immobile sur la poignée de porte pendant un instant, tentant de décider si je devais oui ou non emporter cette stupide baguette magique, puis déterminant enfin que cela ne me ferait pas de mal de la prendre avec moi. Je courus donc en haut de l'escalier, la lançai dans mon sac fourre-tout et me dirigeai vers la boutique de friandises du quartier.

CaB = La chasse aux bonbons.

* * *

Les criminels ressentent-ils le désir fou de revenir sur la scène de leurs crimes ? Je m'interrogeai là-dessus pendant le court trajet en voiture jusqu'à La chasse aux bonbons. Et je pouvais, à présent, comprendre pourquoi Penny-Love s'était sentie obligée de retourner à l'appartement de Jacques.

Toutefois, pourquoi Grey viendrait-il rencontrer Jade à la boutique où il avait joué les vandales ? Revenir comportait un risque —, on pourrait le reconnaître. Mais encore, l'arrogant imbécile pensait probablement qu'il était trop intelligent pour se faire prendre. Mon bref aperçu de son aura avait montré les jets de rouge impudent et de noir charbon d'un comportement irresponsable et d'une âme endommagée.

L'édifice en briques qui abritait La chasse aux bonbons était à moitié caché au bout de la rue Maple. À première vue, la boutique de Velvet n'était qu'un magasin de friandises rempli de vitrines de chocolats appétissants et d'autres délicieuses sucreries, mais si elle vous invitait dans l'arrière-boutique, vous découvriez un commerce d'un genre différent —, un avec des cristaux, des bougies, des herbes, et une importante collection de livres Nouvel âge et traitant de paranormal.

Comme il était encore tôt, La chasse aux bonbons n'était pas ouverte. Cependant, la voiture de Velvet était là, je sus donc qu'elle devait se trouver à l'intérieur. Je frappai bruyamment et criai son nom.

— Mon doux, Sabine, quelle agréable surprise, déclara Velvet de son ton britannique chantant, ses talons hauts cliquetant sur la tuile à un rythme joyeux.

Elle portait un pantalon de grand couturier bien ajusté avec d'élégants bijoux, et ses cheveux étaient coiffés en chignon sur sa tête.

— Désolée de te déranger de si bon matin, dis-je avec un regard mélancolique vers une vitrine en verre contenant des guimauves au caramel décorées comme des paquets-cadeaux pour les Fêtes.

— Aucun problème. Je suis enchantée de te voir.

Le sourire de Velvet illumina son visage habituellement pincé et correct alors qu'elle me conduisait à l'intérieur. Sa peau était lisse et sans âge, de sorte qu'il était impossible de savoir si elle était dans la trentaine ou la cinquantaine.

— Je dois te poser une question, lui dis-je, ignorant par où commencer.

Les odeurs sucrées de chocolat, de vanille et de caramel firent gronder mon estomac.

— Vas-y. J'espère sincèrement que ta chère grand-mère n'est pas souffrante.

— Oh, Nona se porte parfaitement bien. Sa santé n'a jamais été aussi bonne et son entreprise est également en plein essor. Elle a rencontré un homme intéressé par l'association de son propre service de rencontre avec Fusion des âmes sœurs.

— Tant mieux pour elle.

Velvet me fit signe de m'asseoir à côté d'elle à une table ronde en marbre.

— Maintenant, parle-moi de ton problème. Ton énergie est chargée et troublée.

— Ma demi-sœur Jade a disparu, commençai-je, puis je me lançai dans le récit complet de la rencontre de Jade et Grey ici.

— Ce garçon était le vandale? s'exclama-t-elle, serrant le bord de la table d'une main tremblante. Je me disais qu'il me paraissait familier, mais je n'arrivais pas à le replacer. J'ai bien reconnu Jade, par contre, puisqu'elle te ressemble tellement.

— Alors, ils sont *bien* venus ici ?

— Oh, oui. Jade s'est installée à cette table là-bas, sirotant un soda à la vanille et à la framboise et regardant par la fenêtre. Je lui ai demandé si elle attendait quelqu'un, et elle m'a répondu qu'elle rencontrait un ami. Nous sommes restées assises quelques moments à bavarder. Je lui ai offert une barre explosion de soleil au caramel au beurre. Elle s'est montrée très affable et m'a remerciée.

— Ensuite, que s'est-il passé ?

Velvet fronça les sourcils.

— Elle a patienté environ une heure. J'avais une réunion de prévue, je devais donc fermer la boutique plus tôt. Je ne voulais pas la presser, par contre, et j'étais inquiète qu'on lui ait posé un lapin. Au moment où j'étais sur le point d'aller lui parler, le grand garçon pâle est entré.

— Grey, murmurai-je.

— Son énergie m'a perturbée, affirma Velvet avec un frisson. J'ai été étonnée que ta sœur ne nous présente pas.

— Jade et moi partageons peut-être un ADN, pas grand-chose d'autre, dis-je, hargneuse. Et ensuite ?

— Ils sont partis, et j'ai tenu ma réunion.

— Dans l'arrière-boutique ? devinai-je, me rappelant la fois où j'y étais allée pour une séance.

— Oui.

Velvet acquiesça d'un signe de tête.

— Des amies de mon assemblée de sorcières. Je ne sais donc rien de plus sur Jade. Toutefois, je m'inquiète de la savoir partie avec ce perturbant jeune homme.

— Je me fais du souci aussi, déclarai-je, hochant la tête. On n'a pas vu Jade ni entendu parler d'elle depuis dimanche soir.

— C'est à ce moment-là qu'ils se trouvaient ici.

Velvet se mordit la lèvre.

— A-t-on téléphoné à la police ?

— Je ne crois pas, du moins, pas encore. Avec Jade, on ne peut pas être sûr de ce qui se passe.

J'hésitai, ne sachant pas trop ce que je pouvais révéler sur ma famille dysfonctionnelle.

— Sa mère part pendant des semaines sans communiquer avec personne. Jade fait peut-être quelque chose comme cela.

— Cette fille a plongé la tête la première dans les ennuis. Je le sens.

Je le sentais aussi.

— Bien, je ferais mieux d'y aller, annonçai-je à Velvet.

En la remerciant, je me sentis réconfortée par son aura lavande et rose avec des verts mystiques —, les couleurs d'une personne ayant vécu plusieurs fois.

Puis, un souvenir surgit dans mon esprit.

« Vieille âme », avait dit Opal. Avait-elle voulu dire Velvet ?

— Une dernière chose, ajoutai-je rapidement, ouvrant mon sac fourre-tout.

— Quoi ? demanda Velvet.

— Ne ris pas, d'accord, dis-je, gênée. Mais, ma guide spirituelle a insisté pour que j'emporte ceci. Je pense qu'elle voulait que je te le montre. Ce n'est qu'un jouet bon marché.

Je sortis la baguette en plastique décorée de faux bijoux.

Et Velvet ne rit pas.

Elle eut le souffle coupé.

— Par les cieux et la déesse! s'écria-t-elle, reculant alors que ses yeux s'arrondissaient. C'est la muse de Zathora!

14

— Pas la muse originale, clarifia Velvet en tendant la main pour toucher la baguette en plastique, presque avec respect. Mais, une réplique qui me donne des frissons, vu son histoire. Elle porte même l'initiale « Z » sur la poignée.

Je suivis son regard vers la minuscule gravure d'un « Z » que je n'avais pas remarquée auparavant.

— Qui est Zathora ? m'enquis-je.

— Une âme brillante, excentrique et condamnée.

Velvet fit courir ses doigts sur les faux bijoux.

— Elle est morte il y a un siècle. Dans le milieu des magiciens de scène, son histoire est une légende.

— Pourquoi ?

— Parce qu'elle a presque réussi deux exploits extraordinaires : ramener une morte à la vie et faire sa place dans le monde des magiciens presque entièrement dominé par les hommes.

Velvet émit un petit rire ironique.

— Certains prétendent que ce dernier aurait été le tour de force le plus étonnant. Être une femme et une magicienne était une rareté à cette époque ; en y pensant, même aujourd'hui ce n'est pas commun. Peux-tu nommer une seule magicienne connue ?

J'essayai d'en trouver une, mais les magiciens dont j'avais entendu parler étaient des gars célèbres comme Houdini, Copperfield, Blaine, et Angel.

Le regard de Velvet était distant pendant qu'elle examinait la baguette.

— C'est étrange que tu sois en possession d'une réplique de la muse. Comment te l'es-tu procurée?

— Elle appartient à mon ami Josh. C'est l'apprenti de l'étonnant Arturo, ce n'est donc pas inhabituel pour lui de posséder des accessoires de magie. Pourquoi as-tu qualifié cette baguette de muse?

— Zathora prétendait que sa baguette lui murmurait les secrets de l'Univers, tout comme une muse inspire un artiste à atteindre la grandeur, expliqua Velvet. Durant chaque spectacle, elle présentait sa baguette de la manière dont la plupart des magiciens présentent leur assistante.

— Qu'en est-il de la véritable baguette?

— Enterrée avec Zathora.

Velvet serra les lèvres pensivement.

— D'après mes souvenirs, les photographies de la muse illustraient des détails extraordinaires, jusqu'au cercle d'émeraudes et de saphirs près de la pointe —, exactement comme celui-ci.

— Ces perles vertes et bleues sont en plastique.

— Oui, elles sont fausses, à l'évidence, mais cette copie est extraordinaire. Josh t'a-t-il dit quelque chose sur la façon dont il est venu à se la procurer ?

— Il ignore que je l'ai. Il est parti plutôt abruptement, et j'ai apporté ceci à Thorn, espérant qu'elle pourrait le trouver.

— Et c'est le cas ?

— Bien, elle a pointé une vaste région forestière sur une carte. Mais, depuis, j'ai découvert qu'il avait communiqué avec sa famille et affirmé qu'il se portait bien.

— Néanmoins, tu es toujours inquiète, devina Velvet. Je sens un lien entre cette baguette et ton jeune homme.

— Mon *ex*-jeune homme, corrigeai-je. Et tu as raison, je suis inquiète. C'est idiot, pourtant, parce qu'il a dit à ses parents qu'il était sain et sauf. J'ai seulement ce… je ne sais pas… cette impression de malaise.

— Les impressions peuvent être des messages de l'Autre monde.

Velvet baissa les yeux sur la baguette dans sa main, fronçant les sourcils, puis me la rendant. Tu voudras lire sur Zathora.

Velvet me guida vers l'arrière-boutique, où les flammes des bougies vacillaient dans les appliques murales et de lourdes tentures bloquaient la vive lumière du soleil. Elle appuya sur un interrupteur près d'une longue étagère de livres et fit courir son doigt sur les titres.

— Hum, *The Experience of Magic*, par Eugene Burger, contient des renseignements fascinants. Il dit que la preuve archéologique suggère que l'origine de la baguette magique est le bâton lunaire du calendrier, remontant à 50 000 ans.

— Wow, c'était il y a longtemps.

Elle hocha la tête, et je tendis la main pour prendre le livre, mais elle sembla changer d'avis et me donna plutôt un bouquin différent. Il était plus mince, avec une épine argentée et mauve et une belle couverture montrant une femme avec une chevelure flottante argentée. Elle était drapée dans une robe dorée et entourée d'étoiles mystiques, de lunes, et d'autres symboles.

J'énonçai le titre à voix haute :

— *La magie au féminin*.

— Celui-ci devrait contenir ce que tu cherches. Il traite du rôle cosmique des femmes qui ont contribué à l'évolution de la magie. Il y a un chapitre fascinant sur Zathora.

Perplexe, mais intriguée, je remerciai Velvet et partis avec le livre.

Je planifiais de le lire à la maison, mais dès que j'arrivai, mon regard tomba sur la grange, et le souvenir des yeux bleus de Dominic m'écrasa. Une boule coincée dans la gorge, je la regardai fixement, m'attendant à voir un faucon s'envoler de la haute fenêtre du loft ou entendre la voix de Dominic appeler mon nom. Mais, je ne perçus que le caquètement des poules et le doux mugissement d'un vent hivernal. Des nuages gris s'amoncelaient, assombrissant le ciel.

Je sentis quelque chose me frôler la jambe et baissai les yeux sur Lilybelle, qui se frottait contre ma cheville. Elle miaula, et pendant une seconde, mon espoir se réveilla.

— Est-il revenu ? murmurai-je, me penchant pour caresser sa douce fourrure. Dominic t'a-t-il envoyée me chercher ?

Elle miaula encore, puis monta en courant les marches de la véranda et bondit pour s'installer à son endroit préféré sur la main

courante. Elle se recroquevilla confortable-
ment, et j'en conclus que c'était ma réponse.

Et je mourus un peu.

Me déplaçant lentement, les membres
lourds, j'entrai et demandai à Nona si elle avait
eu des nouvelles. Elle savait ce que je voulais
dire sans que j'aie besoin de le préciser et elle
secoua simplement la tête.

Je vérifiai mon téléphone (posé à côté de
mon ordinateur, au lieu de se trouver dans
mon sac à main, à sa place) et découvris un
appel manqué — de Manny. Je ne lui rendis
pas son appel. Au lieu, je m'enveloppai dans
une chaude couette et me recroquevillai sur la
banquette sous la fenêtre dans ma chambre
pour lire *La magie au féminin*.

En le parcourant, j'appris que le rôle des
femmes dans le monde des magiciens de scène
professionnels était grandement limité à être
de belles et gracieuses assistantes. Elles appor-
tent et retirent des accessoires sur scène, jouent
les « victimes » dans des tours utilisant des
appareils de torture et accomplissent souvent
la majeure partie du travail de magie pendant
que le magicien reçoit les applaudissements.

Il y avait aussi des chapitres sur les rares magiciennes qui avaient réussi à se faire connaître et à réaliser des exploits. Je lus sur Melinda Saxe, qui fut proclamée la «première dame de la magie» quand elle se produisit à Las Vegas; Dell O'Dell, qui était considérée comme la magicienne ayant connu le plus de succès au cours du vingtième siècle et avait une émission de télévision dans les années cinquante; et Clementine (alias «Iona l'enchanteresse») qui disparut de la scène, lorsqu'elle devint princesse.

Ensuite, j'arrivai au chapitre sur Zathora.

Elle était née Jane Elizabeth Meade en 1894 et elle avait épousé un magicien qui se produisait surtout dans les festivals locaux. Elle fut son assistante jusqu'à ce qu'un fil brise pendant un tour de lévitation et qu'il tombe vers sa mort au milieu de son numéro. Jane se rebaptisa Zathora et lutta pour gagner sa vie comme magicienne. Les hommes qui dominaient le monde de l'illusion excluaient les femmes de leurs sociétés secrètes de magiciens. Les femmes étaient rarement considérées comme de véritables magiciennes —, jusqu'à ce que Zathora prétende qu'elle était capable de ramener un mort à la vie. Quand elle ressuscita sur scène de petits animaux, habituellement des oiseaux ou des souris, sans aucun accessoire autre que sa baguette magique, les publics furent subjugués. Ils la surnommèrent «Zathora la Faiseuse de miracles». Elle atteignit la célébrité, mais ne gagna pas pour autant le respect des magiciens, qui l'appelaient la «Fraudeuse de miracles».

Zathora planifia donc le numéro le plus extraordinaire de tous les temps : elle annonça qu'elle se suiciderait sur scène, puis qu'elle se ressusciterait.

Quand je tournai la page, impatiente de découvrir ce qui s'était passé, je vis une photographie en couleur de Zathora avec sa muse. Je fus parcourue d'un frisson. J'avais rêvé à cette femme. Ses cheveux cuivrés tombaient en cascade sur ses minces épaules et son regard ardent semblait brûler sur le papier.

Poursuivant ma lecture, j'en vins au dernier paragraphe, qui décrivait la manière dont des centaines de personnes avaient regardé Zathora littéralement mourir sur scène. Elle avala un poison mortel et s'effondra immédiatement. Un médecin, patientant tout près, la déclara morte. Puis, le public silencieux observa son corps immobile, attendant qu'elle revienne à la vie…, sauf qu'elle ne ressuscita pas.

Au lieu d'être la magicienne la plus célèbre au monde, elle ne fut plus mentionnée que comme une simple parenthèse dans l'histoire des ratés.

— Tellement triste, murmurai-je en refermant le livre.

Néanmoins, cela n'expliquait toujours pas pourquoi Josh avait la fausse baguette de la magicienne et pourquoi j'avais rêvé à cette femme morte depuis presque un siècle.

Je pris la muse, la tournant dans ma main et examinant les couleurs vives des bijoux s'embrouiller. Je tentai de syntoniser son énergie et de visualiser le passé ou l'avenir. Cependant, au contraire de Thorn, qui pouvait suivre une piste au toucher, je ne reçus rien.

Mettant et le bouquin et la baguette de côté, je jetai un coup d'œil à l'horloge. J'avais l'impression d'avoir vécu quelques vies au cours des deux dernières heures, pourtant il était à peine midi. Habituellement, le premier jour des vacances d'hiver était cause de célébration, par exemple, aller au centre commercial avec des amis ou amener mes petites sœurs voir un film. Mais, je n'avais pas de projet. Mes frangines se trouvaient à San Jose, Penny-Love était partie avec Thorn, et Dominic...

Je soupirai et quittai la pièce.

Je n'avais pas vraiment faim, mais manger allait m'occuper. Je versai du jus de pomme et kiwi, puis tranchai un reste de bœuf rôti pour un sandwich. J'en préparai un pour Nona aussi, puisqu'elle était occupée à l'ordinateur et qu'elle oubliait parfois de s'alimenter, si on ne lui rappelait pas. Quand je déposai son assiette, mes doigts frôlèrent un dossier intitulé *Cœurs de lumière*, et je me demandai si elle était sérieuse dans son intention de fusionner sa société avec celle de Roger Aimsley. Mon intuition produisit l'image d'une carte de crédit s'enflammant. Ce ne pouvait pas être bon.

Cependant, mon intuition ne constituait pas une preuve, alors je ne dis rien de mes soupçons et retournai en haut effectuer une recherche en ligne sur monsieur Cœurs de lumière. Je trouvai un site Web avec des commentaires élogieux sur son entreprise. J'essayai quelques moteurs de recherche différents, mais je ne découvris que de bons mots. Tout le monde l'adorait, incluant Nona peut-être. Je devais donc faire confiance à son jugement.

Je changeai de fenêtre, pour me mettre à jour dans mes courriels. Il y avait quelques blagues de mon amie Kaitlyn, meneuse de claque, une pétition pour une communauté plus verte de l'autre Catelyn, le pourriel habituel, que je rapportai et effaçai, un message de ma sœur Ashley, et neuf de sa jumelle Amy.

Aucun de ma troisième sœur.

J'entendis la sonnerie du téléphone.

Je n'obtenais pas toujours un nom, quand j'entendais le téléphone, habituellement juste une impression de l'âge, du sexe et du lien avec moi. Je savais donc qu'il s'agissait d'un gars, quelqu'un de l'école. L'énergie me semblait chaleureuse, avec des teintes pastel de confiance et d'amitié assaisonnées du mauve d'une vive disposition.

— Hé, Manny, dis-je en répondant.

— Pourquoi ne m'as-tu pas téléphoné ? demanda-t-il d'un ton exagérément blessé.

Manny pouvait parfois agir comme un véritable comédien.

— Désolée, j'ai oublié. Les choses ont été des plus bizarres pour moi.

— Bien, tu es un aimant à bizarrerie.

— Je pourrais m'habituer à moins de bizarrerie dans ma vie.

« Et à plus de Dominic », pensai-je avec nostalgie.

— Oh oh. Qu'est-ce qui cloche ? Tu as utilisé le *ton*.

— Ce n'est rien… de trop grave.

— Ce qui signifie qu'il se passe… des *tas* de choses. Manny le voyant voit tout et en sait encore davantage. Il sent que tu es complètement bouleversée et t'invite à te décharger de tes soucis sur ses solides épaules musclées.

— Comment réussis-tu à tout faire tourner autour de toi ?

— C'est un don de Dieu. Je suis ému par ma propre magnificence.

Je ne pus m'empêcher de rire, ce qui étrangement me réconforta. Il me fallait peut-être simplement laisser sortir toutes mes émotions d'une façon primale, et rire valait mieux que crier.

— Alors, lâche tes saletés sur moi, reprit Manny.

Me demandant ce que je devais partager, je levai les doigts d'une main et comptai mentalement mes sujets d'inquiétudes :

1. Dominic allant probablement droit en prison pour meurtre, s'il ne prouvait pas qu'il avait agi en légitime défense.
2. Ma demi-sœur disparue après avoir rencontré un vandale.
3. Mes meilleures amies conspirant ensemble pour résoudre l'assassinat de Jacques.

Manny ne savait rien du numéro 3, je devais par conséquent m'assurer de ne rien révéler là-dessus. Je n'étais pas prête à discuter de Dominic avec qui que ce soit —, c'était trop à vif et douloureux. Je lui parlai donc de Jade.

— Jade a disparu ? demanda Manny, étonné.

— Ouais, après avoir rencontré Grey.

— Le même gars avec qui Josh est parti, dit Manny.

Et j'entendis un cliquètement de perles me révélant qu'il secouait ses tresses.

— Jade s'intéresse-t-elle aux magiciens, elle aussi ?

— Cela dépend de ce que tu veux dire par là. Jade s'intéressait à Grey, ce qui explique qu'elle l'ait rencontré. Et écoute ceci : ils se sont vus à La chasse aux bonbons. La scène de son premier crime.

— Et à présent, Jade a disparu, comme Josh.

Manny paraissait perplexe.

— Josh n'est peut-être pas disparu, lui dis-je. Il a téléphoné chez lui et dit qu'il serait de retour pour Noël.

— Comme c'est touchant. Toutefois, je parie qu'il n'a pas dit à ses parents où il se trouvait.

Le ton de Manny sous-entendait qu'il connaissait un secret.

Je haussai les épaules.

— Je l'ignore.

— Bien, moi, je le sais.

Je pouvais imaginer le grand sourire fier sur son visage. J'ai fait quelques vérifications sur l'étonnant Arturo, et disons que c'est un mec plutôt fuyant. Son site Web n'est que du tape-à-l'œil sans aucune substance — comme un tour de magie où l'on pense le voir, mais n'est qu'illusion. Arturo n'est même pas son nom. Le nom de naissance du mec était Zacharius Arthur Pizowitz. Et vise-moi ça : il a un dossier criminel pour vol et falsification de chèques.

— Le mentor de Josh a fait de la prison ?

J'en eus le souffle coupé, me levant de ma chaise d'ordinateur.

— Trois ans dans un établissement à sécurité minimum quand il était dans la vingtaine. Ensuite, il s'est marié et a opté pour le numéro de l'honnête homme.

Manny rigola.

— C'est un jeu de mots… numéro, spectacle. Tu comprends ?

Je gémis.

— Sa femme, Geneviève Lafleur, est pleine aux as. Elle subventionne sa carrière. Elle se produit même comme son assistante, et j'ai vu une photo d'elle. Elle est vraiment canon, pour son âge, avec des courbes là où ça compte, si tu vois ce que je veux dire.

— Je pense avoir aperçu une photo d'eux dans la maison de Josh.

J'entendis le bruissement de pages et imaginai Manny feuilletant ses imprimés.

— Qu'as-tu découvert d'autre ?

— Sous son véritable nom, Arturo a une
longue liste d'investissements et de propriétés,
y compris un chalet sur deux cents hectares, à
Sap Hollow.

— Où est-ce ?

— Dans les montagnes.

Je repensai à Thorn et à la carte
géographique.

— Près d'Auburn ?

— Ouais. C'est isolé et difficile à trouver.
C'est un complexe secret pour magiciens. J'ai
cherché une image satellite et n'ai pu voir
qu'une partie du toit, un lac et des reflets luisants pouvant être des voitures. Je vais t'envoyer le lien, et tu le constateras par toi-même.
Toutefois, ne perds pas ton temps à te rendre
là-bas, car c'est entouré de clôtures de sécurité.
Tu n'entrerais jamais.

— Je n'en ai pas l'intention. Josh peut
prendre soin de lui-même. Je suis plus inquiète
pour Jade —, j'ai peur d'imaginer ce que Grey a
pu lui faire. Mon père ne réussit même pas à

retrouver Grey. Si seulement je connaissais son nom de famille.

— Il existe d'autres façons de trouver une personne, déclara Manny. Réfléchis sérieusement. Apprends-moi tout ce que tu sais sur lui.

— Juste qu'il fait partie du groupe de magiciens d'Arturo, qu'il conduit une Mustang décapotable bleue et qu'il démolit les boutiques de friandises pour le plaisir.

— Double trouble, peine et bulle, dit Manny, profanant totalement la citation dans *Macbeth*. As-tu songé à demander des réponses à ta guide spirituelle?

— Opal apparaît à sa guise, et non à ma demande.

— Cela ne peut pas nuire de tenter le coup. Elle t'a déjà aidé.

— Dernièrement, elle s'est montrée plus imprécise que jamais. Ce serait plus facile de…

Un bip m'interrompit.

Je jetai un coup d'œil sur l'afficheur : numéro inconnu. Sûrement un appel de télé-marketing, pensais-je, et j'allais l'ignorer quand j'eus une forte intuition — comme un ongle donnant de petits coups dans mon esprit — qui me pressa de répondre. J'informai donc

Manny que je devais y aller et pressai sur le bouton pour prendre le nouvel appel.

J'entendis une voix familière.

Et j'en perdis le souffle.

15

— Jade!

Je m'accrochai à l'appareil comme s'il allait disparaître, si je le lâchais.

— Ouais, c'est moi, murmura ma demi-sœur.

— Oh, mon Dieu! J'arrive à peine à croire que tu m'appelles! babillai-je. Où es-tu? Pourquoi es-tu partie avec Grey? Tu sais qu'il est mauvais, après ce qu'il a fait à La chasse aux bonbons. Es-tu devenue folle?

— Ferme-la, Sabine. Pas le temps.

Je me mordis la lèvre, pour ne pas laisser libre cours à ma colère.

— Dis-moi seulement si tu vas bien.

— Ouais, mais des trucs effrayants pourraient se produire, s'ils me surprennent à te téléphoner. Cette pièce est hors limite —, particulièrement pour moi.

— Quelle pièce? Où es-tu?

— Avec les magiciens. Je t'expliquerai, quand je te verrai.

— Tu viens ici?

— Je le souhaiterais! Mais, ils ne me permettent pas de partir!

Sa voix était stridente de panique.

— Ils me surveillent constamment et me laissent sortir une fois par jour seulement pour la promenade du midi —, comme un chien!

— Tu veux dire que tu es prisonnière? m'exclamai-je, incrédule.

— Ouais.

— Alors, appelle le 911.

— Je ne peux pas, et tu ferais mieux de ne pas y penser non plus. Tu ne peux en parler à personne ! Je suis sérieuse, Sabine. Ou Grey tuera Josh.

— Grey, faire du mal à Josh ? Mais, c'est dément ! Ils sont amis !

— Pas tellement, déclara-t-elle amèrement. Grey est un mec complètement tordu.

— Je ne comprends rien à tout cela.

Je fis tourner la chaise loin de l'ordinateur et, une main pressant le téléphone sur mon oreille, je pris la fausse baguette sur ma commode. Je fis courir mes doigts sur les bijoux colorés, fermant les yeux et tentant de voir au-delà du plastique, sans succès.

— Alors, pourquoi as-tu suivi Grey ? demandai-je à Jade.

— Pour trouver Josh.

— La dernière fois que nous nous sommes parlé, tu ne paraissais pas très inquiète à son sujet.

« Et tu m'as trahie », pensai-je avec amertume.

— Je ne l'étais pas, mais je savais que tu l'étais, j'ai donc décidé de le retrouver pour toi.

— Pourquoi ?

— Pour me faire pardonner d'avoir été aussi vache.

— Présenter tes excuses aurait été plus simple.

— Pas quand tu ne réponds pas à ton maudit téléphone, rétorqua Jade. Pourquoi ne m'as-tu pas rappelée?

— J'étais trop en colère...

Les émotions me brisèrent la voix.

— Le fait que tu fréquentes Evan est déjà assez difficile à avaler, mais ta médisance m'a blessée.

— Peut-être que oui, mais tu n'étais pas la seule personne blessée. Tu as dit des trucs sur moi, toi aussi. Mais, j'étais prête à mettre ma fierté de côté et admettre que j'étais désolée. Sauf que tu ne m'en as pas laissé l'occasion. Puis, après avoir quitté Evan, je me suis arrêtée prendre de l'essence et je suis tombée sur Grey, l'ami de Josh, en train remplir le réservoir de sa décapotable. Je l'ai surpris à me regarder comme s'il me connaissait.

— Probablement parce que tu me ressembles.

— *Tu* me ressembles, rectifia-t-elle avec une attitude «je suis supérieure à toi». En tout cas, c'est à ce moment-là que l'idée m'est venue de trouver Josh. J'ai donc fait du baratin à Grey, puis je lui ai fait croire que j'aimais les mauvais garçons comme lui. J'ai même admis que je savais ce qu'il avait fait à La chasse aux bonbons et que je pensais que c'était génial.

— Génial ?

Je m'étouffai d'indignation.

— Plutôt horrible, oui.

— Je le baratinais et je disais ce que je m'imaginais qu'il voulait entendre. Cela a fonctionné, et je voyais qu'il était vraiment attiré par moi. Quand je l'ai questionné sur Josh, il a répondu : « Il est exactement là où je le veux. » J'ai éprouvé un mauvais sentiment et j'ai été encore plus déterminée à trouver Josh. J'ai donc déclaré à Grey qu'il n'avait pas l'audace de revenir à La chasse aux bonbons et je l'ai mis au défi de m'y retrouver.

— Mais, pourquoi ? Ça ne fait aucun sens.

— Ça aurait été le cas, si tu avais pris mes appels, intervint-elle sèchement. Je pensais que tu aurais pu nous espionner pendant notre rencontre, et lorsque Grey serait parti, le suivre jusqu'à Josh. Et en fin de compte, ce n'est *pas* ainsi que cela s'est passé. Je l'ai donc convaincu de me permettre de l'accompagner et, à présent, je suis piégée dans une secte de fous, et Josh est enfermé à clé jusqu'à son initiation.

— Son initiation?

Le mot déclencha des tremblements en moi.

— Ouais, aucune idée de ce dont il s'agit. Tout le monde porte des vêtements bizarres et parle étrangement, et je jure que j'ai vu une tête flottée dans les airs par elle-même. Je veux partir d'ici aussitôt que possible! J'ai peur que…, elle s'interrompît brusquement. J'entends des pas! Écoute bien. Je suis dans les montagnes dans cette bizarre retraite de magicien appartenant à l'étonnant…

— Arturo, teminais-je.

— Sais-tu comment venir ici?

— Je peux le découvrir.

— Bien. Cela te rendra les choses plus faciles…

Jade haleta.

— Quelqu'un est à la porte! Sabine, viens, être moi, demain. Midi. Dingue!

La ligne fut coupée.

* * *

Des années semblèrent s'écouler alors que je fixais le téléphone, abasourdie.

La tentation de rappeler Jade était irrésistible, mais je savais d'instinct qu'elle ne répondrait pas —, ne *pourrait pas* répondre. Et si quelqu'un d'autre décrochait ? Jade et Josh pourraient avoir encore plus d'ennuis. Les paroles de Jade jouèrent encore et encore dans ma tête, répandant la peur comme un violent incendie de forêt.

Grey tuerait-il réellement Josh ?

Je me souvins des dégâts laissés par Grey à La chasse aux bonbons après qu'il avait démoli le verre des vitrines de friandises avec le bâton de baseball. Une personne aussi violente était capable de tout. Mais, Josh était son ami, alors pourquoi Grey le menacerait-il ? Et pourquoi diable kidnapper Jade ?

J'établis mentalement la liste des trucs étranges par ordre :

- Josh partant avec Arturo —, cela ne lui ressemblait absolument pas.
- Jade s'acoquinant avec Evan — explosant en dispute spectaculaire.

- Jade jouant les Nancy Drew, organisant une rencontre avec Grey. Désastre!

Jade était-elle vraiment intervenue pour m'aider? Ou bien s'agissait-il d'un genre de rivalité? Elle avait passé les quatre dernières années, avant même que j'apprenne son existence, à essayer d'être comme moi (mieux que moi?) en s'intéressant aux mêmes choses (journal de l'école et escrime). Qu'espérait-elle prouver? Et qui voulait-elle impressionner?

Ce n'était pas le moment de me transformer en pseudothérapeute. Jade était prisonnière et comptait sur moi pour la secourir. Josh courrait également un danger. Grey avait-il obligé Josh à téléphoner à ses parents, afin qu'ils ne le déclarent pas disparu? La société des magiciens formait-elle un genre de secte tordue qui torturait ses nouveaux membres?

La tonalité bourdonna, et je réalisai que je tenais encore le combiné. Le refermant d'un claquement, je fis les cent pas dans ma chambre. Je voulais me précipiter à la rescousse, ramenant Jade et Josh aussitôt que possible. Bien sûr, y aller seule serait des plus stupide.

Toutefois, Jade s'était montrée inflexible : nous ne pouvions en parler à personne. D'ailleurs, que dirais-je ? « Pardonnez-moi, officier, mais ma demi-sœur et mon ex-petit ami sont retenus prisonniers dans les montagnes par des magiciens de scène professionnels. » L'étonnant Arturo était hautement respecté. Les adultes ne croiraient pas une adolescente plutôt que lui sans preuve convaincante. Et les parents de Josh ne l'avaient pas déclaré disparu, pensant qu'il se trouvait en sécurité avec son mentor.

Alors même que je débattais de tout cela, je savais que j'irais les secourir. Cependant, je n'agirais pas de manière idiote —, j'informerais quelqu'un de l'endroit où je me rendais. Mais, qui ?

Certainement pas mon père. Il m'ordonnerait de rester à la maison, puis il préviendrait les policiers.

Nona n'accepterait pas non plus que je me lance à la poursuite de Jade et elle pourrait appeler papa.

Je ne pouvais pas mêler Penny-Love ou Thorn à cela —, elles vivaient déjà des choses assez dramatiques.

Et Manny ? Je pouvais lui confier mes secrets, mais s'il décidait de se transformer en macho et voulait m'accompagner ? Il possédait des pouvoirs de super héros à l'ordinateur…, mais il n'était pas aussi doué pour le plein air et la nature sauvage.

Mon regard traversa la fenêtre jusqu'à la grange…, le loft vide. Il n'y avait qu'une personne vers qui je désirais me tourner. Dominic saurait comment réagir, mais il n'avait même pas téléphoné.

Me laissant tomber sur mon lit et repliant un oreiller sous ma tête, je fixai le plafond, traçant des idées dans les volutes de peinture. Après avoir repoussé tout ce que je ne pouvais pas faire, je devais toujours dire à quelqu'un où j'allais, juste au cas où j'aurais besoin de renfort, et mon choix s'arrêtait sur Manny. Je lui enverrais un message texte —, mais pas avant d'être rendue assez loin pour l'empêcher de me suivre. J'enverrais le texto une fois sur place.

Avant de commettre un geste radical, par contre, j'écrirais tout ce que Jade m'avait révélé afin de ne pas l'oublier. J'avais reçu un tel choc en entendant sa voix que notre conversation était un souvenir vague. Je mis une heure à noter les mots et les phrases de mémoire et même là je ne savais pas si tout était verbatim. Qu'avait dit Jade, avant que la ligne soit coupée?

«Viens, être avec moi, demain?»

Proche, mais pas tout à fait ça.

«Viens, être moi, demain?»

Ouais, c'est ce qu'elle avait dit —, énigmatique et bref, un peu comme une locution verbale. Qu'essayait-elle de dire? Probablement quelque chose comme: «Viens pour être avec moi dans la retraite montagneuse d'Arturo demain.»

Mais, la retraite d'Arturo était située sur des centaines d'hectares de forêt. Comment la trouverais-je?

Pense, me dis-je avec insistance. Jade m'avait-elle donné d'autres indices?

Je regardai de nouveau mes notes. Jade avait dit qu'elle sortait tous les jours pour une promenade «comme un chien». Et avant de raccrocher, elle avait dit que je devais être là pour midi.

Donc, voici tout ce que j'avais à faire:

1. Me rendre en voiture à la cachette d'Arturo.
2. Traverser les clôtures de sécurité sans me faire voir.
3. Trouver un sentier de marche.
4. Secourir Jade.

Mais, si Jade ne pouvait pas sortir de la propriété, comment étais-je censée y entrer? Et Josh? Je devais le secourir. Je ne pouvais pas le laisser avec un «ami» qui pourrait l'assassiner.

Quelque chose dans le message de Jade était étrange —, j'éprouvais le sentiment que j'avais sauté à la mauvaise conclusion et ignoré un bout d'information importante. Jetant un autre coup d'œil à mon papier, j'analysai chaque mot. Toutefois, c'étaient les mots manquants — ceux que j'avais dû deviner — qui me taraudaient.

Jade *m'avait* révélé son plan —, un plan radical et fou. Il ne fonctionnerait jamais, mais cela valait le coup d'essayer.

Je savais où aller, à présent : le centre commercial.

J'allais faire du shopping.

16

Le samedi avant Noël, au centre commercial,
c'était dément.

Après des années à chercher un espace
pour me garer, je me frayai un chemin à travers une course à obstacles d'acheteurs frénéti-
ques dans une vague d'air ambiant contrôlé
pour le climat. La cacophonie des voix et de la
musique de fête me déconcerta tellement l'esprit que c'était difficile de réfléchir —, ce qui

n'était pas une mauvaise chose, parce que si je pensais trop, je me dégonflerais.

Je remarquai deux gars et une fille de l'école, chargés de sacs. La fille sourit et m'envoya la main. Je la saluai à mon tour, mais je ne pus sourire. Traîner au centre commercial était habituellement amusant, mais être ici seule aujourd'hui était triste et ironique. Penny-Love et moi avions planifié d'y venir avant que la vie ne change de manière aussi radicale. Tout l'affreux drame avec Jacques et Jade et Josh.

Comme c'était étrange de me trouver ici sans mes amies, passant devant des bijouteries annonçant un rabais de soixante-quinze pour cent sur les diamants, une boutique de produits pour le bain et le corps avec un lutin distribuant gratuitement des échantillons de savon, un magasin de jouets avec un bonhomme de neige électrique chantant. Je me sentais coupé du monde, comme si le cordon argenté me reliant à la vie ordinaire avait été coupé.

Des roues grincèrent, et je bondis de côté pour éviter de me faire renverser par une jeune mère poussant une voiture d'enfant. Elle ne s'arrêta pas pour présenter ses excuses.

Pourquoi certaines personnes étaient-elles aussi impolies ? Je me dépêchai, m'arrêtant à la boutique Hallmark, une des préférées de Penny-Love. Elle trouvait hilarant de lire les rimes niaises dans les cartes romantiques. Quelques fois, elle avait même inventé ses propres poèmes à l'eau de rose et les avait transformées en cris de ralliement, sautant et chantant sans se soucier de qui l'observait.

Alors, où se trouvait Penny-Love, en cet instant ? Toujours en état de choc à cause de sa découverte du cadavre de Jacques ? Et Thorn parlait-elle sérieusement, quand elle disait vouloir découvrir le meurtrier de Jacques pour elle ? J'espérais que non —, c'était beaucoup trop dangereux. Mais, elles avaient manqué les derniers jours d'école, alors il devait se passer quelque chose. Que se tramait-il avec mes amies ?

Il y avait une manière de le savoir.

Je m'assis sur un banc près d'une aire de jeux où de petits enfants poussaient des cris perçants en grimpant à des cordes et en descendant sur des glissoires. Puis, je sortis mon cellulaire.

— Hé, Sabine, répondit nonchalamment Penny-Love.

Comme si elle n'avait pas été éclaboussée de sang et n'était pas en deuil de son amoureux décédé moins d'une semaine auparavant.

— Pen, ça va ? m'exclamai-je, me penchant en avant pour étouffer ma voix.

— Bien sûr. Pourquoi ne serait-ce pas le cas ?

— La dernière fois que je t'ai vue, tu étais en piteux état. Que s'est-il passé, entre-temps ?

Elle gémit.

— Trop de choses à expliquer. Cela ne peut-il pas attendre mon retour ?

— Non, impossible. Ton retour ? Où es-tu ?

— Bakersfield.

— Tu ne viens pas de dire *Bakersfield*, si ?

— Fou, hein ?

Le rire de Penny-Love était crispé.

— Parle vite et raconte-moi tout. Comment es-tu atterri à Bakersfield ?

— Dans la voiture de Thorn. En fait, il s'agit de la jeep de sa mère, d'une teinte jaune maladive. Cela nous a pris, genre, quatre heures pour arriver ici. C'est pourquoi nous avons manqué l'école —, non qu'il y ait quoi que ce soit d'important à l'école avant des vacances. Tout s'est passé trop vite, et nous devions continuer ou perdre le gars.

— Quel gars ?

— Le mec qui quittait en douce l'appartement de Jacques. Alors que nous faisions le guet, ce gars trapu avec des favoris — absolument pas un bon style pour lui, en passant — est sorti en portant des boîtes. Thorn a donc dit : « Suivons-le. » J'ai répondu : « Ne sois pas stupide. » Mais, tu sais comme elle ne m'écoute jamais. Le type est entré sur l'autoroute et s'est dirigé vers le sud. Nous l'avons presque perdu lorsque nous avons dû nous arrêter à Fresno, mais Thorn peut conduire vraiment vite.

— Laisse-moi démêler tout cela.

Je transférai l'appareil sur mon autre oreille, comme si cela pouvait éclaircir cette folle conversation.

— Vous avez suivi un étranger — possiblement un meurtrier — jusqu'à Bakersfield et vous êtes toujours là-bas ?

— Toujours ici.

Immense soupir.

— Je m'emmerde totalement dans la voiture pendant que Thorn fait je ne sais quoi à la bibliothèque. Elle a dit que je ne ferais que l'entraver et elle m'a ordonné d'attendre ici. Elle peut réellement me faire chier! Comme pendant le trajet jusqu'ici, après que j'ai eu bu un énorme verre de boisson gazeuse, elle n'a pas voulu arrêter pour que j'aille aux toilettes, et j'ai dû me retenir pendant, genre, deux heures. Quand nous sommes finalement arrêtées, nous avons découvert un truc vraiment choquant.

— Je ne peux plus supporter les chocs, aujourd'hui, dis-je, pensant à Jade.

— Alors, j'espère que tu es assise. Le gars que nous suivions...

Penny-Love marqua une pause théâtrale.

— C'est un poulet!

— Un *poulet*!

Je parlai si fort qu'un père tenant un bébé endormi me fixa avec colère.

— Il s'est changé pour revêtir son uniforme à la messe où il se rendait. Thorn et moi y sommes allées aussi, car il y avait une telle foule que nous nous sommes dit que personne ne nous remarquerait. C'était pour un bleu, un détective de trente et un ans, nommé Oscar Dalton. Nous avons écouté un moment pendant que le policier affirmait à quel point Oscar manquerait à tout le monde et comment sa mort pendant une transaction de drogue qui avait mal tourné n'avait pas de sens. C'était si triste d'entendre les parents d'Oscar et sa fiancée.

— Minute! C'est beaucoup de choses à avaler... des poulets, des funérailles, de la drogue. Mais, en quoi cela concerne-t-il tout le reste? dis-je en grimaçant, me questionnant à propos du pistolet caché par Thorn.

— Bien, c'est ainsi que nous avons appris que Jacques était un menteur et un tricheur éhonté. Évidemment, nous ne nous doutions aucunement que nous allions découvrir cela à des centaines de kilomètres de la maison, à ses funérailles.

— *Quoi?*

— Tu m'as entendue.

Penny-Love marqua une pause à sa manière habituelle de tragédienne.

— Oscar et Jacques sont la même personne.

— Mais, tu as dit qu'Oscar avait trente et un ans et qu'il était fiancé!

— Jacques n'était pas son véritable nom —, il travaillait sous couverture.

— À notre école ?

J'observai un bambin suspendu par les genoux à une barre, mes pensées, elles aussi, sens dessus dessous.

— Pas possible !

— Tout à propos de mon supposé petit ami était faux. C'était un gros menteur et un sale tricheur. Oh…, voici Thorn.

J'entendis un bruit de pieds et des voix étouffées.

— Hé, Sabine, intervint Thorn, la voix tranchante, tout comme les bijoux en fil de barbelé qu'elle portait habituellement. Alors, Pen t'a raconté ?

— Je bute encore sur le fait que Jacques était un poulet, admis-je.

— Un policier sous couverture de l'escouade des narcotiques, déclara Thorn sans ménagements. Cela explique que sa mort n'a pas été rapportée. L'officier Oscar Dalton est mort pendant une mission secrète. Personne ne voulait ajouter grand-chose à cela —, sauf qu'il n'a pas été tué par balle. Il a été poignardé.

— Poignardé? Et le pistolet?

Le père le plus près de moi attrapa brusquement son bébé dans ses bras et me fusilla encore une fois du regard, puis il s'éloigna à grands pas de l'aire de jeu.

— Je pense qu'il appartenait à Oscar, proposa Thorn. Il a dû s'en emparer pour se défendre, sauf que l'autre gars a été plus rapide. Je ne sais pas grand-chose, mais voir ses amis et sa famille a rendu cela plus réel… et triste.

Son ton était lourd, et je me sentis triste, moi aussi. Une vie était perdue. Peu importe comment ou pourquoi, il était quelqu'un que nous connaissions et il avait des amis et de la famille qui portaient son deuil. Néanmoins, je me demandai pourquoi un agent des narcotiques avait choisi Penny-Love comme petite amie. Avait-il cru qu'elle entretenait des liens avec le milieu de la drogue parce qu'elle était extrêmement populaire? Peut-être que sa personnalité hyper active lui avait fait supposer qu'elle était une toxicomane. Évidemment, il aurait vite compris qu'il avait tort. Alors, pourquoi ne l'avait-il pas laissé tomber?

Oh ouais…, il l'*avait* laissé tomber.

— Est-ce que Pen et toi allez rentrer à la maison, à présent? demandai-je à Thorn. On dirait que nous sommes toutes tirées d'affaire.

— Sauf que nous possédons encore son arme, et je veux en apprendre davantage sur ce dossier avec la photo de Josh dessus. J'ai une étrange impression que c'est important.

Maintenant qu'elle mentionnait le dossier, je ressentais la même chose.

— Sais-tu où il se trouve? m'enquis-je.

— Probablement dans l'une des boîtes que ce poulet a prises dans l'appartement de Jacques.

— La boîte pourrait se trouver n'importe où, à présent. Comment peux-tu la dénicher?

Elle émit un petit rire.

— Comment est-ce que je trouve les choses?

Je souriais en refermant mon téléphone jusqu'à ce que je lève les yeux sur le père avec le bébé, qui menait une conversation à voix basse avec un agent de sécurité du centre commercial et pointait dans ma direction.

Mon signal pour partir.

J'examinai le répertoire des commerces, repérai la boutique spécialisée qui, je l'espérais, vendrait ce dont j'avais besoin, puis me rendis au deuxième étage par un escalier mécanique. C'était tout aussi bondé, et je dus me déplacer rapidement ou risquer de me faire renverser.

Je m'arrêtai devant un magasin avec une vitrine mettant en vedette un pirate, un Klingon et une licorne. C'était l'endroit.

Quand je sortis du centre, une heure plus tard, mes bras croulaient sous les paquets. Ma fidèle carte de crédit avait reçu sa bonne part d'action. Heureusement, mes parents s'attendaient à se que je fasse de folles dépenses pour mes cadeaux de Noël. Il n'y avait aucune raison d'expliquer que mes achats ne concernaient en rien les Fêtes.

Le reste de la journée, j'eus les nerfs en boule. Nona avait dîné avec monsieur Cœurs de lumière encore une fois et elle était si excitée à l'idée de s'unir professionnellement (et amoureusement?) qu'elle ne me prêta pas grande attention. Je m'inquiétais trop pour manger beaucoup à midi, déplaçant ma nourriture dans mon assiette tout en tapotant mes ongles sur la table et je fis semblant d'écouter ma grand-mère. Quand elle me demanda si j'allais bien, je mentis et dis « très bien ». Toutefois, elle m'observa, son radar psychique me balayant, et je pouvais voir qu'elle entretenait des soupçons.

Je détestais mentir à ma grand-mère, mais c'était parfois nécessaire.

Malheureusement, un mensonge mena à un autre, et le lendemain, j'inventai une histoire à propos d'une rencontre avec Penny-Love et Thorn, à Roseville Galleria. C'était un centre commercial si immense et bondé, et le trajet jusque-là si long, que Nona ne s'attendrait pas à mon retour avant des heures.

Je souhaitais seulement revenir, point à la ligne.

Je remplis un sac à dos de fournitures en cas d'urgence comme des collations, une lampe de poche, un couteau multi-usages, des bouteilles d'eau, une trousse de premiers soins et, à la dernière minute, j'y lançai la muse en plastique de Josh. Pour la chance, je portai mon bracelet à breloques qui avait appartenu à mon arrière-arrière-etc.-grand-mère. Les minuscules poisson, maison, voiture et livre en argent dansaient à mon poignet, accrochant la lumière pendant que je roulais sur l'autoroute 80 en dépassant Roseville. Je suivis la signalisation vers Auburn.

Croisant les doigts, j'espérai que mon plan fonctionnerait sans anicroche et que, d'ici ce soir, Jade et Josh seraient à la maison. En sécurité.

Les arbres grandioses bordant la route comme des guerriers protecteurs m'effrayèrent —, j'avais l'impression de serpenter de plus en plus loin de la réalité. Les arbres s'étiraient à une telle hauteur que leurs aiguilles piquaient le ciel et bloquaient le soleil. C'était un contraste saisissant avec le centre commercial bruyant d'hier. Il me semblait quitter l'humanité et entrer dans un étrange paysage d'arbres infinis.

Je suivis les directions envoyées par Manny et quittai l'autoroute principale pour m'engager sur une étroite route pavée qui s'enfonçait davantage dans la forêt. Bien que l'endroit semblait totalement isolé, je remarquai des indications et des routes raides qui disparaissaient dans les coteaux. Je vérifiai encore une fois l'adresse de la propriété d'Arturo : 1022, route Sap Tree. Je réduisis ma vitesse et ratai presque tout de même le virage pour Sap Tree.

Une fois sur cette route, je dus regarder parmi les buissons et les arbres pour découvrir des balises ou des boîtes aux lettres. Il n'y en avait pas beaucoup, et elles étaient à des kilomètres de distance : 1005, 1013, 1019. Les nombres s'arrêtèrent, quand je passai devant un beau lac dans un profond canyon, brillant comme un joyau sous le soleil. Je poursuivis ma route, soulagée lorsque je revis des adresses. Mais, une minute, les nombres reprenaient à 1115.

Comment avais-je pu louper l'adresse d'Arturo ?

Effectuant un virage en trois temps dans une partie large de la route, je revins sur mes pas. Je dépassai de nouveau le lac, remarquant qu'un voilier glissait vers une imposante digue faite par l'homme.

Toutefois, je gardai mon regard fermement sur le côté de la route — jusqu'à ce que j'aperçoive une mince balise en bois avec des chiffres gravés dessus : 1022. Mais, où se trouvait l'allée conduisant à cette adresse ? Je me rangeai sur le bas-côté et je dus descendre pour scruter sous la voûte des arbres avant de détecter des traces à peine visibles dans la terre menant à un grand portail en métal.

Avec prudence, je m'approchai du portail, remarquant une caméra fixée en haut comme un œil d'extra-terrestre. Et de chaque côté de l'entrée, des panneaux prévenaient :

DÉFENSE D'ENTRER ! PRIVÉ !
LES INTRUS SERONT ÉLECTROCUTÉS !

Électrocutés ? J'eus un serrement de gorge. J'entendis le léger bourdonnement des fils et compris qu'ils étaient chargés d'électricité. Un système de sécurité extrême ! Que cachaient Arturo et ses copains magiciens ?

Quand l'œil de l'extra-terrestre pivota dans ma direction, je me hâtai de retourner dans ma voiture et de verrouiller les portières. Puis, je pianotai sur le volant et réfléchis sérieusement. Je ne pouvais pas m'introduire par le portail ni défoncer la clôture électrique avec mon véhicule — qui semblait s'étendre sur des kilomètres, probablement tout autour du lac. Néanmoins, il devait exister une manière d'entrer sans être électrocuté. Toutefois, même si je découvrais une voie d'accès, cela exigerait un équipement de randonnée d'expert et des talents pour fouiller le terrain escarpé.

Comme je n'arrivais à rien ici, je passai à la renverse et roulai lentement sur la route, pistant l'éclat argenté de la clôture. Puis, je l'aperçus —, une section enfoncée, comme si un véhicule avait perdu le contrôle et avait fini sa course dedans. Le dommage n'apparaissait pas avec évidence à moins que l'on regarde attentivement.

Rangeant la voiture sur le bas-côté, je cherchai des panneaux d'avertissement à propos d'électricité, mais n'en découvris aucun. Lorsque je me penchai pour scruter la section endommagée, je vis ce que j'espérais —, une déchirure inégale juste assez grande pour qu'une personne s'y glisse. Et, au-delà de la clôture, je repérai un sentier accidenté, sûrement tracé par les animaux sauvages. Le sentier plongeait dans le lac bleu scintillant au fond du canyon. Il ne s'agissait pas d'un lac naturel, mais d'une immense étendue d'eau retenue par une digue blanc brillant. Des roches gris argenté tombaient en avalanche vers l'eau miroitante et de l'autre côté du lac, de petits bateaux dansaient dans l'eau le long d'un quai étroit. Il y avait sur la rive des masses sombres que je devinais être des chalets.

Je jetai un regard nonchalant autour de moi, pour m'assurer de ma totale solitude, puis je sautai de nouveau dans ma voiture. J'envoyai rapidement un message texte à Manny, l'informant de l'endroit où je me trouvais, puis je garai mon véhicule de manière à ce qu'il soit à demi caché sous l'épaisse végétation. Je retirai mon bracelet à breloques et je le rangeai en sécurité dans mon sac à dos, puis je poussai mon sac à travers la déchirure dans la clôture et je commençai à me faufiler à sa suite. Le trou était suffisamment gros pour des écureuils, mais plutôt serré pour moi. Je me tortillai néanmoins et je creusai dans la terre rouge meuble jusqu'à ce que ma tête passe par l'ouverture, puis mes épaules, mes hanches, et...

J'étais de l'autre côté !

— Youppie !

J'exécutai une petite danse de joie, époussetant la terre sur moi et secouant la tête pour déloger une brindille dans mes cheveux. Je glissai le sac à dos sur mes épaules et j'inspirai longuement, ma victoire s'évanouissant, lorsque je réalisai quel point le sentier était escarpé. La route était longue jusqu'au lac et la randonnée semblait rude à travers le feuillage dense. Ce serait une chute dangereuse, si je perdais mon équilibre.

Avec précaution, je me collai au remblai à pic, repoussant les mauvaises herbes et rampant parfois pour passer à travers des branches épineuses. Progressant un pas à la fois, je conservais mon équilibre avec la prudence d'un équilibriste sur un fil de fer. Soudain, du gravier glissa sous mes chaussures, j'attrapai un tronc d'arbre, puis je tombai brusquement sur les fesses. J'entendis le bruit d'une déchirure, mais je continuai d'avancer, m'enfonçant davantage dans les bois sauvages. Et là, le terrain se nivela légèrement, et j'atteignis le bord de la digue. Ce n'était pas un mur mince, comme je m'y étais attendue, mais une épaisse montagne de gravier et de béton.

Jade se trouvait probablement de l'autre côté du lac, à faible distance de l'endroit où j'avais repéré des chalets et des bateaux. Il y aurait des sentiers, et les broussailles ne seraient pas aussi épaisses si près de l'eau. Tant que je ne tomberais pas sur des clôtures électriques, ce ne devrait pas poser trop de difficulté de suivre le bord du lac.

Mais, je ne pouvais aller nulle part avec cette allure. Fronçant les sourcils en baissant les yeux sur mes fringues maculées de terre séchée, je fus vraiment contente d'avoir emporté d'autres vêtements. En fait, c'était plus que de simples vêtements. Je souris légèrement en retirant mon sac à dos et en y puisant un jean blanchi de couturier et un sac doré fastueux, qui contenait quelques articles spéciaux et du maquillage.

Et pour compléter mon nouveau style, il ne manquait qu'une chose.

Je sortis une longue perruque rousse ondulée.

17

Scrutant mon reflet dans la glace à main, j'eus l'impression d'un tour de magie : maintenant, vous voyez Sabine ; maintenant, elle a disparu. Il s'agissait de mon propre visage, mais lorsqu'il était encadré de boucles et d'une frange cramoisie, la réalité se modifiait de sorte que je pouvais voir Jade également. C'est comme si nous étions surexposées en une seule image.

J'étais convaincue que Jade avait littéralement voulu dire : « Viens, être moi. »

Et nous nous ressemblions *vraiment*. Tout ce dont j'avais eu besoin était d'une longue perruque rousse, d'un chandail bleu ciel pour atténuer le vert de mes yeux, et d'un déhanchement de hippie, quand je me pavanais dans mon nouveau jean moulant comme une seconde peau. J'avais aussi enfilé un manteau brun doublé de laine puisque l'air des montagnes était froid. Être Jade attirerait moins les regards, si l'on me voyait, particulièrement de loin. Malgré tout, c'était étrange d'avoir des boucles rouge feu au lieu de mes cheveux blonds, longs et droits tombant en cascade sur mes épaules.

M'éloignant de la digue, je suivis le sentier raboteux à travers les broussailles. Il se courbait et plongeait le long de l'escarpement loin au-dessus de la côte, puis descendait abruptement dans une forêt d'aiguilles en spirale et de feuilles dentelées, parfumée par les pins, qui m'avalait. Bien que le soleil brillât quelque part dans le ciel, la température avait baissé, et mon souffle était embué et un frisson me parcourut malgré le manteau. Des feuilles tombées craquaient sous mes pieds, et je donnai un coup de pied sur des cônes de pin. Quand je glissai sur une plaque de glace, j'enfonçai mes talons dans le sol pour me retenir, contente d'avoir opté pour de solides bottes en cuir aux chevilles, au lieu de talons aiguilles digne de la mode.

Juste au moment où je commençais à me demander si j'allais un jour m'approcher de la civilisation, le rideau de feuillage vert autour de moi se leva, offrant un regard sur les chalets.

Y découvrirais-je un sentier de marche me menant à Jade ?

Mon cœur battit comme les ailes des oiseaux volant au-dessus de ma tête dans les branches entremêlées. Quand un oiseau plus grand avec des ailes brun rouge piqua vers moi, mon espoir remonta en flèche, et je crus qu'il s'agissait de Dagger. Mais, ce n'était pas un faucon, juste un aigle à la queue rouge.

C'était stupide d'imaginer Dominic si près d'ici, me réprimandais-je. Je ne pouvais pas me laisser aller à penser à lui…, aux heures que nous avions passées dans la maison dans l'arbre, riant des écureuils et jouant à des jeux de cartes..., et nous enlaçant, si près l'un de l'autre. Dieu qu'il me manquait!

Mais, l'espoir était persistant. Je devrais peut-être tenter de l'appeler, même si j'étais certaine qu'il ne répondrait pas —, ne pourrait pas décrocher. J'ouvris mon cellulaire d'une chiquenaude..., puis je gémis. Pas une seule barre indiquant que je captais le signal. Je ne pouvais communiquer avec personne! Ni Dominic, Manny, Penny-Love, Thorn, Nona, ou le 911. Je devrais revenir à la route, pour obtenir un signal. Toutefois, il était déjà passé onze heures, alors je devais soit continuer à chercher Jade, soit m'en aller maintenant.

N'étant pas du genre à baisser les bras, je poursuivis mon chemin.

Quand le sentier commença à serpenter plus profondément dans la forêt, s'éloignant des chalets au lieu de s'en approcher, je me demandai si je devais retourner sur mes pas. Avais-je manqué un sentier? Je me mis sérieusement à remettre mon plan en question. À quoi avais-je songé? Venir seule ici, me vêtir comme Jade et me diriger à présent je ne sais où? Et si j'avais totalement mal interprété le message de Jade et que je m'étais introduite sans permission dans la mauvaise propriété ?

Me mordant la lèvre, je pivotai lentement dans le cercle des arbres massifs bloquant le ciel. Des aiguilles de pin frissonnèrent sous le vent, et un écureuil gris fila à travers les branches. La vie vibrait autour de moi avec des auras dorées, vertes et couleur de terre, accueillante et pourtant me prévenant de dangers cachés. Je songeai à partir, me sentant petite et perdue dans cette vaste forêt. Au lieu, je serrai les dents, déterminée, m'enfonçant de plus en plus dans les ombres obscures des bois. Cinq minutes plus tard, les arbres se courbèrent au-dessus de moi comme un tunnel noir et bloquèrent le soleil, me couvrant d'une grisaille froide.

Je continuai tout de même à progresser, gardant l'image de l'eau bleue à l'esprit. Et en un instant, je fus étonnée de pénétrer dans une clairière ensoleillée avec une vue majestueuse sur les eaux dansantes azur.

Quatre chalets apparurent à ma vue : quatre structures de bois pas plus grandes que ma chambre à coucher à la maison, fabriquées avec des rondins grossiers. C'était comme si j'étais revenue dans le passé de quelques siècles. Il n'y avait pas signe de la présence de gens ou d'un sentier pédestre. Et il était presque midi.

Alors, où était Jade? Piégée à l'intérieur de l'un de ces chalets?

La peur me poussa à avancer plus vite jusqu'à ce que je parte à la course sur le sentier. Mais je m'arrêtai alors, car du coin de l'œil j'avais surpris un mouvement — ne venant pas des chalets, mais de la digue d'où j'avais entrepris cette folle randonnée. Plaçant ma main en coupe au-dessus de mes yeux, je fixai la digue, supposant que l'éclair de mouvement avait dû provenir d'un animal. Mais j'aperçus plutôt quatre silhouettes —, et une seule se déplaçait à quatre pattes. Les trois autres étaient assurément humaines et elles traversaient la digue comme si c'était un pont.

Ou un sentier de marche?

Jade avait dit : « Viens, être moi, demain. Midi. Dingue ! » J'avais mal entendu, elle avait dit « digue ! ». Mais, son dernier mot avait-il été un indice quant à la direction ? Bien que ce fut difficile à dire de si loin, un des randonneurs

portait un chapeau rouge ou avait une chevelure rousse.

« Tout simplement parfait », pensai-je,
enroulant une mèche de faux cheveux roux
autour de mon doigt. J'avais passé presque une
heure à *m'éloigner* de la digue. À présent, je
devais revenir sur mes pas jusque là-bas.

La randonnée en hauteur était mortelle. Je
m'arrêtai à mi-chemin, me penchant et haletant
pour reprendre mon souffle en m'appuyant sur
mes genoux. Sur le sol, des empreintes animales
ovales en demi-lune avaient labouré la terre. Je
me demandai de quel animal il s'agissait. Une
fois, pendant une promenade, Dominic m'avait
enseigné à reconnaître différentes pistes d'animaux. Des ratons laveurs, des biches, des
renards, les opossums, des lynx. Nous avions
fait le parallèle avec nos propres marques de
pas, riant un peu en remarquant que sa chaus-
sure mesurait presque deux fois la mienne.
Ensuite, nous avions comparé nos mains, la
mienne s'insérant dans la sienne comme si elle
y était destinée.

Mes réflexions sur Dominic étaient comme
des griffes acérées déchirant le cœur. Où était-
il, maintenant ? En prison ? Parfois, je pouvais

m'introduire dans l'esprit de Dominic, comme si mon âme se glissait à côté de la sienne, partageant des pensées et des émotions. Mais, à présent, je ne sentais… rien. Abandonnée, déconnectée, seule.

Désespérée, je lançai un appel à ma guide spirituelle. Opal disait souvent qu'elle était tout près. Fermant les yeux, j'essayai de la convoquer et je sentis en effet quelque chose : un murmure d'énergie, aussi subtil qu'un battement d'ailes de papillon. Pourtant, elle ne se montra pas, murmurant seulement « Continue ».

Je m'exécutai donc…, mais ce n'était pas aisé. Alors que le sentier rétrécissait, les branches accrochaient mes vêtements et ma perruque comme des griffes vicieuses. Je donnai des tapes, penchai la tête, esquissai des pas de côté, et je dus même me mettre sur les genoux et ramper à travers une étroite ouverture dans les branches.

Dépêche, me dis-je, mon sentiment d'urgence allant croissant.

Des brindilles cassantes craquèrent sous mes bottes. Je trébuchai sur une pierre déchiquetée, mais je restai debout en attrapant une branche pendante. Puis, la forêt s'éleva devant moi, et je fus de retour sur l'étroit sentier de la falaise menant à la digue. Comme les remparts d'un château, la digue gris argenté sortit de l'eau étincelante et s'allongea à l'horizontale. Sur le dessus de la digue se trouvait en fait une route pavée, assez large pour un défilé.

Et en effet, quand le groupe s'approcha, on aurait dit un défilé.

Trois personnes et un caniche géant.

Le chien était noir comme la nuit avec une fourrure bouclée, un caniche ordinaire, et il tirait impatiemment sur sa laisse, traînant un homme trapu d'âge moyen dont la cape bleue volait derrière lui. Suivait ensuite un homme plus vieux, marchant avec une canne qui ressemblait davantage à un accessoire. Il me rappela un crayon numéro 2 : grand et mince avec une touffe de cheveux orange en désordre. Et à sa suite, il y avait une fille rousse…

JADE !

Je m'apprêtai à crier son nom, puis me tus. Ne m'avait-elle pas déclaré être prisonnière ? Bien que ses compagnons ne paraissent pas dangereux, je ne voulais pas qu'ils me repèrent —, et ils se dirigeaient vers moi.

Me baissant vivement sous la canopée, je me demandai comment je pouvais rejoindre Jade sans me faire voir des autres. À leur rythme lent, ils avaient dépassé ma cachette après environ quinze minutes. J'avais besoin d'une diversion, afin que je puisse communiquer avec Jade sans alerter Cape bleue et l'Homme à la canne.

Alors que j'étais accroupie en essayant de trouver un plan, Jade me devança en trébuchant contre l'Homme à la canne. Ce n'était pas accidentel, je le voyais bien.

L'homme âgé cria, ses bras battant l'air, puis lâcha sa canne. Elle tomba et roula vers le remblai en gravier à pic de la digue. Quand il tendit la main pour s'en emparer, il poussa Cape bleue, qui trébucha et perdit sa prise sur la laisse du chien.

L'énergique caniche partit à toute vitesse.

— Je vais le rattraper !

La voix de Jade se fit entendre en bas de la digue au-dessus de l'eau. Puis, elle sprinta loin d'eux et descendit le sentier vers ma cachette.

Je courus l'intercepter, l'imaginant reconnaissante de me voir. Elle crierait de joie et me remercierait de l'avoir secourue. Elle irait peut-être même jusqu'à m'étreindre, et je lui rendrais son embrassade avec une attitude mature signifiant «je te pardonne d'avoir été vache». Ensuite, nous nous enfuirions ensemble.

Malheureusement, le caniche était plus rapide que Jade. J'ignore s'il m'a sentie ou si j'étais simplement sur sa route, mais avant que je puisse m'écarter, il bondit sur moi.

— Lâche-moi!

Je le repoussai.

Le chien aboya, puis lécha mon visage avec sa longue langue pleine de bave.

— Il ne te fera pas de mal, mais son haleine de chien peut être mortelle.

— Jade!

Je roulai loin du caniche, puis sautai sur mes pieds et me hâtai vers ma demi-sœur. J'ouvris les bras, l'invitant à m'étreindre, mais elle resta en arrière.

— Hé, Sabine.

Elle haussa les épaules comme si nous nous rencontrions par hasard au centre commercial, et non dans la nature sauvage.

— Alors, tu es venue.

— C'était le plan, non?

— Ouais, mais je ne pensais pas que tu le comprendrais.

De furieuses réparties surgirent dans ma tête, mais j'étais trop épuisée pour les disputes.

— Bien, je suis ici et j'ai même fait tout ceci pour te ressembler. Je désignai mon accoutrement.

— De l'ombre à paupières vert lime?

Jade roula des yeux.

— Tu ne tromperais jamais quelqu'un qui me connaît. La perruque est trop bouclée, et tu es plus menue de là-haut.

Je serrai les dents.

— Et si tu ne m'insultais *pas*?

— J'exprime seulement mon avis.

Son expression se radoucit.

— Tu sais, j'ai beaucoup d'amis à l'école, mais aucun n'agirait ainsi pour moi. Tu t'es procuré la bonne marque de jean et la perruque n'est pas si terrible.

— J'accepte tes remerciements.

— Peu importe.

Elle sourit avec ironie.

— Je suis contente que tu sois ici.

— Ce n'était pas facile de trouver l'endroit ; et plus difficile encore d'y entrer.

— Mais, tu n'abandonnes jamais et tu finis toujours par comprendre les choses. Fiable, prévenante, intelligente Sabine. Demande à papa. Il dit que je suis trop indisciplinée et il veut que je te ressemble davantage.

Je la regardai fixement, surprise.

— Impossible.

— Il se vante du fait que tu aides ta grand-mère, que tu obtiens d'excellentes notes, et sors avec un gars formidable.

— Le gars formidable a rompu avec moi. Je ne sais trop ce que mes parents penseront de Dominic, mais ce pourrait être intéressant.

Je souris largement.

— Si cela peut t'aider, papa montre son affection en faisant la morale. Fais-moi confiance —, il n'admire pas tout ce que je fais. Quand il est question des trucs paranormaux, il adopte la politique du « je ne pose pas de questions, tu ne me dis rien ». Et il me fait la leçon pour me dire que je devrais ressembler davantage à mes sœurs cadettes.

— Bien, elles sont mignonnes, affirma Jade, souriant malicieusement.

— Et elles n'ont jamais d'ennuis.

— Comme nous, taquina Jade.

— Évitons les ennuis, cette fois, en récupérant Josh et en partant d'ici dès que possible, suggérai-je avec un regard inquiet en haut de la digue. L'Homme à la canne tendait la main par-dessus le remblai de la digue, essayant d'attraper sa canne, mais il n'y avait aucun signe de Cape bleue.

— Nous ne pouvons pas récupérer Josh, répliqua Jade.

— Que veux-tu dire ? C'est pour Josh que nous sommes venues ici toutes les deux, et je ne m'en vais pas sans lui.

— Je suis contente que tu voies les choses ainsi, déclara Jade avec un sourire mystérieux.

Je jetai un deuxième coup d'œil à la digue.

— Mettons-nous en route ! Tes amis nous rejoindront bientôt.

— Tu penses que ce sont mes amis ? Je suis sérieusement insultée. Je me promène avec eux uniquement pour sortir. Autrement, je suis piégée à l'intérieur toute la journée.

— Nous serons toutes les deux piégées à l'intérieur, si nous ne nous hâtons pas.

J'attrapai son bras, mais elle tira pour se libérer et me regarda en fronçant les sourcils.

— Attends. Je dois te dire quelque chose.

— Raconte-le-moi pendant que nous marchons.

— Mais je ne peux pas…, je veux dire… Tu dois savoir…

— Tout ce que je dois savoir, c'est où se trouve Josh.

Des boucles en forme d'araignée frôlèrent ma bouche, et je donnai une tape pour les éloigner.

— J'ai hâte de retirer ce truc qui démange.

— Ne le fais pas ! protesta Jade, tirant brusquement sur mon bras. Garde-la.

— Pourquoi ?

— Parce que c'est plus sécuritaire.

— La seule chose sécuritaire est de nous mettre en route… oh !

Quelque chose donna un petit coup sur ma cheville, et je bondis instinctivement en arrière, juste au moment où le caniche noir levait sa jambe.

— Non, Roscoe !

Jade attrapa le collier du chien, le tirant pour l'éloigner.

— Je ne suis pas un arbre.

Il agita la queue comme si je l'avais caressé derrière la tête, au lieu de le critiquer.

— Attache-le, afin qu'il ne nous suive pas et gâche tout.

— Il est le cadet de nos soucis, dit Jade d'un ton qui ne présageait rien de bon alors qu'elle regardait par-dessus son épaule.

En haut sur la digue, Cape bleue aidait l'Homme à la canne à récupérer sa canne.

— Où la voiture est-elle garée?

— Sur la route après la digue.

Je pointai.

Elle hocha la tête, ses sourcils regroupés comme si elle réfléchissait ardemment.

— As-tu apporté un téléphone?

— Dans mon sac à dos. Mais, il n'y a pas de signal parmi tous ces pins. Jade, pourrais-tu cesser de poser des questions et me dire où se trouve Josh?

— Nous ne pouvons pas partir toutes les deux.

Elle fixa le sentier en terre, puis me regarda, les sourcils froncés.

— Quel est ton problème?

Je croisai les bras sur ma poitrine.

— Je me suis donné un mal fou pour venir — pour vous sauver —, et maintenant tu ne veux pas t'en aller !

— C'est compliqué.

Jade fit courir ses doigts dans ses cheveux emmêlés.

— Je dois rester ici jusqu'à demain soir pour la cérémonie du solstice.

— Quelle cérémonie ?

Elle secoua la tête.

— Je suis si désolée.

— Désolée pour qu…

Jade me coupa la parole en levant la tête et en criant vers la digue.

— Ici ! J'ai Roscoe !

Un homme cria en réponse :

— Jade ! J'arrive !

— Attends ! Je vais te le ramener ! hurla Jade.

Je lançai un regard furieux à ma demi-sœur.

— Es-tu devenue folle ? Pourquoi as-tu fait cela ?

Elle s'écarta de moi d'un pas, sans rencontrer mon regard.

— Jade, nous devons filer *maintenant*. Attache le chien à un arbre.

— Ne comprends-tu pas?

Jade avait de véritables larmes dans les yeux en pivotant brusquement pour me faire face.

— Grey a menacé de tuer Josh, si je partais avant le solstice. Je sais que tu as rompu avec Josh, mais veux-tu qu'il meure?

— Bien sûr que non! Je suis venue à votre secours à tous les deux.

— Je sais…, et merci. J'ai vu ce dont Grey est capable…, et il est plus que cruel.

Jade ferma les yeux, frissonnant. Puis, elle prit une profonde respiration, comme si elle évacuait un horrible souvenir.

— Après notre arrivée ici, Grey a prétendu qu'il pensait que ce serait amusant que je devienne son assistante. Puisque je voulais trouver Josh, j'ai joué le jeu, flirtant avec lui. J'ai été assez idiote pour croire que son attitude de mauvais garçon avait du charme. Mais, il m'a persuadée — elle grimaça — de l'assister dans des numéros de magie où il agit cruellement envers des animaux…, et même envers moi.

Elle retira sa veste de cuir d'un coup d'épaule et me montra de curieuses coupures inégales sur son bras.

— Il aime jouer avec des couteaux.

Des couteaux? Je me souvins de Penny-Love et Thorn disant que Jacques avait été poignardé. Grey pouvait-il avoir un lien dans tout cela? Et il y avait également ma vision de Josh se poignardant lui-même. Ceci n'augurait rien de bon.

— Oh, Jade.

Je tendis les bras pour l'étreindre.

— Je suis tellement désolée que tu aies dû subir cela. Mais, cela ne fait que prouver que nous devons vraiment nous mettre en route. *Maintenant*.

— Écoute-moi, d'accord? Tu dois comprendre que je suis venue ici avec Grey, car je m'imaginais en héroïne, ramenant Josh à la maison alors que tu n'en étais pas capable. Toutefois, il s'avère que je ne suis pas très brave. Et je suis aussi inquiète pour maman. Et si elle était repartie jouer avec frénésie parce que je ne suis pas là pour l'amener à ses rencontres de *Joueurs anonymes*? Je gère notre argent et paie les factures. Ne vois-tu pas, Sabine? Je dois m'assurer que ma mère va bien, mais si je pars maintenant, Grey se transformera en psychopathe du couteau avec Josh pour victime.

— Alors, allons trouver Josh, et nous fuirons tous ensemble.

— Josh est enfermé.

— Alors, nous le libérerons !

— Ne crois-tu pas que j'ai essayé ? Mais, c'est impossible, pas avant la fin de la cérémonie.

Je frissonnai.

— Quelle cérémonie ?

— Il manque de temps pour en parler. Mais tu as raison. Si Josh ne part pas, il pourrait être blessé.

— Pourquoi te fais-tu du souci pour Josh ? demandai-je. Tu le connais à peine.

— Étrange, hein ? Je me ramollis.

Jade émit un rire sans joie.

— Je suis impressionnée par les tours de magie que Josh réalise dans les hôpitaux pour les enfants malades. Il fait partie des bons gars —, et j'ai fréquenté assez de demeurés pour savoir que les bons sont rares, comme une espèce en danger. Je ne veux pas qu'il lui arrive du mal.

— Moi non plus. Toutefois, si nous ne pouvons pas le libérer maintenant, nous allons partir et ramener des secours. Nous avertirons la police ou papa.

— Peuvent-ils bouger plus vite que les couteaux de Grey ?

Le souffle me manqua au souvenir de ma vision de Josh dans un bâtiment rustique portant d'étranges vêtements démodés — semblable à la tenue de Cape bleue — et enfonçant un poignard dans son torse. Mes visions n'étaient pas toujours littérales, mais elles contenaient habituellement une signification prophétique. J'avais appris à y être attentive…, ou bien à le regretter plus tard.

— D'accord, Jade, dis-je. Que devrions-nous faire ?

— Change de manteau avec moi.

Son ton était énergique et pourtant effrayé. Je ne comprenais pas et n'aimais pas cela, mais je m'exécutai.

Alors que Jade attachait mon manteau, elle pointa le sac à dos.

— Que contient-il ?

— Cellulaire, clés, eau embouteillée, collations, et d'autres trucs dont nous pourrions
avoir besoin.

— Bonne préparation.

— Jade, à quoi songes-tu ?

— Tu le sais déjà ou tu ne porterais pas
cette perruque rousse.

Ses mots étaient légers, mais son expression était assez sombre pour éclipser le soleil.
Sois moi un peu plus longtemps…, s'il te plaît.

Je la fixai.

— Je pensais que je devais m'habiller ainsi
pour entrer discrètement ici, au cas où l'on me
verrait.

Mon cœur chavira, quand je m'aperçus que
même nos bottes étaient identiques.

Elle me transperça d'un regard acéré.

— Veux-tu aider Josh ?

— Bien sûr que oui !

— Alors, trouve-le et convaincs-le de
partir, insista-t-elle. Je ne prendrai pas plus
que quelques heures, juste assez pour voir
maman. Je vais envoyer des secours pour Josh
et toi.

Avant que je puisse discuter, Jade me
fourra la laisse du chien dans la main et jeta

mon sac à dos sur son épaule. Puis, elle s'enfuit dans les bois.

Et disparue.

18

Je m'accrochai à la laisse de Roscoe, trop sonnée pour réagir.

Le plan «échangeons nos places» de Jade était tellement fou que je pouvais à peine croire qu'il se réalisait vraiment —, et que je l'avais accepté! J'ignorais tout de ses activités de la dernière semaine. Notre ressemblance tromperait peut-être quelques personnes, mais quand je ne saurais pas le nom de quelqu'un ou que je me perdrais en tentant de trouver les toilettes, les soupçons s'éveilleraient.

Enterrez-moi maintenant, parce que j'avais *déjà* signé mon arrêt de mort.

Un cri aigu et le martèlement de pas me firent pivoter brusquement. Une masse bleue indistincte descendait vivement le sentier vers moi. Hurlant, je lançai la laisse et trébuchai en arrière, me protégeant le visage avec mes bras.

Une cape bleue battit derrière l'homme courant comme un super héros (super vilain?) Je me préparai pour l'impact, mais je ne sentis que du vent et une éclaboussure de terre et d'aiguilles de pin. Cape bleue me dépassa rapidement comme si je n'existais pas — et fonça droit sur le chien.

— Roscoe! sanglota-t-il, s'accroupissant sur le sol et enlaçant le caniche géant comme s'il était perdu depuis des mois, au lieu de quelques minutes.

Roscoe réagit avec une queue frétillante et des baisers mouillés.

— Méchant, méchant chiot, roucoula Cape bleue d'une voix de fillette qui résonnait étrangement dans la bouche d'un gars avec une barbe de quelques jours sur le menton. Honte à toi pour t'être enfui et avoir rendu Frank très inquiet pour son mignon petit toutou en sucre.

Au lieu de m'échapper, ce qui aurait été la chose intelligente à faire, j'observai la scène sous l'ombre d'un cyprès géant. Quiconque gazouillait comme un bébé en s'adressant à une boule de fourrure géante ne m'effrayait pas. D'ailleurs, Cape bleue (Frank) haletait bruyamment, comme s'il avait couru le marathon, et non une courte distance en bas d'une colline. S'il me causait des ennuis, je pouvais aisément le perdre à la course. L'Homme à la canne (qui devait toujours clopiner dans notre direction) était âgé et assez fragile pour être renversé par un vent fort. Jade aurait pu facilement échapper à ces deux-là. Pourtant, elle avait attendu jusqu'à aujourd'hui.

Elle m'avait attendue, *moi*.

— Jade, tu as été méchante, toi aussi, dit Frank d'un ton désapprobateur.

Je jetai un coup d'œil autour de moi, espérant que Jade était revenue et se tenait derrière moi, mais je n'eus pas une telle chance.

— Qu'as-tu à dire pour ta défense, jeune dame ?

— Rien.

J'adoptai un timbre de voix plus grave, comme Jade.

— Tu n'aurais pas dû partir en courant. Il y a des serpents et d'autres dangers ; nous devons donc rester ensemble.

Frank se leva prestement, son expression me faisant penser à celle d'un professeur surprenant un élève en qui l'on a confiance à tricher.

— Tu as brisé les règles, mais puisque tu as rattrapé Roscoe, tout est pardonné. C'était très gentil à toi de protéger mon chiot.

Bien que Roscoe n'était pas aussi gigantesque que le Cheval de Josh, il était *loin* d'être un chiot et il me rappelait un ours avec une mauvaise permanente. Je gardai cependant mes réflexions pour moi-même.

— Je ne mentionnerai pas cet incident à Arturo, ajouta Frank avec un clin d'œil de conspirateur —, comme s'il m'accordait une faveur à moi.

— Heu…, merci ? dis-je avec incertitude.

— Je t'en prie. Et merci d'avoir retrouvé mon mignon Roscoe tout duveteux. Ce brave petit, il est encore un bébé, même s'il a presque douze ans.

Il tapota la tête bouclée de son chien.

— N'est-ce pas que tu es spécial, grand garçon ? Tu ne veux que courir et courir, mais tu devras te contenter de nos promenades quotidiennes.

Voilà donc la raison des promenades de Frank, de l'Homme à la canne et de Jade : ni le plaisir, ni la santé, mais le chien. Ces gens avaient d'étranges priorités.

— As-tu besoin d'aide ? demandai-je quand la laisse de Roscoe s'enroula autour des chevilles de Frank.

— Non, merci.

Le chien donna un coup sur la chaîne de sorte que Frank parut exécuter un genre de danse de zombie funky.

— Bien sûr que oui.

Je couvris mon sourire d'une main.

— Henry a probablement besoin d'assistance. Il a fait une chute plutôt mauvaise.

Je le fixai, le regard vide. Henry ?

— J'espère qu'il ne saigne pas. Il a déjà assez de difficulté à garder le rythme pendant nos promenades.

Frank désigna d'un geste le sentier menant en bas de la digue, où l'Homme à la canne avançait lentement, s'appuyant sur sa canne.

— Jade, assure-toi qu'il va bien. Il ne serait pas tombé, si tu n'étais pas si maladroite.

— Je suis… désolée. C'était un accident. J'ai trébuché sur quelque chose.

— Il y a toujours quelque chose avec toi, non ?

Le ton de Frank devint plus tranchant, comme s'il me rappelait des griefs passés.

Il tourna son attention vers Roscoe, qui tirait sur sa laisse et essaya de suivre le chien qui trottinait dans le sentier. Je jetai un coup d'œil vers la digue et Henry. Il ne me rattraperait jamais, si je me mettais à courir. Je pouvais foutre le camp d'ici tout de suite.

Mais, je me mordis la lèvre, hésitant. L'image d'un couteau argenté taché de sang surgit dans mon esprit, et je sus d'instinct que je ne pouvais pas partir encore. Appelez cela le destin, le karma ou une conscience coupable, mais je le devais à Josh. Il courait un danger, et c'était à cause de moi, s'il se trouvait ici. Il n'aurait jamais quitté tout ce qu'il aimait, si je ne l'avais pas blessé en aimant Dominic et en admettant que j'étais une voyante. Josh ne pouvait pas me changer —, au lieu de quoi, c'est lui qui avait changé. Et maintenant, il était dans les ennuis jusqu'au cou. Au nom de notre amitié, en raison de ma culpabilité, je resterais assez longtemps pour le trouver.

Je ne comprenais toujours pas le rôle de Jade dans cet endroit. Cependant, je devais lui accorder du mérite pour son désir d'aider Josh. Juste au moment où je croyais l'avoir percée à jour et me sentais à l'aise de la détester, elle disait des trucs qui ne cadraient pas.

Je ferais donc de mon mieux pour convaincre Frank et Henry que j'étais Jade.

— Je suis désolée de t'avoir fait tomber, dis-je à l'homme plus âgé alors qu'il clopinait vers moi. Aimerais-tu t'appuyer sur moi ?

— Je peux très bien me débrouiller seul, mais j'apprécie ton offre, mon ange.

Sa voix était profonde et sonore, comme celle d'un annonceur à la télévision. « Une présence de scène », pensai-je. Je devinai qu'il était magicien comme Arturo.

Quand il grimaça, je le rejoignis.

— As-tu mal ? demandai-je gentiment.

— Pas plus que d'habitude.

Il me chassa d'un signe de la main.

— Tiens, prends mon bras.

— Oublie-moi. Saisis l'occasion, mon ange.

— L'occasion ?

— De foutre le camp d'ici.

— Tu veux que je *parte* ? m'enquis-je, abasourdie.

— Pour quelle autre raison m'adonnerais-je à cette comédie ? Évidemment, tu m'as heurté, mais j'ai mis en scène ma chute afin que Frank n'y voie que du feu.

Il se redressa un peu plus, sans plus s'appuyer sur sa canne.

— Quand il est question de l'art de la diversion, je suis aussi fin qu'un renard.

Il fit tournoyer la canne en la pinçant avec expertise entre ses doigts —, il s'agissait bien d'un accessoire de magicien, et non d'une béquille d'invalide. La canne était gravée d'étoiles complexes, de demi-lunes et de symboles cryptiques, le haut incurvé dessinant une tête de loup avec des dents acérées sculptées. Henry avait paru comme un vieillard inoffensif, mais les apparences pouvaient être trompeuses, comme je le savais trop bien.

— Tu as seulement fait semblant de tomber afin que je puisse m'enfuir ?

— Tu peux parier sur ton joli derrière que c'est la vérité. Sacrément bon que j'ai été aussi, se vanta-t-il. À présent, fiche le camp, mon ange, pendant que tu le peux.

— Pourquoi veux-tu m'aider ?

— Pour des motifs purement égoïstes.

Henry sourit avec ironie.

— Rien de personnel, mon ange, mais je ne te veux pas ici. Tu n'es pas l'une de nous.

Je me mordis la lèvre. Savait-il que j'étais un imposteur ?

— Traite-moi de vieux croulant ou de chauvin, mais je ne soutiens pas Arturo dans cette folie. Les femmes n'ont pas leur place, dans la fraternité. Arty ne réfléchit pas avec le bon organe, ajouta-t-il avec un clin d'œil. Arty et moi nous connaissons depuis très long-temps, alors je comprends ses faiblesses et j'interviens quand il se dirige droit sur les ennuis.

Je sentis ici des courants sous-jacents que Jade comprendrait peut-être, mais qui me laissaient perplexe. Je secouai la tête.

— Je te suis reconnaissante, mais je ne peux pas partir pour l'instant.

— Ne peux pas ou ne veux pas ?

Je songeai à Josh enfermé comme un prisonnier.

— Ne peux pas, répondis-je.

Henry fronça les sourcils.

— Tu creuses ta propre tombe.

Ma tombe ou celle de Josh ? D'une façon ou d'une autre, j'avais la profonde impression d'une catastrophe imminente.

Henry s'appuya légèrement sur sa canne. Nous continuâmes à descendre le sentier à vive allure, rattrapant facilement Frank, qui s'était emmêlé dans la laisse de Roscoe.

Le sentier s'élargit et s'aplanit. Ralentissant ma cadence, j'essayai d'engourdir toutes mes émotions, mais je n'arrivais pas à chasser un intense sentiment d'effroi. Mes inquiétudes augmentaient avec chaque claquement de mes bottes. Comment pouvais-je encore prétendre être Jade ? Je ne saurais rien des gens ici, sauf ce que j'avais lu en ligne sur Arturo et sa femme. Et personne ne pouvait tromper Grey. Je devrais rester loin de lui.

J'anticipais que Frank virerait à droite sur le sentier que j'avais vu conduisant aux chalets, mais au lieu il continua droit devant lui en s'enfonçant plus avant dans les bois jusqu'à ce que la piste devienne en gravier et s'élargisse, puis brusquement nous nous sommes retrouvés face à une grande maison informe —, si l'on pouvait appeler cette énorme structure une maison. Elle ressemblait davantage à un domaine gothique, bien que son toit pentu dépassât en formant des angles acérés comme des ailes à moitié cachées dans les pins touffus et brillât à cause des panneaux solaires. Une allée pavée de roches et bordée de personnages en pierre — tous des hommes portant de longues capes — menait à un large escalier en bois et une double porte massive en chêne ornée vitraux.

Frank monta les marches à grandes enjambées, trébuchant presque sur l'énergique Roscoe avant d'entrer.

— Wow, dis-je doucement.

Henry me tapota l'épaule.

— Tu agis comme si tu ne l'avais jamais vue avant.

— Chaque fois est comme la première.

— C'est en effet un beau domaine ou une belle cachette selon ton point de vue, ajouta-t-il avec un clin d'œil entendu dans ma direction.

Était-ce une blague que Jade comprendrait?

Quand je commençai à gravir l'escalier, Henry me regarda avec perplexité.

— Où crois-tu aller?

— Heu…

Je baissai les yeux sur une fente dans la marche.

— As-tu oublié ta leçon d'après-midi?

— Comment pourrais-je l'oublier? Plutôt, genre, comment pourrais-je m'en souvenir?

— Bien, vas-y, avant qu'elle ne pète un plomb. Tu aurais dû t'enfuir lorsque l'occasion s'est présentée, mon ange.

Il émit un petit rire contrit.

— Mais, puisque tu es ici, tu dois respecter l'horaire.

Une leçon? Un horaire? Dans quelle étrange situation Jade s'était-elle impliquée? Et comment pouvais-je trouver quelqu'un que je ne connaissais pas dans un lieu nouveau pour moi?

Jouer les malades pourrait fonctionner ou faire semblant d'être aux prises avec une crise aiguë d'amnésie comme j'avais vu dans les feuilletons à l'eau de rose à la télévision. Je me balançai d'avant en arrière, puis drapai ma main sur mon front.

— Je ne me sens pas très bien…, pourquoi ça tourne?

Henry se déplaça rapidement pour un homme de son âge, lâchant sa canne et posant un bras ridé autour de moi.

— Ça va, mon ange?

— Je-je ne sais pas… Je suis juste étourdie. Pourrais-tu m'accompagner à ma leçon?

— Tu ne peux pas marcher deux mètres? Le chalet est juste là.

Je suivis le regard d'Henry vers un bâtiment à deux étages recouvert de bardeaux de bois qui se fondait dans la forêt. Il ressemblait à un bol posé à l'envers et ses fenêtres-yeux ronds semblaient me surveiller. Je le sentis presque articuler un « bienvenue » en silence avec sa porte oblongue bleu ciel.

J'avais trouvé le « chalet ».

Découvrirais-je Josh, à l'intérieur?

Après m'être rétabli miraculeusement vite de ma maladie, je m'éloignai en hâte d'Henry pour frapper à la porte du chalet. Personne ne répondit. Ce devait être le bon endroit, m'assurai-je, alors je tournai la poignée —, et elle s'ouvrit aisément.

De hauts vitraux faisaient chatoyer des motifs rouges, bleus et dorés sur le plancher de tuiles. J'avançai avec précaution dans le hall d'entrée, faisant courir ma main sur le meuble de rangement en marbre et sentant la faible odeur de fumée venant des appliques en cuivre en file sur le mur. Mes bottes résonnaient comme des battements de tambour, ralentissant alors que j'embrassais mon environnement. L'entrée s'élargit, puis mena à une immense pièce circulaire avec un haut plafond en dôme. Des balcons en cintre ornaient chaque côté. Venant de quelque part loin en haut, des lumières dansaient, et j'entendis des voix douces comme des murmures.

Je pivotai lentement sur moi-même. Les murs couleur os contrastaient avec l'ameublement démodé foncé : un bureau sculpté, une lourde table ovale, un canapé bordeaux à haut dossier, une ottoman et un sofa deux places assortis, des peintures à l'huile dans des cadres dorés, et des étagères tapissées de livres épais et de bouteilles aux formes étranges. Au centre de la pièce, un escalier montait en spirale vers les balcons. De faibles sons s'échappaient des balcons, alors je commençai nerveusement à gravir les marches.

D'en haut, je baissai les yeux pour avoir une meilleure vue, mémorisant le plan du premier étage. Il y avait deux portes conduisant à des chambres à coucher, ainsi qu'une porte close qui, je le supposais, pouvait être une salle de bain. Il y avait une cuisine, un coin-repas et un salon. C'était presque une maison ordinaire, à l'exception de sa forme et le fait que l'ameublement et les bougies appartenaient à un autre siècle.

— Tu es en retard.

Très surprise, je me tournai vers la voix sensuelle et douce derrière moi et j'aperçus un visage déjà vu — sur la photographie de l'étonnant Arturo dans la chambre à coucher de Josh. Toutefois, la photo était unidimensionnelle et sans vie ; en personne, la femme était incroyablement vivante, avec des yeux bruns dorés, des pommettes hautes et de larges lèvres pleines. Ses extraordinaires cheveux blond pâle étaient tordus en tresses royales autour de sa peau crémeuse et, à en juger par les quelques pas qu'elle esquissa vers moi, ses longues jambes minces bougeaient comme si elle dansait.

La femme et assistante de l'étonnant Arturo : Geneviève Lafleur.

— Où étais-tu, Jade ? demanda-t-elle, croisant les bras et tapant le sol d'un pied.

Son attitude était agacée, mais je m'en foutais —, elle m'avait appelé « Jade ». Un autre point marqué par l'imposteur.

— Je me promenais quand Roscoe s'est enfui. Frank était paniqué, exagérai-je. Je me suis donc lancée à la poursuite de Roscoe. Il allait si vite que j'ai dû me frayer un chemin à travers des buissons et sauter par-dessus des rochers pour le rattraper, mais je l'ai finalement saisi par le collier et je l'ai ramené. Je n'avais pas l'intention d'arriver en retard.

Son sourire était comme des rayons de soleil perçant brusquement les nuages gris.

— C'était gentil à toi d'aider Frank. Il est vraiment gaga de ce chien ridicule. Les caniches sont censés être mignons et petits, et non avoir la taille d'un grizzly.

— C'est vrai que Roscoe a l'air d'un ours, répliquai-je, me demandant comment je devais m'adresser à elle.

Madame l'étonnant Arturo ne me paraissait pas convenir. Et Lafleur était probablement son nom de jeune fille. Le véritable nom de famille d'Arturo était Pizowitz, je ne pouvais cependant pas imaginer appeler cette belle et élégante femme madame Pizowitz.

— Nous avons du pain sur la planche, cet après-midi, dit-elle, me guidant dans une grande pièce qui ouvrait sur un balcon.

Je remarquai deux portes latérales, supposant qu'elles menaient à des placards ou à une autre salle de bain.

Jade saurait exactement ce que l'on attendait d'elle, à présent. Je ne réussis qu'à hocher légèrement la tête, croisant mes doigts en espérant que je ne foutrais pas tout en l'air. Me faire pincer maintenant pourrait être gênant…, et peut-être même dangereux.

— Tombe gracieusement, cette fois, Jade. Ne t'écrase pas sur le sol. Je vais te montrer une technique qui ne laissera pas d'ecchymoses et trompera même les magiciens d'expérience.

Écraser mon corps sur le sol ! Des ecchymoses ! Encore une fois…, qu'est-ce que je fichais ici ?

— Ne t'inquiète pas, tu seras parfaite, me dit-elle en me pressant affectueusement la main. J'ignore ce que je ferais sans toi.

Elle serra ses mains ensemble, frottant une bague de mariage à diamant avec un doigt, sa bouche pincée alors qu'elle regardait par-dessus mon épaule.

— Contrairement aux hommes ici, ajouta-t-elle, je sais comment prendre soin d'une assistante. Lancer des ordres secs et des insultes ne fonctionne pas, mais un peu de gentillesse fait des merveilles. Souviens-toi : une fois que tout sera terminé demain soir, je vais personnellement te reconduire à la maison.

— C'est vrai ?

Je n'arrivais pas à comprendre la relation de Jade avec Geneviève. Pourquoi avait-elle accepté de devenir son assistante ?

— Je l'ai déjà promis. Je suis désolée que tu doives rester loin de ta famille pendant si longtemps.

— Ne puis-je partir plus tôt ?

— Je te le permettrais, si j'avais le choix. Les règles de couvre-feu d'Arty sont tellement ridicules. Personne n'a le droit d'entrer ni de sortir avant que le solstice soit passé —, tout cela pour protéger des rituels secrets dont on fait beaucoup trop de cas.

Son ton était léger et moqueur.

— Ces hommes sont de vrais petits garçons, prenant tout cela tellement au sérieux. Ils jettent le blâme sur les voyants pour leurs plus petits auditoires aujourd'hui et pour le manque de respect envers les magiciens de scène. Ils éprouvent aussi une peur paranoïaque que des magiciens sans scrupules exposent leurs méthodes à la télévision. Comme si quiconque voulait voler leurs secrets démodés. Ils devraient s'inquiéter davantage de nos secrets.

Elle me regarda d'un air de conspiratrice, comme si elle attendait une réaction quelconque. Cependant, j'ignorais complètement de quoi elle parlait, alors je hochai la tête —, ce qui sembla être la réponse adéquate.

Geneviève ajusta l'éclairage avec un variateur de lumière, ce qui fit briller plus vivement la lumière dansante dans les appliques. Les flammes n'étaient donc pas réelles après tout, il s'agissait seulement d'une illusion. Même l'odeur des bougies devait être artificielle.

«Parmi les imitations, j'étais tout à fait à ma place», pensai-je ironiquement.

— Bien..., merci d'offrir de me ramener à la maison, repris-je, espérant qu'elle poursuivrait la conversation pour que je puisse glaner d'autres informations.

— Je t'y conduirai tout de suite après la cérémonie. Les autres pourraient s'y opposer, mais je vais insister, déclara-t-elle avec un rire. Ne jamais sous-estimer la magie d'une épouse persuasive.

— Je ne le ferai pas, dis-je, incapable d'avoir peur d'une femme qui était si sincèrement gentille que même son aura irradiait de lumières dorées.

Il était impossible de ne pas l'aimer, et j'avais le sentiment qu'elle m'aiderait, si elle connaissait les menaces de Grey envers Josh. Je fus tenté de me confier à elle, mais elle était la femme d'Arturo, je devais donc me montrer prudente.

Geneviève se dirigea vers une penderie et l'ouvrit pour révéler des rangées de costumes en soie flottante garnis de sequins et de brillants. Alors que son aura était pâle, la penderie, elle, suintait sous le poids d'une histoire sombre. Quand elle me pria de venir la rejoindre, tendant une tenue en élasthanne bleu électrique aussi minuscule qu'un maillot de bain, je découvris que mes jambes étaient raides de peur. J'étais incapable d'avancer, même si j'ignorais pourquoi.

— Tiens, enfile ceci.

Tout semblait tournoyer autour de moi…, je pouvais à peine me tenir debout. Les couleurs et les images s'embrouillèrent, et les murs s'inclinèrent, comme s'ils s'écrasaient sur moi.

— Est-ce que ça va ? entendis-je Geneviève me demander.

Je tendis les bras pour garder mon équilibre, m'efforçant de rester sur mes jambes sans tomber. Pendant un instant le vertige disparut, et je hochai la tête pour nous rassurer toutes les deux. Cependant, un lourd pressentiment s'empara de moi. Je frissonnai, fixant la penderie où des bandes de tissu pendaient comme des choses mortes.

— Qu'est-ce qui cloche, Jade ? Tu as l'air… différente. Pas comme d'habitude.

Elle posa un doigt sur son menton, m'observant.

— Es-tu souffrante ?

Son gazouillis me parvenait comme de très loin, même si elle se tenait à moins d'un mètre de moi. Les sons, les images, les odeurs…, mes cinq sens disparaissaient, à présent, n'en laissant qu'un seul. Le monde réel laissait des traces de couleurs et les silhouettes se déformaient, jusqu'à ce que la penderie menace en teintes sombres et enfumées. La peur transperça mon âme, et je sentis une présence.

L'obscurité tournoya et se transmuta en silhouette féminine : une longue chevelure cuivrée, des yeux saphir et de longs doigts effilés qui serraient une baguette décorée de bijoux. Une main enfumée s'éleva, puis une force telle une tornade m'atteignit de plein fouet, me faisant tomber à la renverse. Tournoyant, tombant… La dernière chose qui m'est venue à l'esprit avant que tout devienne noir, c'est la baguette magique ornée de bijoux.

Pas une baguette magique ordinaire de magicien.

La muse de Zathora.

19

— Jade ! appela une voix au loin.

Des mains tirèrent sur mes bras et soulevè-rent ma tête, et je sentis la douce odeur de la lavande.

— Jade, réveille-toi ! insista la voix, ce qui m'embrouilla parce que Jade n'était même pas ici.

Mes yeux papillonnèrent, et je levai le regard sur le visage anxieux et pâle de

Geneviève. Puis, tout me revint, et je compris que j'étais allongée sur le plancher.

Gémissant et me frottant le bras, je commençai à me relever, mais Geneviève s'agenouilla à côté de moi, sa jupe frôlant ma jambe.

— Pas si vite, me mit-elle en garde. Laisse-moi t'aider.

Elle me tendit une petite main étonnamment ferme et me releva doucement, se penchant près de moi —, trop près pour que je sois à l'aise.

— Merci…, je suis désolée, dis-je, gênée. Je ne voulais pas… enfin… tomber.

— C'était une chute spectaculaire, bien qu'un peu trop théâtrale pour ce que tu effectueras dans mon numéro.

Elle fronça les sourcils, des rides apparaissant sous son maquillage, de sorte qu'elle parut plus vieille que je l'avais cru au départ.

— Tu vas bien ?

Ma tête me faisait mal, mais je fis signe que oui. Un rapide coup d'œil vers mes pieds me prouva que rien n'était cassé ou saignait. Cependant, la chute avait déplacé ma perruque et mes cheveux pendaient inégalement. Je levai nonchalamment la main pour repousser la frange dans mes yeux, rajustant subtilement la perruque au passage.

— Jade, que s'est-il passé?

Geneviève jeta un regard vers sa penderie, les portes ouvertes comme des ailes brisées.

— Une minute, tu allais bien, et l'instant d'après, tu as crié et tu t'es effondrée.

Je lui révélai presque la vérité, mais me faire appeler «Jade» me rappela la prudence. Je ne pouvais pas lâcher brusquement que j'avais vu un fantôme. Une différence majeure entre Jade et moi était que je voyais des fantômes, et elle, non. D'ailleurs, les amis magiciens de Josh portaient une haine féroce aux voyants et aux médiums. Ils ne croiraient jamais que j'avais vu un fantôme —, particulièrement celui d'une célèbre magicienne ayant vécu plus d'un siècle auparavant.

Clignant des yeux, je fixai une penderie à présent ordinaire remplie de cintres drapés de costumes aux couleurs vives. Avais-je réellement vu Zathora et sa célèbre baguette magique? Je rejouais sans cesse le souvenir bref et vif, perplexe, mais non effrayée. La plupart des fantômes étaient inoffensifs, comme la mère de Dominic, qui m'avait demandé de transmettre un message d'amour à son fils, ou encore le fantôme d'un sportif qui m'avait supplié d'aider les amis et la famille qu'il avait laissés derrière lui.

Les fantômes existaient, particulièrement pour moi. Cependant, cette vision était survenue trop vite. Déjà, son souvenir s'estompait, de la même manière que l'on s'éveille d'un rêve sans rien se rappeler de lui. La longue chevelure et le visage éthéré étaient difficiles à visualiser, à présent. Seule la baguette gardait sa réalité dans mon esprit, un double spectral de celle que j'avais eue de Josh.

— Jade, je t'en prie, dis-moi ce qui se passe.

Geneviève regardait dans la pièce, secouant la tête.

— Je-je l'ignore…

Mes mots trébuchèrent sur mes lèvres et s'évanouirent. Il n'y avait rien, pas l'ombre d'une aura fantomatique, seulement des rangées de costumes en sequins chatoyants.

— Mais, tu as crié et tu es tombée comme si tu étais terrifiée. Qu'as-tu vu?

— C'est un peu embarrassant.

Je fis semblant de rougir.

— Quoi?

Elle posa les mains sur ses hanches, fixant son regard sur moi.

— Une souris. Elles m'épouvantent.

— Moi aussi! Dégoûtante vermine! Je déteste les souris.

Geneviève sauta nerveusement, ses délicats talons dorés et ivoire cliquetant sur le plancher de bois.

Je lui assurai que la souris était partie, impatiente de tout oublier de cet étrange incident. S'il y avait un fantôme dans les parages, personne ne le saurait, si je n'en parlais pas. La plupart des fantômes étaient troublés, perdus dans les limbes jusqu'à ce qu'ils trouvent comment passer de l'Autre côté. Si j'avais le temps avant que Jade envoie des secours, je chercherais à entrer en contact avec la femme fantôme et je la presserais de traverser vers la lumière.

Quand Geneviève déclara que nous devrions commencer à pratiquer le numéro, je paniquai parce que j'ignorais ce que l'on attendait de moi. Le simple fait de revêtir ce costume en élasthanne ridiculement minuscule était un défi — parce qu'elle n'avait pas précisé *où* je devais me changer. S'attendait-elle à ce que je me déshabille sous ses yeux? Ce serait déjà assez difficile de m'insérer dans ce costume de la taille d'une bande élastique sans déranger ma perruque ni révéler quoi que ce soit de moi-même.

Devant mon hésitation, Geneviève afficha un regard frustré et me donna une poussée vers la porte la plus proche. Je la passai donc, soulagée de découvrir une salle de bain ordinaire.

Les sequins sur le costume me grattaient. Ma poitrine était plus menue que celle de Jade, alors je bourrai le haut ajusté avec du papier hygiénique.

Quand je revins dans la pièce principale, Geneviève était penchée sur une longue table étroite. Elle plaça une coupe dorée au centre à côté d'une baguette simple en bois sans bijoux, ornée uniquement de tourbillons gravés dans la poignée.

— Je suis prête, dis-je avec hésitation. Que devrais-je faire, à présent?

— Comme d'habitude.

Comme si je savais ce que *cela* signifiait.

— Es-tu certaine de ne pas vouloir que j'essaie quelque chose de différent?

Je m'avançai à côté d'elle, grattant mon bras
là où les sequins frottaient sur ma peau.

— Le numéro n'a pas changé depuis hier.

— Pourrais-tu me le montrer encore une
fois, afin que je le réussisse parfaitement?

Elle fronça les sourcils, agacée.

— Comment peux-tu oublier quelque
chose d'aussi simple, que tu as déjà accompli
une centaine de fois?

— Seulement cent fois?

Dans le doute, faites une blague.

— C'était au moins un million.

— Te fais-je travailler trop dur? Désolée,
dit-elle, touchant ma joue doucement comme
pour s'en excuser. Mais, tu sais à quel point
mon spectacle est important. Si je ne le réussis
pas, je n'obtiendrai jamais de seconde chance.
Ils ne veulent pas de moi, ici.

Par « ils », elle devait désigner les
magiciens.

— Observe attentivement, cette fois, me
prévint Geneviève.

Elle étendit les bras en un gracieux signe
de bienvenue et sourit largement, comme si
elle était face à un public imaginaire. Puis, elle

leva la coupe à sa bouche et fit semblant de boire. Soudainement, son corps se raidit, puis elle poussa un cri aigu. Lançant ses bras en l'air, elle s'effondra sur le plancher. Ce fut rapide, élégant et si réel que l'espace d'un instant, je voulus courir à son secours. Toutefois, avant que je puisse bouger, elle bondit sur ses pieds et inclina la tête vers moi avec une expression signifiant clairement : c'est à ton tour, à présent.

Je m'interrogeai sur mon rôle dans ce numéro et sur l'importance de s'évanouir. Mais, Jade le saurait déjà, alors je ne posai pas la question.

Après m'être exercée à perdre connaissance quelques fois (ce qui ne fut pas trop douloureux une fois que je maîtrisai la façon de tomber sur les parties les plus molles de mon corps), j'en appris davantage sur Geneviève. Elle n'était pas uniquement la femme et l'assistante d'Arturo, mais également une magicienne. Je l'encourageai à m'en dire plus et découvris qu'elle brûlait de ressentiment envers la «fraternité» qui ne la prenait pas au sérieux. Me rappelant les commentaires d'Henry à propos des femmes qui n'avaient pas leur place ici, je ne la blâmais pas. Elle jouait l'assistante d'Arturo depuis des décennies, mais à présent elle voulait se produire seule. Arturo avait d'abord résisté, mais il avait ensuite accepté de permettre à Geneviève de faire ses preuves devant les autres.

Son numéro était basé sur le conte de la Belle aux bois dormants, et elle me fit voir son costume : du velours mauve fluide avec des garnitures dorées, un haut lacé en satin blanc et une couronne en cristal étincelant. Le costume que je porterais une fois que nous présenterions réellement notre numéro était magnifique aussi : une robe en velours vert pâle avec des volants diaphanes qui tombaient comme des pétales soyeux jusqu'à mes chevilles. J'aurais éprouvé de la nervosité à me produire comme assistante, sauf que j'étais convaincue que cela n'aurait pas lieu. La police ou papa se pointerait avant cela…, quoique je me demandais pourquoi Jade mettait autant de temps à envoyer de l'aide.

Quand nous terminâmes notre répétition et que je retirai mon costume, j'hésitai avant d'ouvrir la penderie. Toutefois, ce ne fut qu'un placard rempli de vêtements.

Geneviève me dit de me reposer dans ma chambre jusqu'au dîner.

Problème : j'ignorais où se trouvait la chambre de Jade.

Solution : il y avait seulement deux chambres à coucher au rez-de-chaussée, et quand Geneviève pénétra dans l'une, j'entrai dans l'autre. Et wow! Quelle chambre!

Un mural d'une scène médiévale comprenant des villageois, des maisons rustiques, une forêt avec des bêtes sauvages et un fossé encerclant un château s'étalait sur les murs. Il était si diversifié et ressemblant que j'eus l'impression d'avoir été transportée dans le passé. Les meubles de la pièce étaient impressionnants : des commodes blanches et dorées, une vieille malle aux attaches en cuivre, de beaux tapis tissés, un lit à baldaquin avec un ciel de lit de dentelle et deux étagères de livres en verre. Je parcourus les vieux bouquins du regard, reconnaissant plusieurs œuvres classiques. Je pris un exemplaire poussiéreux de *Heidi et ses enfants* dont j'ignorais l'existence, mais qui était apparemment le troisième livre d'une série sur Heidi.

« Amy en serait folle », pensai-je. Même lors des séances de photo de mode, on retrouvait ma petite sœur le nez collé dans l'un des vieux livres de sa collection. Elle adorait le crissement du vieux papier et l'odeur du temps passé.

Songer à Amy me rendit un peu triste. La maison me manquait, et je me sentais complètement coupée de la vie réelle.

Arrête de t'apitoyer sur toi-même, me lança une voix brusque dans ma tête.

Je sursautai, et le bouquin tomba de mes mains sur le lit.

— Opal ! m'écriai-je, fermant rapidement les yeux et la voyant.

Plus de trois cents ans, et elle en paraissait à peine trente.

— Je suis tellement contente que tu sois ici !

Parle avec tes pensées, et non à voix haute, Sabine, me prévint Opal, un doigt sur ses lèvres rouge foncé. *Malgré tes capacités, ta naïveté te rend incapable de déterminer quand une situation est hors de ton contrôle.*

Je souris, troublée par ses paroles, néanmoins rassurée parce que je n'étais plus entièrement seule.

« Que devrais-je faire ? demandai-je en silence. Tout est arrivé si vite que je ne sais même pas ce que je fiche ici. »

Tu as cherché à aider un être cher, ce qui montre la véritable nature de ton cœur, et c'est là un choix que je ne découragerais jamais.

« Un être cher ? Tu ne peux pas parler de Josh ! »

Comme d'habitude, tu sautes aux conclusions, laissant tes émotions embrouiller ton bon sens.

« Ne peux-tu pas simplement me dire quoi faire en laissant tomber les vannes ? »

Vannes ? Je ne reconnais pas ce terme inhabituel.

Je rigolai. Il était à peu près temps que mon tour vienne de la laisser un peu perplexe à cause de *mon* langage.

Cependant, même dans mon image mentale, elle ne sourit pas. Trois cents ans doivent vraiment avoir un effet dévastateur sur le sens de l'humour. « Peux-tu juste me dire combien de temps s'écoulera avant que le secours arrive et que je puisse rentrer à la maison ? » m'enquis-je.

Je ne peux pas transmettre une information inconnue de moi.

« Tu aurais simplement pu répondre non. »

Tout comme tu aurais pu parler en termes communs, excluant « les vannes ».

« Opal, tu es impayable. »

J'avais très envie de sortir de mon corps afin de pouvoir l'étreindre sous une forme astrale. Sauf que cela exigeait beaucoup d'énergie et que je ne maîtrisais pas ce talent.

Impayable ? Je ne te suis pas.

« Moi, j'adorerais te suivre — carrément hors d'ici, confessai-je. Je ne pourrai pas faire semblant encore très longtemps. Josh et Grey sauront que je suis un imposteur. »

Évite celui nommé Grey —, il y a beaucoup de noirceur dans son âme, et tu ne dois pas lui permettre de t'approcher. Cependant, ton lien avec Josh remonte à plusieurs vies, et vos âmes sont redevables l'une à l'autre. Guéris des blessures profondes en cherchant sa compagnie.

« Certaines blessures sont irréparables, soupirai-je. Josh me déteste. »

La haine est mariée à l'amour, une occasion à saisir.

« J'ignore ce que cela veut dire. Je sais seulement que Josh refuse de me parler pour toujours. »

Et cette admission me peina. Josh et moi avions vécu beaucoup de choses ensemble. Mes dons paranormaux, enfouis sous des années de déni, s'étaient éveillés, ce jour-là, à l'école, quand j'avais sauvé Josh d'un horrible accident dans son cours d'atelier mécanique. Il m'avait remboursé en m'offrant son amour —, et je l'avais remboursé en le trahissant. Je ne pouvais rien pour mes sentiments envers Dominic, mais j'essaierais d'aider Josh, maintenant.

Avant que je puisse demander à Opal comment retrouver Josh, son énergie se retira.

Je rejouai tout ce qu'elle m'avait dit, cherchant des réponses, mais ne trouvai que le sommeil qui m'empêchait de garder les paupières ouvertes. Je me recroquevillai sur un coussin en velours sur le lit à baldaquin. Je m'endormis et rêvai à Dominic.

Il baissait les yeux vers moi depuis la maison dans l'arbre, tendant la main pour m'aider à monter. Mais, je secouai la tête et fis un geste vers mes épaules, où mon sac à dos se transforma en deux ailes. Et je volai jusqu'à la maison, mes ailes se repliant dans ma peau et les bras merveilleusement forts de Dominic s'enroulèrent autour de moi. C'était comme un film de Disney, avec des oiseaux chantants et des animaux sauvages balayant le plancher et cuisinant. Un jeu de cartes bondit comme une armée et marcha au pas jusqu'à la table, il se battit lui-même, puis se distribua en piles nettes. Dominic et moi jouâmes pendant des heures, et il gagna si souvent que je blaguai en prétendant qu'il trichait et que sa pénalité était de m'embrasser…

Il se pencha vers moi, serrant mes mains et m'attirant contre son torse chaud. Je pouvais sentir l'odeur fraîche de la nature et entendre son cœur accélérer. Je levai le menton et goûtai son haleine douce alors qu'il entrouvrait les lèvres…

Cependant, avant que ses lèvres touchent les miennes, un oiseau monstrueux fondit par la fenêtre, attrapa mes cheveux entre ses serres et s'envola. « Dominic, Dominic ! » hurlai-je.

Puis, mes yeux s'ouvrirent brusquement. Je regardai autour de moi, déçue de ne pas apercevoir la cime des arbres. Si seulement je pouvais me glisser de nouveau dans mon rêve… avec Dominic.

— Alors, qui est Dominic?

Geneviève se tenait au-dessus de moi, de toute évidence amusée.

— Heu… juste un ami. Combien de temps ai-je dormi?

— Trois heures. Tu devais vraiment être fatiguée. Viens, c'est l'heure du dîner.

Une éternité s'était écoulée depuis le petit-déjeuner, un baguel au fromage à la crème avalé en vitesse avant de me mettre en route pour les montagnes. Je devrais être affamée, mais mon estomac était trop noué par l'angoisse.

Je suivis Geneviève dehors et le long du sentier menant à la maison principale. Dépassant les sinistres statues de magiciens depuis longtemps disparus et gravissant l'escalier, je restai très attentive à mon entourage afin de trouver la sortie, si le besoin d'une fuite rapide se faisait sentir.

Mon cœur s'accéléra, lorsque nous péné-trâmes dans une immense salle étroite bordée de longues tables en bois. Des hommes portant des robes et des capes étaient rassemblés, par-lant et riant. Des plateaux passaient de main en main, et les magiciens tendaient les bras, se servant de pain et de viande fumante. Des pichets de vin étaient remplis encore et encore. J'eus l'impression d'avoir mis les pieds sur un plateau de cinéma.

J'étais à la fois invitée et prisonnière, ici. Les hommes m'ignoraient pour la plupart. J'observai les visages, cherchant celui que j'avais déjà aimé. Je ne vis pas Josh, mais ce fut facile de repérer Arturo immédiatement, à l'avant et au centre, son visage complètement captivé alors qu'il s'adressait à un homme plus mince à la peau foncée avec des anneaux aux oreilles. L'étonnant Arturo suintait le charisme. Les regards étaient fixés sur lui, et tous ceux près de lui étaient subjugués par ses propos. Personne ne leva les yeux sur Geneviève, qui me guidait vers une petite table ronde proche de la cuisine.

— Pourquoi ne t'assois-tu pas avec Arturo ? m'enquis-je, levant les yeux sur un serveur portant un tablier brun qui déposait des bols empilés sur notre table.

— Je me demandais quand tu poserais la question.

Geneviève grimaça en direction de son mari.

— En tant que simple assistante de l'étonnant Arturo, j'étais auparavant reléguée à la cuisine pour manger. Cette table est donc une amélioration plutôt remarquable.

— Mais, tu es sa femme.

— Cela ne signifie rien, ici. Les épouses ne sont pas admises, alors c'est heureux que je sois l'assistante d'Arturo. C'est un honneur pour nous d'être en présence de tous ces grands mâles sexistes… enfin, c'est ce que l'on m'a dit de nombreuses fois.

L'amertume dans ses mots était plus tranchante que le couteau qu'elle avait sorti d'une poche pour trancher son petit pain au beurre en deux. Ses yeux se rétrécirent, quand elle fourra le morceau dans sa bouche.

Oh, sujet délicat. Je n'y retoucherais plus. Je parcourus encore une fois la pièce du regard, zieutant les tables de haut en bas, cherchant Josh.

Il n'était pas ici —, mais j'aperçus Grey avec d'autres portant des capes foncées similaires. Cependant, personne d'autre n'avait une longue queue de cheval blond-blanc. Grey me surprit à l'observer, plissa ses yeux sombres en me fixant, puis se remit à manger.

Je ne commis *pas* l'erreur de le regarder deux fois.

L'humeur aigre de Geneviève passa, et nous bavardâmes de sujets légers et sans importance tout en mangeant. C'était un changement saisissant avec la magicienne dévouée avec laquelle je m'étais exercée peu auparavant. C'était comme si elle jouait la comédie aussi —, celle de la femme écervelée d'Arturo, au lieu de la magicienne d'envergure égale sinon plus grande que les autres dans cette salle.

Pendant tout ce temps-là, je réfléchissais furieusement, tentant de trouver une façon de découvrir Josh. Grey saurait comment —, mais je n'avais pas l'audace de lui demander. Je pourrais peut-être le filer pour voir s'il me mènerait à Josh. Si j'en avais l'occasion, j'essaierais. Cependant, même si j'avais la liberté d'aller où je désirais (ce dont je doutais), ce bâtiment était immense, et il serait facile de m'y perdre. J'avais dépassé environ douze couloirs et trois escaliers uniquement pendant la courte marche vers la salle à manger. J'aurais aimé que Thorn soit ici avec ses talents de Chercheuse.

Des bruits de casseroles qui s'entrechoquent, une conversation et l'activité animée provenant de la cuisine attirèrent mon attention. Les portes à battants s'ouvrirent brusquement sous une poussée de chaleur, une odeur délicieuse, et deux vieux serveurs, un homme corpulent avec des cheveux blancs lissés en arrière et un grand échalas avec une barbe désordonnée, apportèrent des plateaux aux tables. Les deux paraissaient las, leurs tabliers brun terne battant comme de faibles oiseaux alors qu'ils se dépêchaient pour satisfaire les dîneurs exigeants.

Puis, un autre serveur sortit par les portes de la cuisine, la tête baissée sous la concentration pendant qu'il tenait un large plateau couvert d'assiettes en équilibre. Au lieu de se diriger vers les tables, il partit dans la direction opposée et se glissa par la porte d'entrée.

Je ne bénéficiais pas du don de Thorn comme Chercheuse, mais parfois je savais les choses, tout simplement. Et je savais dans le fond de mon âme que si je suivais ce serveur, je trouverais Josh.

Impulsivement, je bondis de table, renversant « accidentellement » mon assiette sur moi-même. Du pain beurré, un épi de maïs et un pilon de poulet cuit sur le gril se répandirent sur mon jean, puis sur le plancher.

— Désolée ! m'écriai-je, alors qu'une sauce rouge sang coulait sur mes jambes. Je vais aller me nettoyer et changer de vêtements.

Geneviève leva les yeux comme si elle s'apprêtait à protester, mais je ne lui en donnai pas l'occasion.

Je courus hors de la pièce —, pour me porter au secours du garçon que j'avais déjà aimé.

20

Je rattrapai le serveur alors qu'il bifurquait brusquement dans un hall à haut plafond. Je me pressai contre le mur. Je sentais l'humidité collante glisser dans mes chaussures et cueillis un grain de maïs sur mes poches.

Puis, je me remis en route quand le serveur tourna un autre coin. Ce couloir était plus étroit et se terminait sur un escalier menant plus bas. Je restai en arrière, faisant attention à ne pas être repérée. En tant qu'une des rares femmes dans cet endroit, je ne me fondais pas vraiment dans le paysage.

J'écoutai les pas du serveur résonner légèrement sur les marches, et une fois qu'il fut suffisamment loin devant, j'avançai prudemment dans l'escalier. Me baissant très bas, je vis le serveur ralentir, puis s'arrêter devant une porte près de la fin du couloir. Il déposa le plateau, puis tendit la main pour frapper. J'attendis que la porte s'ouvre.

Sauf qu'elle ne s'ouvrit jamais.

Au lieu, il y eut le murmure d'une conversation à voix basse pendant qu'un étroit panneau de bois à rabat s'ouvrait dans la porte. Le plateau de nourriture fut attrapé par des mains rapides, puis disparu dans la pièce, et le panneau se referma en claquant. La colère brûla en moi. Pauvre Josh! Quelles souffrances endurait-il, dans cette prison?

Le serveur pivota pour partir —, droit dans ma direction.

Frénétiquement, je regardai autour de moi pour dénicher une cachette. Je ne rejoindrais jamais les marches sans être vue. Puis, je remarquai un petit trou sombre sous l'escalier et je m'y précipitai —, juste au moment où des pas pressés passaient devant.

Une fois tous les sons évanouis, à l'exception du rugissement dans ma propre tête, je me remis debout et marchai dans le couloir. Je dépassai deux portes, puis je m'arrêtai devant celle où le serveur avait livré la nourriture. Je fermai les yeux et cherchai à détecter l'énergie à l'intérieur —, et je sus que je l'avais trouvé.

Toutefois, lorsque je levai la main pour frapper, j'hésitai. Qu'allais-je dire à Josh ? La dernière fois que nous nous étions parlé, il avait qualifié mon aptitude psychique d'instrument du diable. Son esprit était hermétique à tout ce qui n'était pas clairement expliqué par la science. À son avis, la magie était simplement une forme de divertissement utilisant des illusions logiques. Les fantômes n'existaient pas. Quand les gens mourraient, on n'entendait plus parler d'eux.

Et rien de ce que je pouvais dire à Josh ne le ferait changer d'opinion.

Alors, je n'essaierais même pas. J'étais venue ici en amie et en tant que son amie, je le préviendrais à propos de Grey et le convaincrais de partir avec moi.

Rassemblant mon courage, je frappai un coup, puis deux, sur la porte.

— Avez-vous oublié quelque chose?

La voix de Josh. C'était étonnant, bien que je m'y attendais. Je savais à peine quoi dire et je restai là, debout, incertaine de la suite.

— Que voulez-vous, maintenant? demanda la voix de Josh à travers la porte close.

Je fixai, surprise, un bras tendu par le rabat dans la porte, la paume levée en signe d'interrogation.

Le souvenir de nuits chaudes dans les bras de Josh m'envahit, goûtant ses doux baisers et l'écoutant me raconter comment il divertissait des enfants malades grâce à ses tours de magie. Pendant quelques semaines, j'avais cru l'aimer. C'était peut-être le cas, ou c'était peut-être un béguin parce qu'il était intelligent, gentil et aimable. Mais, « aimable » ne suffisait pas.

— Hé, Josh, prononçai-je doucement.

— Que dia…! SABINE! dit-il d'une voix étranglée, ramenant brusquement son bras à l'intérieur.

— Ouais, c'est moi.

— Non, tu ne peux pas être ici.

— Vraiment, c'est moi.

— Je-je peux à peine réfléchir ! Enfin, que fais-tu ici ?

— Tu manquais à Cheval.

— Tu es venue ici me dire que je manquais à Cheval ?

Il gémit, puis rit —, un son crispé qui me balaya comme une onde de tristesse, ramenant dans le présent nos rendez-vous consacrés aux promenades de Cheval, nous tenant la main, heureux d'être ensemble.

— Alors, peux-tu me laisser entrer ? m'enquis-je, posant une main sur la porte.

— Non. La porte est verrouillée.

Je secouai légèrement la poignée, mais elle ne céda pas.

— Que se passe-t-il, Josh ? Jade m'a dit que tu étais emprisonné, mais cela semble si incroyable.

— Est-ce Jade qui t'a envoyée chercher ?

Son ton devint plus coupant.

— Grey n'aurait jamais dû lui permettre de venir ici. T'a-t-il amené ici aussi ?

— Non, je suis venue par moi-même.

— Pourquoi ?

— Pour te trouver.

— Tu as fait cela pour moi ? demanda-t-il doucement.

— Et pour Cheval, ajoutai-je avant qu'il s'imagine la mauvaise chose.

Josh rit.

— Comment va-t-il ?

— Pas très bien, depuis ton départ, mais Dominic m'a dit qu'il se portait beaucoup mieux.

— Dominic ?

Josh lâcha le nom comme s'il s'agissait d'une bombe.

— Que fichait-il avec *mon* chien ?

— Il l'encourageait à manger et à cesser de s'ennuyer de toi, dis-je d'un ton accusateur. Dominic ne laisse pas ses sentiments personnels l'empêcher d'aider un animal.

— Bien sûr que non —, c'est un saint.

Je tressaillis devant le sarcasme mordant de Josh.

— Alors, comment ça se passe entre vous deux ?

— Très bien. Sauf qu'il n'est pas…

Je ne pus terminer.

— Sauf quoi ?

— Il est loin, c'est tout. Il s'occupe de quelques… heu… problèmes de famille.

— Aucun gars ne resterait loin de toi très longtemps.

— Merci, Josh. C'est vraiment gentil.

— Comme si être gentil valait quelque chose, se moqua-t-il. Les filles préfèrent les gars durs et mystérieux.

— Un jour, tu trouveras la bonne fille.

— Je pensais que c'était déjà fait, répliqua-t-il tristement. Mais, les meilleures leçons sont apprises de nos erreurs —, du moins, c'est ce que dit Arturo, quand je rate un truc. Comment es-tu arrivée ici sans qu'il le sache, de toute façon? Il y a des caméras, une clôture électrique et des gardes patrouillant dans la propriété. Nous sommes sous couvre-feu —, personne n'entre ni ne sort.

— Je me suis glissée sous une brèche dans la clôture et je suis descendue par la digue.

— Et personne ne t'a arrêtée?

— Bien…, pas vraiment.

Je regardai nerveusement autour de moi. Combien de temps avant qu'un autre serveur ou une autre personne vienne par ici?

— Josh, je suis venue ici parce que j'étais inquiète pour toi. Tu ne le réalises peut-être pas, mais tu cours un terrible danger.

— Un danger? répéta-t-il avec scepticisme. Ne sois pas ridicule.

— Tu ne peux pas faire confiance à Grey. Il a dit à Jade qu'il te tuerait, si elle partait d'ici.

— De la merde. Grey, c'est mon frère. Il ne me trahirait jamais.

Pas comme tu l'as fait, sous-entendait son ton.

— Jade a dit qu'il l'a forcée à l'aider à réaliser des tours de magie cruels —, et j'ai vu les coupures laissées par un couteau sur son bras. Il l'a torturé, Josh! Ne lui fais pas confiance! Enfuis-toi avec moi.

— Cela a-t-il quelque chose à voir avec tes imbécillités paranormales?

Son ton s'était rafraîchi, plus du tout amical.

— Le danger que je cours, est-ce quelque chose que tu as lu dans le tarot ou entendu pendant une séance de spiritisme?

— Non, mentis-je, revoyant rapidement ma vision de Josh se poignardant lui-même avec un couteau.

— Bien, je ne comprends toujours pas comment tu as pu échapper à la sécurité, marmonna-t-il.

Je touchai une boucle de faux cheveux roux.

— Regarde par la chatière.

Le rabat rectangulaire se souleva, et j'aperçus les yeux sombres de Josh par l'étroite ouverture.

— Jade! l'entendis-je dire dans un souffle.

Puis, le rabat claqua.

— Tout le monde croit que je suis Jade, admis-je. C'est ainsi que je peux rester ici. Je suis inquiète pour toi.

— Je ne suis plus rien pour toi. Ne gaspille pas ton temps à t'inquiéter pour moi.

— Il n'est pas gaspillé. Peu importe ce que tu penses, je me soucie encore de ce qui peut t'arriver. Peut-être pas de la façon... bien, de la même manière qu'avant..., mais comme amie. Quand ta mère a dit que tu étais parti, j'ai eu peur que tu aies des ennuis et j'ai voulu aider. C'est pourquoi je suis ici.

— Sabine... Je ne sais pas quoi dire.

— Dis que tu quitteras cet endroit avec moi.

— Ce n'est pas aussi simple, répondit-il, le ton radouci.

— Y a-t-il une autre sortie à cette pièce?

— Non. Mais, Sabine, tu as tout faux. Je ne suis pas prisonnier.

— Alors, pour quelle autre raison serais-tu enfermé à clé?

— Pour le secret. C'est la tradition pour les initiés de travailler dans la solitude. La porte peut bien être verrouillée, mais c'est moi qui possède la clé. Je peux partir quand je veux.

— Alors, pourquoi restes-tu? m'enquis-je.

— Pour répéter mon numéro lors de mon initiation.

— À la cérémonie du solstice, dis-je, fronçant les sourcils.

— Oui. Demain soir, je vais enfin devenir membre à part entière de la fraternité de magiciens d'Arturo. Normalement, je ne serais pas invité à auditionner avant mes dix-huit ans, mais Arturo savait que j'étais malheureux et que j'avais besoin de m'éloigner, bien…, tu sais.

Oh, je savais. Il avait besoin de s'éloigner de moi.

— Un seul apprenti par an peut se joindre à la société, ajouta Josh. La plupart des années, personne n'auditionne, mais cette année nous sommes deux à espérer être choisi. Pour gagner, je dois étonner tout le monde avec mon spectacle, alors je travaille dans le secret absolu.

Je savais qu'être un magicien professionnel avait beaucoup d'importance pour Josh, mais entendre la fierté et l'excitation dans sa voix me fit comprendre jusqu'à *quel point* ce l'était.

— Donc, tu ne partiras pas avec moi ? demandai-je.

— Non. Mais, j'ai promis à maman d'être de retour pour Noël, alors je resterai ici encore quelques jours seulement. À ce moment-là, je serai sûrement un magicien professionnel.

— Est-ce que cela a un rapport quelconque avec le tatouage « PFC » sur ton bras ?

— Non, c'était entièrement l'idée de Grey. Arturo en a un, alors Grey l'a fait tatouer à son tour. C'est censé être un secret, mais tu devrais le connaître — puisque cela explique la raison pour laquelle j'étais tellement effaré de te voir à une séance de spiritisme. C'est notre serment personnel de soutenir la science de la magie.

Je grimaçai.

— Alors, que signifie-t-il ?

— Professionnels contre les fraudeurs et les charlatans.

J'en croyais à peine mes oreilles. Son ton dénotait la colère et la critique. J'essayai de le comprendre, même si je savais qu'il était influencé par son mentor depuis des années. Quand l'étonnant Arturo déclarait que tous les voyants étaient des imposteurs, Josh le croyait de tout son cœur.

— Certains voyants sont peut-être des imposteurs, lui dis-je, mais certains sont sincères.

— Je suis désolé que tu croies cela.

Ses mots nous divisaient aussi sûrement que la lourde porte de bois sur laquelle je m'appuyais.

— Et je suis désolée que tu ne le croies pas.

Je soupirai.

— Je suis désolée pour…, bien, pour tout.

Il y eut un silence meublé par toutes les choses que l'on ne pouvait dire ni l'un ni l'autre. Ensuite, la chatière cliqueta, et Josh tendit encore une fois la main. J'hésitai, puis entrelaçai mes doigts aux siens. C'était en partie des excuses, mais surtout un adieu.

Enfin, nos doigts se séparèrent…, et le rabat se referma.

— Il-il vaudrait mieux que j'y aille, déclarai-je, gênée.

— Ouais…, tu devrais. Mais merci…, cela m'a beaucoup touché.

Je ne savais pas trop ce que cela signifiait, mais le demander ne ferait que rendre les choses plus difficiles.

Je m'apprêtai à partir, mais en songeant à un truc, je pivotai vers la porte.

— Juste une dernière chose.

— Quoi ?

— Qui est l'apprenti à qui tu fais concurrence ?

— Je pensais que tu le savais déjà.

Josh marqua une pause.

— C'est Grey.

* * *

La peur m'accablait, gênant ma respiration pendant que je revenais sur mes pas dans le couloir et grimpais les marches. Grey était le concurrent de Josh —, et Grey avait menacé de le tuer. Toutefois, Josh ne croirait pas cela davantage qu'il ne croyait que le fantôme de son frère aîné allait surgir pour une visite-surprise.

Si seulement je pouvais réussir un petit miracle semblable : organiser une réunion entre Josh et le frangin qu'il avait perdu trop tôt. Cependant, les fantômes décidaient de venir me voir, et non l'inverse.

Je ne pouvais plus rien faire ici. J'avais trouvé Josh, et il allait bien. Pour l'instant. Il ne partirait pas avant son numéro d'initiation. C'était tentant de rester pour regarder le spectacle, mais je n'avais pas ma place ici. Ma famille et mes amis devaient s'inquiéter, et j'avais hâte de rentrer à la maison.

Cependant, j'allais devoir attendre jusqu'au matin. Je ne retrouverais jamais le sentier dans l'obscurité, à moins de découvrir une lampe de poche. D'ailleurs, se trouvait-il quelqu'un pour posséder une lampe de poche ici ? Ils semblaient tous tellement tournés vers le passé, j'aurais de meilleures chances de dénicher une torche. Mais, je pouvais quand même fouiller, puisque rien ne me retenait plus ici, à présent.

Geneviève pouvait trouver une autre assistante. Je ne serais pas là, pour le spectacle.

Perdue dans mes pensées, je ne regardais pas autour de moi en sortant de la maison principale et en me dirigeant vers l'escalier. Je n'avais descendu que quelques marches quand j'entendis un son. Un bruit mat, comme un pas. Avant que je puisse me retourner, une main se tendit vers moi. Des ongles pointus s'enfoncèrent dans mon poignet, et je sentis un souffle chaud près de mon oreille.

— Où penses-tu aller ainsi…, *Sabine*?

21

— Lâche-moi, criai-je, essayant de me libérer de la prise de Grey en secouant le bras.

— Réponds à ma question, exigea Grey, ses ongles s'enfonçant dans ma peau. Où allais-tu?

— Au chalet de Geneviève, même si cela ne te concerne pas.

Je regardai avec colère les cheveux étrangement blond-blanc sur son jeune visage anguleux. À moitié dissimulé sous une cape à capuchon, Grey avait davantage l'allure d'un fantôme qu'un véritable fantôme.

— Où est la vraie Jade ?

— Tu penses que j'ai un clone ? bluffai-je. Il n'y a qu'une Jade, et tu la fais terriblement chier, en ce moment. Lâche-moi.

— Je sais qui tu es, et tu n'es absolument pas Jade. Tu peux tromper les autres ici, mais je vous ai rencontré toutes les deux. Où est-elle ?

— Je l'ignore.

C'était la vérité. Je ne savais pas du tout où elle était, en ce moment, bien que j'espérais et priais pour qu'elle ait dit à quelqu'un où je me trouvais et que les secours arriveraient.

— Tu mens, mais bien sûr, c'est ce que tu réussis le mieux. Tu ne veux pas me mettre en colère. Alors, je vais te le redemander gentiment.

Il sourit à la manière d'un psychopathe qui me fit penser aux tueurs en série dans les films d'horreur. Où est Jade ?

— Tu me fais mal. Si tu ne me lâches pas, je vais hurler.

— Crie, et je vais vraiment te faire mal.

Il se pencha près de mon visage, et je m'attendis à ce que son haleine sente mauvais, comme du soufre, mais elle était agréable comme le pain au beurre au dîner.

— Laisse-moi tranquille, lançai-je sèchement.

— Tu veux être traité comme Jade ? demanda-t-il d'une voix douce et moqueuse.

Nous nous tenions si près l'un de l'autre qu'une personne jetant un coup d'œil de notre côté pourrait croire que nous étions bons amis. Cependant, l'aura de Grey était assombrie par la haine et la cruauté. Une énergie furieuse vibra autour de lui, quand il écarta sa longue cape comme un éventail, révélant une suite de poignards luisants rangés dans les poches du tissu foncé.

Dans un mouvement rapide comme l'éclair, il sortit brusquement un couteau avec une poignée en forme de licorne et pressa la lame froide contre ma gorge.

Je figeai, aussi immobile que les statues solennelles bordant l'allée.

— Non, dis-je en gémissant.

— Alors, fais exactement ce que je te dis.

— Q-Quoi ?

— Pour ce soir, sois ma jolie assistante et crée l'illusion que tu m'appartiens, dit-il avec un rire sec. C'est ce à quoi ils s'attendent de toute façon, car lorsque Jade est venue ici, je les ai laissés croire qu'elle était ma petite amie.

— Elle ne l'est pas, et je ne ferai pas semblant de l'être, sifflai-je.

Le couteau glissa légèrement, piquant ma peau. Des larmes inondèrent mes yeux.

— Marche, maintenant, remonte l'escalier et entre en bas dans l'aile est. Ma chambre n'est pas très éloignée de celle de Josh, que tu as visitée à l'instant, comme je le sais. Les chambres des initiés sont privées, même maître Arturo n'y pénètre pas, à moins qu'on ne l'y invite. Mais, je n'ai invité qu'une seule personne. Peux-tu deviner qui ?

Il n'abaissa pas le couteau, alors je n'osai pas répondre.

— Jade, m'apprit-il. Évidemment, tu le sais, tu es de mèche avec elle depuis le début. Est-ce pourquoi tu t'es déguisée pour la remplacer ? Je pourrais t'obliger à me dire où elle est, mais ça n'a pas d'importance. Une fille en vaut une autre. C'est pourquoi ton secret est bien gardé avec moi.

— Tu ne révéleras à personne qui je suis véritablement ? demandai-je, étonnée.

— Pourquoi entraîner des complications inutiles ? Jade me craint trop pour parler à qui que ce soit, elle sait ce que je ferai à Josh, si elle mange le morceau. D'ailleurs, tout sera terminé demain soir.

« Le solstice », pensai-je. Tout semblait toujours revenir à la cérémonie d'initiation. Cependant, Grey avait tort à propos de Jade. Elle enverrait de l'aide. Elle était ma sœur, et j'avais confiance en elle.

— Je vais entrer dans l'histoire des magiciens une fois que j'aurai remporté la compétition, me dit-il.

— Et si Josh gagne au lieu de toi ?

— Je me suis assuré de gagner, déclara-t-il avec un sourire fourbe. Mon nom de scène sera connu dans les quatre coins du monde : « Grey le fantôme ». Mon numéro prouvera que les fantômes ne sont que des illusions et dénoncera les imposteurs et les charlatans comme ta grand-mère et toi et cette vache de la boutique de bonbons.

Il parlait de Velvet, et je frissonnai. Son aura m'étouffait comme de la cendre brûlante, m'affaiblissant et embrouillant mes pensées. Pas étonnant que Jade ait été si effrayée par lui.

— Regarde où tu vas, je ne voudrais pas que tu glisses, déclara Grey avec un rire ironique, sa poigne de fer toujours sur moi. Ton cœur bat si vite. Tu as peur de moi ?

Je pressai les lèvres en guise de défi.

Nous descendîmes l'escalier qui m'avait mené à Josh plus tôt. Je pouvais voir la chambre de Josh cinq portes plus loin. J'avais envie de crier son nom, mais je ne pouvais pas avec le couteau sur ma gorge. Si seulement Josh ouvrait sa porte et regardait dehors, il saurait la vérité sur Grey. Cependant, nous nous arrêtâmes brusquement devant une lourde porte sans vitre.

Grey glissa le couteau à sa place sous sa cape, mais il maintint une prise ferme sur mon bras en sortant un trousseau de clés de sa poche.

— Souris comme si nous étions seulement sortis pour une promenade, me prévint-il. Mon numéro de magie tourne totalement autour de la rapidité brutale du couteau. Si tu essaies de courir, je vais te faire tomber avec un couteau avant que tu puisses atteindre l'escalier. Ensuite, je m'en prendrai à Josh.

— C'est ton ami.

— C'est mon rival.

— Jade m'a dit que tu avais menacé de le tuer.

— Je ferai ce qui est nécessaire, déclara-t-il, comme s'il se vantait. Les mots ont un grand pouvoir, mais les actions parlent plus fort. J'ai prévenu Jade de ce qui se passerait, si elle partait.

— Laisse Josh tranquille !

— Ce n'est pas comme si c'était une immense perte. Josh ne fait que s'amuser à être magicien.

— Tu as peur qu'il ne te batte à cette compétition, l'accusai-je.

— Même pas, se moqua-t-il.

J'appelai mentalement Opal et tout autre esprit à proximité, un cri entendu seulement dans ma tête. Mais, je ne reçus pas de réponse. Je jetai un autre coup d'œil dans le couloir, envoyant un S.O.S. silencieux à Josh. «Ouvre la porte. Regarde dans le couloir. S'il te plaît, avant que Grey ne m'oblige à entrer dans sa chambre et… »

Bien, je ne savais pas ce qui m'attendait et j'étais terrifiée à l'idée de le découvrir.

— N'éprouves-tu pas de la curiosité à propos de mon numéro ? s'enquit Grey, le ton léger, comme s'il prenait plaisir à jouer avec moi comme un chat qui court comme un dératé après une souris avant de bondir pour tuer. Toute la fraternité sera stupéfaite en voyant les illusions que j'ai créées. C'est presque prêt, mais une répétition en costume pourrait être intéressante avec toi pour m'assister.

Il marqua une pause, m'observant, puis poursuivit.

— Quand je dévoilerai mon numéro à la fraternité, je vais inviter l'un des membres à me seconder. Mais, personne ne peut répéter avec moi, sinon on apprendra mes secrets. Tu auras un avant-goût de mon spectacle, ce soir —, exactement comme lorsque Jade a travaillé avec moi, avant que maître Arturo ne lui demande d'assister sa femme.

— J'ai vu les coupures sur son bras, lui dis-je.

— Malheureusement, Jade était maladroite. Toutefois, je suis convaincu que tu te forceras davantage.

Il leva sa main, une clé en position pour ouvrir sa porte.

Retarde-le! cria une voix dans ma tête. *N'entre pas dans cette chambre!*

— Quel sera mon rôle? m'enquis-je. Je ne connais rien aux trucs de la scène.

— Pas des trucs, l'art de l'illusion.

— Quelle est la différence?

Il me lança un regard signifiant « Es-tu réellement aussi stupide? »

— Ma signature de scène sera les lames.

Il fixa le vide, comme s'il voyait son nom illuminé sur une marquise.

— Tu as entendu parler d'un magicien coupant son assistante en deux?

— N'est-ce pas un peu cliché?

— Pas ma version. Je tranche mon assistante en plusieurs morceaux. La chevelure glisse de la tête comme des serpents qui fuient, les yeux tombent de leurs orbites et flottent dans les airs, et des flaques de sang forment un tourbillon qui s'envole vers mon public. Et toi, fausse Jade, m'assistera, ce soir, pour une répét…

— Jade! interrompit une voix féminine.

Grey et moi pivotâmes brusquement vers l'escalier où se tenait Geneviève. Ses mains étaient sur ses hanches et son visage était rouge d'agacement.

— Je t'ai cherché partout! se plaignit Geneviève. Pourquoi n'es-tu pas revenue au dîner? Je t'ai dit que nous n'avions pas terminé notre travail aujourd'hui.

— Ah oui?

Ma gorge était si asséchée par la peur que ma voix était rauque.

— Ne fais pas semblant de ne pas t'en souvenir. Tu ne peux pas te cacher avec ton petit ami pour éviter le travail. Je suis désolée de te l'enlever, Grey, mais j'ai besoin de son aide.

Les mains de Grey s'abaissèrent, trop nonchalamment, sur ses flancs.

— Bien sûr, dit-il avec un geste dédaigneux vers moi. Elle est toute à toi.

— Viens, Jade. Tu m'as réellement déçue.

— Je suis désolée, lui dis-je.

Mais, je ne l'étais pas du tout. J'étais soulagée et reconnaissante. Bien que Geneviève continua à agir comme si elle était irritée, je savais qu'elle jouait la comédie. Son aura vibrait des teintes vives de la perspicacité. Elle avait une bonne idée de ce qui se passait.

Elle était ici pour me secourir.

Avec un coup d'œil sur les marques rouges brûlantes sur mon bras, j'acceptai avec empressement — et gratitude — le sauvetage.

* * *

Geneviève ne parla pas pendant la courte marche jusqu'à son chalet. Je me demandai à quoi elle pensait et ce qu'elle savait au juste. Cependant, elle ne posa pas de question, donc moi non plus. Lorsque nous atteignîmes le bâtiment, elle ne me guida pas à l'étage pour une autre répétition. Elle m'offrit un verre de lait et une tartelette aux pommes croustillante.

— Le dessert que tu as manqué, m'informat-elle gentiment.

Les pommes cuites n'avaient jamais eu si bon goût.

Un petit peu plus tard, alors que j'enfilais une robe de nuit démodée en coton, je me dis que je partirais au matin. Jade n'avait pas envoyé d'aide, alors je devais me débrouiller seule.

Je dormis profondément : je ne vis aucun fantôme, je ne fis pas de voyage astral et je ne reçus pas de messages d'Opal. Bien que le repos m'avait fait du bien, j'étais déçue que l'Autre côté m'eût également abandonnée. Pour aggraver les choses, le ciel le lendemain matin était assombri par de lourds nuages, laissant planer une menace de pluie.

Revêtant mes vêtements de la veille, je rajustai ma perruque et appliquai un léger maquillage que je trouvai sur la commode ornée d'une glace. Je repris mon rôle de Jade.

Le chalet était silencieux, à l'exception du sifflement du vent qui faisait trembler les fenêtres. Je me promenai sans but, ne sachant trop quoi faire. Le petit-déjeuner était-il servi dans la salle à manger ? Devrais-je m'y rendre seule ou attendre Geneviève ?

La porte de sa chambre à coucher était entrouverte, alors je jetai un coup d'œil à l'intérieur. Elle n'y était pas. Je commençais à gravir l'escalier quand j'entendis un son et la vis passer la porte d'entrée, portant un panier rempli de fleurs.

— Bon matin, Jade.

Elle m'accueillit avec tellement de chaleur que je me sentis un peu coupable de planifier de partir. J'espérai qu'elle pourrait trouver une autre personne pour l'assister.

— À quoi serviront-elles ?

Je pointai le panier.

— Au plaisir. Des fleurs fraîches, c'est beau et cela sent bon. Attends une minute pendant que je les place dans un vase, puis nous irons manger. As-tu faim ?

Je hochai la tête.

La salle à manger n'était pas très bondée, il n'y avait que quelques hommes à la table principale. J'agitai la main pour saluer Frank, qui était occupé dans la cuisine, puis je pris avec plaisir des fruits, de la saucisse et des biscuits moelleux. Geneviève me raconta ses voyages avec son mari et me dit comme elle avait toujours été fière de travailler à ses côtés. Ils s'étaient produits partout dans le monde, ce qui semblait très romantique. Ses histoires étaient intéressantes et montraient son côté plus tendre.

— Le pauvre Arty ne comprend pas pourquoi je désire aussi être magicienne et pas simplement son assistante. Il est en colère contre moi, admit-elle tristement. Cependant, il me donne ma chance. Il a dû essuyer de nombreuses attaques de la fraternité à cause de cela. Ce sera difficile de gagner leur respect. Mais, je suis décidée à réussir.

— Tu y arriveras, dis-je, sachant que mes mots paraîtraient sincères.

Toutefois, j'éprouvais aussi un sentiment de danger, comme si ses rêves réalisés allaient lui coûter cher.

J'espérais filer en douce après le petit-déjeuner, mais Geneviève voulait encore répéter son numéro. Il semblait plutôt simple. Mon rôle consistait uniquement à boire un peu d'eau dans une tasse, puis à prétendre m'évanouir. Je ne comprenais pas comment cela pourrait émerveiller qui que ce soit, mais je n'étais pas magicienne.

Alors que je m'exerçais avec Geneviève, je sentais une présence planant dans les environs. «Le fantôme de Zathora», pensai-je, zieutant la penderie. Sa mort avait été tellement tragique, et les choses ne s'étaient pas beaucoup améliorées, si elle traînait toujours par ici. Je pourrais la guider de l'Autre côté, si j'arrivais à lui parler seule à seule.

Quand Geneviève annonça que nous avions terminé et qu'elle allait faire une sieste, je sentis un frisson d'excitation. Je pouvais enfin partir ! Mais, pourquoi ne pas prendre quelques minutes avant mon départ pour aider Zathora à traverser de l'Autre côté ?

Je me rendis dans ma chambre à coucher et attendis environ vingt minutes. Puis, je me dirigeai vers l'escalier sur la pointe des pieds, jetant un coup d'œil vers la porte close de la chambre de Geneviève. Je posai doucement les pieds sur les marches, faisant attention à éviter celle du milieu qui craquait parfois. En haut de l'escalier, j'hésitai, essayant de me souvenir de ce que Nona m'avait appris sur la façon d'aider les fantômes pris dans les limbes : « Sois sûr de toi et dis-leur fermement qu'il est temps d'aller vers la lumière. »

Alors que je tendais la main pour ouvrir la porte, je m'arrêtai.

Entendais-je des voix à l'intérieur ?

Pressant mon oreille contre le bois, j'écoutai. Oui, assurément des voix, deux voix de femme.

Geneviève et une autre personne que je ne reconnaissais pas, qui s'exprimait avec un accent chantant, peut-être espagnol ou italien.

— … tout est prêt, pour ce soir.

Le ton de Geneviève monta sous l'excitation.

— J'arrive à peine à croire que cela va enfin se produire. Toute la planification et la préparation menant à cette soirée extraordinaire.

— Tu seras la personne extraordinaire dans la famille à partir de maintenant, disait chaleureusement l'autre femme.

Elle paraissait plus jeune que Geneviève.

— Je veux mon propre numéro depuis des années. Je suis fatiguée d'être ignorée, considérée simplement comme la femme du magicien. Même quand je l'assiste, je ne suis qu'un autre accessoire de scène. Mais, grâce à toi, tout cela va changer, déclara Geneviève. Je n'aurais jamais eu le courage, encore moins le talent. Tu m'as tellement appris.

— Je vais me réjouir de ton succès, affirma l'autre femme. As-tu trouvé les herbes que j'ai décrites ?

— Oui, exactement là où tu me l'as dit.

— Et la fille ?

— Elle est empressée de faire ce que je veux.

Geneviève rit.

— Je me suis assurée de sa loyauté en demandant Grey à lui faire de la pression. Je ne suis pas à l'aise avec les méthodes de Grey, mais puisqu'il veut se servir de mon influence auprès d'Arturo pour garantir sa victoire dans la compétition, il a été très utile. Jade était tellement soulagée lorsque j'ai surgi et que je l'ai vite amenée loin de lui.

Je me couvris la bouche, pour ne pas laisser échapper un son. Grey travaillant avec Geneviève ? J'arrivais à peine à y croire et je m'appuyai sur la porte, tendant l'oreille pour en entendre davantage.

— Brillante Geneviève, la complimenta l'autre femme. L'art de la persuasion est une forme subtile d'illusion.

— Jade est tellement reconnaissante et elle m'accorde toute sa confiance.

— Mais nous, pouvons-nous lui faire confiance ? Elle semble différente…, presque comme s'il s'agissait d'une autre personne. Je suis intriguée et ravagée par le malaise. Je pense qu'elle m'a vue hier.

— Impossible! Personne n'est au courant pour toi, à part moi.

— J'espère vraiment que tu as raison. Il y a beaucoup en jeu, ce soir. Rien ne doit déraper.

— Rien n'ira de travers. Tu m'as tellement appris, et je suis certaine que tout se passera bien. J'ai déjà écrasé les herbes, alors il ne reste qu'à les glisser dans sa boisson.

— Mélange-les bien, avant de les lui donner. Es-tu convaincue qu'elle les boira?

— Je lui ai dit que ce serait du jus de fruit. Elle ne soupçonne rien.

— Excellent, déclara l'autre femme d'un ton approbateur. Maintenant, il ne reste que la finale, où tu…

Ses mots s'évanouirent avec ses pas quand elle s'éloigna de la porte. Je pense que Geneviève a répondu, mais je ne pouvais entendre qu'un faible murmure. Je devais en apprendre davantage. Je saisis donc prudemment la poignée et tournai, lentement, jusqu'à ce que je perçoive un léger clic. La porte s'ouvrit un peu.

Me penchant en avant, je regardai à travers la fente. Geneviève était dos à moi, la main serrée autour de la coupe dans laquelle j'avais bu. Lorsque nous avions répété, il était rempli d'eau —, mais, qu'allais-je boire, pendant le spectacle?

Pas du jus de fruit...

Je m'inclinai davantage, et mon regard balaya la pièce à la recherche de l'autre femme. Au début, je ne la vis pas, mais brusquement elle apparut à côté de Geneviève —, sa brillante chevelure cuivrée et sa peau presque luisante formant un contraste saisissant avec le teint clair de Geneviève et ses cheveux blonds coiffés.

— Les mots que je t'ai enseignés et les bijoux brûleront d'une puissante énergie, disait la femme aux cheveux cuivrés. Une fois qu'elle sera morte, nous passerons dans l'histoire des magiciens.

Je me couvris la bouche, stupéfaite, fixant cette femme.

Je pouvais voir à travers elle.

Zathora.

22

Inutile de posséder un diplôme en mathématiques, pour additionner deux plus deux et comprendre que j'étais censée mourir sur scène.

Bien, ne comptez pas sur moi.

Je reculai et descendis presque l'escalier en courant. Je n'avais pas de plan, mais je ne pouvais pas rester ici une minute de plus —, pas quand la femme que j'avais crue mon amie voulait me tuer et que sa complice était déjà morte.

Comment avais-je pu autant me tromper sur Geneviève ? Si je n'avais pas eu le don de voir et d'entendre les fantômes, je n'aurais rien su. Geneviève m'avait totalement dupée —, même son aura ne l'avait pas trahie. Au moins, j'avais tout découvert à temps. Et, si je n'avais pas pris la place de Jade, elle serait en danger sans même s'en rendre compte. Elle aurait été menée sur la scène comme la victime d'un sacrifice.

Mais, j'avais appris la vérité à temps pour m'enfuir. J'envoyai un merci reconnaissant à Opal, Nona, Velvet, et tous mes professeurs du paranormal.

Je sortis, et le vent froid me frappa de plein fouet. La température avait changé ; des nuages blanc-gris et denses tourbillonnaient avec une fureur tempétueuse. J'inspirai l'odeur âcre annonciatrice de pluie et serrai mes bras frissonnants. « Je vous en prie, laissez-moi m'enfuir avant que le ciel ne s'ouvre et attaque », pensai-je.

Le vent fouetta plus fort, et j'aurais aimé avoir un manteau, mais je ne pouvais pas revenir en arrière.

«Une fois qu'elle sera morte, nous passerons à l'histoire des magiciens.» Le souvenir de ces paroles m'accablait, pressant mes pieds d'avancer plus vite.

Mais, pourquoi Geneviève complotait-elle de me tuer? Comment pouvait-elle espérer sans tirer? La fraternité protégeait peut-être ses secrets, mais je doutais que ses membres approuvent le meurtre. Regarder mourir une personne n'était *pas* un tour de magie.

Ou j'avais peut-être mal compris ce que j'avais entendu et ma «mort» faisait simplement partie du numéro. Je m'étais exercée à m'évanouir pour que cela ressemble à une chute, comme si j'étais tombée dans un profond sommeil. Mais, le sommeil n'était pas la même chose que la mort. Quand Zathora avait donné sa tristement célèbre dernière performance, elle n'avait pas prévu mourir sur scène; elle s'était attendue à créer un miracle en se ressuscitant elle-même. Était-ce le plan de

Geneviève? De créer l'illusion de me tuer, puis de me ramener à la vie? Comment Geneviève prouverait-elle que j'étais décédée? En faisant défiler mon corps inanimé pour que le public l'examine? Pas si j'avais un mot à dire là-dessus!

Toutefois, ce qui me cassait encore plus les pieds était toutes ses répétitions d'évanouissement que Geneviève m'avait fait faire alors qu'elle savait que je n'aurais pas à jouer la comédie. Si je buvais le poison, ma chute serait véritable.

Il n'en était *tellement* pas question.

Geneviève pouvait annuler le spectacle ou boire le foutu poison elle-même.

Le vent me giflait alors que je m'éloignais de plus en plus du chalet, trop en colère pour sentir sa froide morsure. Je virai sur le sentier qui m'avait menée ici hier. Des aiguilles de pin crissèrent sous mes pieds lorsque l'allée de gravier devint en terre raboteuse, et un peu d'angoisse dans mon cœur s'atténua, quand j'aperçus la digue blanc brillant au loin.

La liberté était si proche…

J'entendis le jappement, et quelque chose me percuta. Renversée à terre, je ne pouvais plus respirer. Quelque chose de gros pesait sur moi. Haletant, je levai les yeux au moment où une langue de chien baveuse léchait mon visage.

— Oh! Ôte-toi de là! gémis-je.

— Désolé, mais Roscoe devient excité, lorsque vient le moment de notre promenade.

Frank se tenait au-dessus de moi, ses rides plissées en un sourire. Il se pencha avec la main tendue, et je pensais qu'il allait m'offrir son aide pour me relever, mais, au lieu de cela, il se contenta de tirer Roscoe par le collier.

— Garde-le loin de moi.

— Il ne connaît pas sa force. Ne sois pas furieuse. Allons, marchons.

— Marcher?

Je me levai, mes paumes brûlant à cause des marques rouges laissées par le gravier.

— Es-tu sérieux? Regarde le ciel, il va bientôt pleuvoir.

— Roscoe a besoin de sa promenade.

— Et un peu de pluie n'a jamais tué personne, interrompit une voix sardonique.

Il s'était déplacé si discrètement que je ne l'avais pas entendu s'approcher de nous. Mais, à présent, je pouvais déceler son aura de prédateur.

— Que fais-tu ici ?

Grey haussa les épaules, ses pâles sourcils arqués comme s'il était amusé.

— Une promenade. Henry ne se sent pas tellement bien, alors je vous accompagne.

— Content de t'avoir, lança joyeusement Frank. Plus on est de fous, plus on rit. N'est-ce pas ?

Je refusai de dire « oui », car Grey était véritablement fou.

— Ce sera amusant…, Jade, déclara Grey avec un sourire moqueur juste pour moi.

Puis, il caressa sa cape, faisant courir ses doigts là où ses couteaux étaient dissimulés sous le tissu. Une menace subtile, mais efficace.

Je commençai à avancer.

* * *

Grey resta trop près de moi, son regard perçant suivant ma trace en tout temps. J'essayai même le truc de Jade : me heurter sur Frank afin que Roscoe se libère. Je partis à la course, comme si j'avais l'intention de le poursuivre, puis virai dans la direction opposée, vers le sentier qui, je le savais, me ramènerait à la route. Je n'avais parcouru que quelques mètres quand un missile argenté siffla en dépassant ma tête. Un couteau se logea dans une grappe de fleurs sauvages jaunes, me ratant de près.

— Désolé, lâcha Grey en s'approchant pour reprendre son arme.

— Ouais, désolé de m'avoir loupé.

— Je ne loupe jamais.

Il frotta le couteau sur sa cape.

— Allais-tu quelque part?

Il savait que j'avais tenté de fuir, et je savais qu'il savait. Pourquoi me donner la peine de faire semblant? Je lui tournai le dos et me hâtai de rattraper Frank et Roscoe.

Pendant que je suivais le sentier de gravier, je sentais les yeux de Grey vriller sur moi. M'observant pour s'assurer que je ne tentais une fuite.

Il commença à pleuvoir à verse à l'instant où nous rejoignîmes la maison principale, et je fus trempée pendant la courte distance me séparant du chalet. Malgré la pluie, je n'abandonnai pas l'espoir de m'enfuir. Une fois que

Grey me quitterait, je sortirais de nouveau en douce.

Mais, Grey ne me quitta pas ; il me guida à l'intérieur du chalet et resta. Il entraîna Geneviève à l'écart et murmura à son oreille. Nul besoin d'être voyante pour savoir qu'il la prévenait de ne pas me perdre de vu. Et alors que Grey partait pour sa salle de travail privée, Geneviève me fixa d'une nouvelle manière soupçonneuse. Puis, elle eut soudainement des tâches à me confier.

Quand je finis de ranger ses épices embouteillées par ordre alphabétique, elle me remit une grande boîte en bois remplie de cristaux brillants, de teinte mauve, jaune, lavande, ou translucides, allant de la taille d'un petit doigt à celle d'une paume. Elle venait sans cesse me surveiller, m'avertissant de ne pas laisser tomber les pierres précieuses. J'étais prudente, mais je l'observais également du coin de l'œil pendant qu'elle emplissait une boîte avec des bougies, des allumettes, des rouleaux de tissu et la coupe.

Quand elle déclara qu'elle allait faire sa mise en place pour son numéro, mon sang se glaça. Le temps filait —, tout comme la lumière du jour. Je tapotai la table avec mes doigts, zieutant Geneviève, la pressant mentalement de partir afin que je puisse faire de même.

Cependant, quand elle passa la porte, Frank entra à grands pas, guidant Roscoe. Il inventa une histoire sur le fait d'avoir besoin d'aide pour faire la toilette du chien. Toutefois, le regard qu'il échangea avec Geneviève qui sortait me révéla la vérité. Il était ici pour me tenir à l'œil.

Évidemment, je pouvais courir plus vite que lui. Mais, lorsqu'il mentionna nonchalamment que Grey était dans les alentours, « si nous avions besoin d'aide avec Roscoe », mes plans de fuite s'évanouirent.

Je suivis donc Frank et son chien bouclé à l'étage dans la salle de travail. Toiletter Roscoe n'était pas un boulot difficile, mais bien salissant. Des poils duveteux de chien volaient sans cesse dans mon visage et même jusque dans mon nez.

Tenant la laisse d'une main et battant l'air de l'autre pour chasser la fourrure volante, mon esprit vagabonda…, pas très loin, juste en bas vers la porte d'entrée et la liberté. Je devais partir d'ici avant la noirceur ! Si je ne me sauvais pas bientôt, je ne trouverais pas une autre occasion. Cependant, avec Grey tout près, comment pourrais-je filer en douce ? Je ne pouvais pas courir plus vite qu'il lançait un couteau. Et, je devais penser à Josh également. Ce serait vraiment facile pour Grey d'éliminer la concurrence avec un « accident » de couteau.

Roscoe se tortilla, échappant presque à mon emprise. Je fus toutefois plus rapide et le tins fermement.

— Merci, Jade, dit Frank, me souriant.

Sous son sourire, toutefois, était-il ami ou ennemi ? Je soupçonnais qu'il éprouvait une forte loyauté envers Grey et la fraternité.

J'aurais aimé avoir quelqu'un de loyal à moi… comme Dominic. S'il savait que j'avais des ennuis, il viendrait me chercher. Il enverrait sa troupe d'animaux fouiller jusqu'à ce qu'elle me trouve et que je sois de retour en sécurité chez moi. Mais, il vivait de plus graves problèmes, probablement enfermé dans une cellule, s'enfonçant dans la dépression. Je ne sentais pas son énergie —, comme s'il était loin, loin de ma portée. Je souffrais de solitude.

Le seul ami que j'avais ici était Josh. Cependant, même si je lui demandais son aide,

il ne croirait jamais que j'avais entendu
Geneviève comploter avec un fantôme. Et personne ne savait où je me trouvais —, sauf Jade.
Un jour s'était déjà écoulé, et elle n'avait pas
respecté sa promesse. Elle n'en avait peut-être
jamais eu l'intention.

Et cela me faisait mal de savoir que
Geneviève acceptait de me sacrifier pour un
tour de magie. Pire encore, elle avait conspiré
avec Grey en formant un genre d'équipe du
«bon et du méchant» policier. La trahison était
plus douloureuse qu'elle n'aurait due, étant
donné que je connaissais Geneviève depuis
seulement une journée. Je décidai que lorsqu'elle me demanderait de revêtir mon costume ce soir, je refuserais. Je ne jouerais plus sa
victime consentante.

Je ne monterais *pas* sur scène ni ne boirais
le poison.

Frank me sortit brusquement de mes
pensées.

— Jade, pourrais-tu amener un bol d'eau à
Roscoe?

Hochant la tête, je marchai vers l'évier. Je
me déplaçais sur pilote automatique, à présent,

un engourdissement presque paisible s'installant en moi.

Pendant que l'eau se répandait dans l'évier, mon regard balaya l'armoire où j'avais organisé les bouteilles d'épices plus tôt. Quand j'avais nettoyé la place, j'avais remarqué que les fleurs qu'elle avait cueillies le matin avaient été jetées à la poubelle. Plutôt, j'avais cru qu'il s'agissait de fleurs, mais je réalisais maintenant que leur but était plus mortel —, et d'après les fragments vert doré qui restaient, j'étais certaine qu'elle avait déjà écrasé la potion.

Fixant l'eau qui coulait, des visions et des sons me firent basculer dans le passé…

Dans les profondeurs humides d'un vieil édifice, un murmure s'envola au-delà de la vie et de la mort —, puis se fit entendre. Une ombre ondula dans la fumée, s'élevant, s'étirant jusqu'à ce qu'une forme distincte en émerge. Des bras et des jambes minces, des yeux foncés saphir, une chevelure cuivrée dansant dans les flammes, et une éblouissante baguette magique ornée de bijoux dans sa main.

Qui convoque Zathora? demanda l'ombre de la femme.

C'est moi.

Une silhouette vêtue d'une robe rouge retira son capuchon. Geneviève.

J'ai lu tes journaux intimes et tes lettres. Tu as stupéfié et confondu le monde machiste des magiciens avec ta performance la plus étonnante, ta dernière.

Te moques-tu de moi ?

Ses yeux flambaient d'amertume.

Mon héritage est celui de l'échec ; les vivants ne sont pas conscients de mes grandes réalisations.

Mais je connais ta grandeur, dit Geneviève avec une ferveur excitée. *Tu as réussi là où tous les magiciens ont échoué —, tu as découvert comment ressusciter les morts. Révèle-moi ton secret, et je vais te rendre plus célèbre dans la mort que dans la vie. Les magiciens t'honoreront.*

L'honneur ne suffira pas, siffla l'ombre de la femme. *Mais, je te révélerai ce que tu demandes, non pour la célébrité, mais pour la vengeance. Sois prévenue, par contre, car les secrets ne sont pas dévoilés sans un prix —, le coût de la vie est la mort. Le soir du solstice, amène une belle jeune vierge qui ignore son sacrifice.*

Un sacrifice ?

Il y eut une hésitation, puis Geneviève hocha la tête.

D'accord.

Notre accord est scellé. Mes secrets t'appartiendront —, quand la fille mourra.

La scène changea, avançant rapidement dans le temps.

Je me vis sur scène, mes faux cheveux roux tombant en cascade sur ma robe luisante. Des bougies rouges brillaient en cercle autour d'un autel surélevé, et non sur la solide table en métal que j'avais utilisée pendant les répétitions. Et des cristaux scintillants étaient pendus à un dais au-dessus de l'autel, jetant mille feux et tintant. Je m'avançai lentement, comme en transe, sur un tapis décoratif conçu avec des symboles d'étoiles et de demi-lunes semblables à ceux que j'avais remarqués sur la canne d'Henry.

Des magiciens en cape observaient dans un silence sceptique. À côté de moi, sur scène, Geneviève resplendissait comme un ange, pâle et belle alors qu'elle maniait une baguette magique décorée de bijoux : la muse de Zathora. Elle agita la muse au-dessus d'une coupe de jus rouge, et de la fumée s'éleva en tourbillons. Une silhouette fantomatique tournoya dans la fumée, les yeux étincelants et les lèvres rouges arborant une moue satisfaite. *Enfin*, murmura Zathora. De la fumée rouge cramoisi se tendit comme des doigts se refermant pour étrangler, se pressant contre ma gorge, m'étouffant et...

— Où est l'eau pour Roscoe ?

La voix de Frank me ramena brusquement à la réalité, mais même une fois que j'eus donné l'eau au chien et repris ma position en tenant sa laisse, la vision me hanta.

La vision soulevait autant de questions qu'elle en répondait. Cependant, une chose était claire. Geneviève n'était pas mon amie. Elle était prête à me sacrifier — sacrifier Jade —, pour atteindre la célébrité.

Je ne pouvais *pas* monter sur scène, ce soir.

Je jetai un coup d'œil vers la poubelle jonchée d'herbes dorées, le poison naturel que Geneviève allait saupoudrer sur mon jus. Il devait exister une façon de m'en sortir..., mais je ne trouvais rien.

Et des heures plus tard, quand le monde fut assombri par la nuit, Grey vint me chercher.

23

Le ciel nocturne était éclairé de millions d'étoiles scintillantes, l'air rafraîchi et lavé par des heures de pluie. Un croissant de lune illuminait la nuit presque aussi vivement qu'une pleine lune, jetant des ombres venant des arbres qui se déplaçaient dans le vent.

Grey tenait une torche, et non une lampe de poche comme les gens normaux, et elle répandait sa lumière devant nous. Quand je ralentis mes pas, il me poussa pour que j'avance plus vite. Je fus étonnée, lorsque nous dépassâmes la maison principale et poursuivîmes notre route le long d'un sentier que je n'avais pas vu avant. Des fleurs sauvages et des arbres fruitiers bordaient l'allée, mais j'étais incapable d'apprécier leur beauté. J'avais le sentiment surréaliste de ne pas être présente dans mon corps, comme si je planais et que j'observais d'en haut la fille effrayée portant la perruque rousse.

La colère m'enflamma. Je ne capitulerais pas. Quand viendrait le temps de boire le poison, je le lancerais au visage de Geneviève et m'enfuirais en courant de la scène. Tout le monde serait surpris, et je pourrais me sauver avant que Grey vise avec son couteau.

Je baissai les yeux et vis des fleurs sauvages jaunes. Je frissonnai, car elles me rappelèrent la mixture mortelle de Geneviève qui m'attendait. Puis, je trébuchai et tombai au sol. Les mains osseuses de Grey me saisirent tout de suite et me soulevèrent —, mais pas avant que je n'aie arraché un bouquet de fleurs jaunes et ne l'aie chiffonné dans ma poche.

Nous arrivâmes à une structure ressemblant à une grange qui était teinte en vert, comme la forêt, de sorte qu'elle se fondait dans le paysage jusqu'à devenir presque invisible. Des lanternes scintillaient de chaque côté de la porte et des papillons de nuit voltigeaient près de la lumière. Geneviève serait comme une lumière vive, ce soir, surprenant et charmant le public qui espérait peu d'une femme. J'avais sympathisé avec elle et voulu qu'elle trouve le succès. Mais pas ainsi.

Geneviève nous attendait. Je marchai avec raideur dans un couloir à haut plafond avec elle, d'un côté, et Grey, de l'autre. Nous dépassâmes des affiches de collection de célèbres magiciens qui me regardaient de haut. Une glace avec un cadre très orné reflétait mes craintes, et je reconnus à peine les cheveux roux, les surprenantes lèvres rouges, les yeux ombrés et la robe flottante qui seyait à l'assistante de cette magicienne.

Nous pénétrâmes dans un vaste théâtre, et les forts battements de mon cœur se fondirent dans le bourdonnement excité des voix. Des sièges disposés en gradins descendaient vers une scène.

— Merci, Grey, dit Geneviève, le serrant dans ses bras. Souhaite-moi bonne chance.

— Évidemment, répondit-il en s'inclinant légèrement.

— Je ne suis que le numéro d'ouverture, déclara-t-elle avec une moue nerveuse. Josh et toi êtes les vedettes, ce soir. Josh est un gentil garçon, mais je vote pour toi. Tu m'as été tellement utile.

— C'est un honneur de servir la femme de maître Arturo. Vas-y et épate-les à mort.

Je tressaillis à ce mot.

Le visage de Geneviève resplendissait alors qu'elle serrait la main de Grey.

— C'est le moment !

— Je vais observer avec attention, afin qu'il n'y ait pas de problème.

Il se tourna vers moi, ses lèvres tordues menaçantes. Josh m'a gardé une place à côté de lui dans la première rangée.

Traduction : si tu dérapes, Josh sent mon couteau.

Les lumières du théâtre s'abaissèrent. Avec tous les yeux sur nous, Geneviève et moi fîmes notre entrée.

Sa cape ornée de bijoux vola derrière elle, quand nous descendîmes les marches. Lorsque nous atteignîmes la rangée de sièges du bas et grimpâmes les quatre marches jusqu'à la scène, je visualisai de près ce qui m'attendait —, des bougies rouges brillaient en cercle autour d'un autel surélevé et des cristaux scintillaient sous un haut dais au-dessus de lui. Quand je posai le pied sur un tapis décoratif avec des symboles d'étoiles et de demi-lunes, mon estomac se révulsa d'angoisse.

Ma vision se réalisait.

Bien que je ne vis pas Zathora, je sentis sa présence. Elle planait invisiblement, attendant de faire son entrée. Je cherchai désespérément des yeux une issue autour de moi, mais il n'y avait que l'entrée principale et une porte latérale donnant sur la scène — qui menait soit à la liberté, soit à une loge. Néanmoins, elle me redonna espoir.

Geneviève me fit signe de m'asseoir dans un fauteuil en velours bleu royal à côté de l'autel surélevé. J'hésitai, ne sachant trop si je devais continuer à jouer le jeu ou prendre la fuite par la porte latérale. Avec un public d'au moins cinquante hommes observant chacun de mes gestes, dont l'un d'eux était habité d'un pouvoir lui venant de sa cache de couteaux, je ne discutai pas.

— Bienvenus, les garçons, je veux dire, messieurs, annonça Genevieve, projetant sa voix si fortement qu'elle n'avait pas besoin de microphone. Vous me connaissez tous comme la femme et assistante de maître Arturo, mais, ce soir, je vais vous surprendre et vous étonner.

Quelques hommes hochèrent la tête, mais la plupart restèrent assis stoïquement avec une expression amusée. Ces mâles en cape se prêtaient à son jeu pour le plaisir, comme si elle était un mignon petit animal de compagnie réalisant des tours. J'éprouvai presque de la peine pour Geneviève, essayant si fort de se faire accepter parmi ses machos. Cependant, c'était difficile de sympathiser avec une personne qui planifiait vous empoisonner.

Elle poursuivit en parlant de l'histoire des magiciens, citant des cas où des femmes s'étaient avérées aussi compétentes que les hommes. Je la bloquai de mon esprit et balayai la scène du regard. Quand je vis la coupe et la petite fiole dorée à côté d'elle, le souffle me manqua. Elle n'était pas très loin de moi, pas plus d'un mètre. Je savais que le poison ne serait pas ajouté avant la dernière minute. Je mis la main dans ma poche, passant les doigts sur les fleurs sauvages qui s'effritaient. Si seulement je pouvais créer une diversion pour échanger la poudre des fleurs sauvages inoffensives avec le poison doré.

La voix de Geneviève s'éleva d'une manière théâtrale lorsqu'elle se mit à distribuer les compliments et à blaguer avec la familiarité des amitiés établies de longue date. Arturo se mit debout pour adresser des éloges à sa femme pour son dur labeur. Cependant, il n'était pas très convaincant, comme s'il voulait seulement lui faire plaisir et qu'il s'attendait à ce qu'elle fasse un bide.

Je repérai Josh et Grey quelques sièges plus loin. Josh surprit mon regard et leva ses deux pouces en signe d'encouragement. La façon dont ses yeux s'attardèrent sur moi était plus personnelle, hantée par les regrets. Toutefois, ce n'était pas le moment d'y penser, pas quand Grey était assis à côté de lui, souriant.

Geneviève recula, s'inclinant sous le crépitement des applaudissements polis. Je lançai un second regard mélancolique à la fiole sur la table, serrant les doigts dans ma poche.

— À présent, j'aimerais vous présenter mon assistante, la charmante Jade, dit Geneviève avec un grand geste de la main dans ma direction.

Je savais que c'était mon signal pour me lever, mais mes jambes étaient comme du caoutchouc.

— Le trac, lança Geneviève avec un rire musical. Allons, ma chérie, nous ne devons pas faire attendre notre public.

Quand j'hésitai, je vis Grey me décrocher un furieux regard d'avertissement. Je me levai donc et marchai vers Geneviève, comme nous l'avions répété, bien que pendant la répétition, j'avais marché seulement jusqu'à une table, et non un autel sacrificiel illuminé par la lumière dansante des bougies.

— Une bonne partie de la magie de scène comprend des boîtes mystérieuses, des évasions incroyables ou des disparitions consternantes, dit Geneviève au public. Moi, je vous offre une histoire, un voyage dans le temps, il y a quelques siècles, au moment d'une initiation assez semblable à celle pour laquelle nous sommes réunis ici —, mais avec une différence saisissante. Ce soir, nous regarderons deux apprentis dignes de mérite se faire la compétition pour une place dans la fraternité. Pour gagner cet honneur, ils tenteront de nous éblouir avec des illusions créatives, et l'un d'eux sera récompensé par une position de membre à part entière de la fraternité.

Tous les regards pivotèrent vers la première rangée, où Grey leva une main dans un salut plein d'assurance. Josh se contenta de hocher la tête modestement.

— La société d'il y a longtemps dans mon récit était enveloppé d'un tel secret qu'elle avait des règles très différentes pour l'adhésion des membres. Il n'y avait qu'une façon d'obtenir son admission dans la société ; un initié devait offrir la vie d'une personne chère en échange.

Elle marqua une pause, se penchant plus en avant, sa voix baissée pour souligner son effet.

— Un sacrifice humain.

Le bruit d'inspirations subites, y compris celui de la mienne, résonna dans le théâtre. En répétition, elle n'avait jamais prononcé ce discours devant moi. Après ma vision de son pacte avec Zathora, je savais pourquoi.

— Imaginez un ambitieux magicien, cherchant à être admis parmi cette légion des gardiens de la magie, poursuivit-elle, d'une voix si fascinante qu'on n'entendait même pas un bruissement du public. Toutefois, le prix qu'il doit payer est le sacrifice de sa fille, sa seule enfant. Néanmoins, son ambition est plus forte que son cœur, et il ment à sa fille, lui disant qu'il l'amène pour un voyage spécial. Et il l'habille d'une robe de soie de qualité et il rame pour faire traverser leur bateau jusqu'à une île privée. Elle est excitée, en confiance, mais quand elle remarque les larmes dans les yeux de son père, elle s'effraie et essaie de revenir en courant vers l'embarcation. Mais, son père la tient fermement et la mène jusqu'à une caverne où des bougies sont allumées et des cristaux brillent avec l'énergie de la terre. Et il l'oblige à rejoindre un autel…, exactement comme celui-ci.

C'était mon signal pour marcher jusqu'à l'autel, y rester debout comme en transe et attendre que Geneviève me remette la coupe. J'avançai d'un pas…, puis figeai.

Un mouvement se dessina au-dessus de moi —, une volute de quelque chose de spectral avec des yeux luisants.

«Zathora est arrivée», pensai-je amèrement.

— La jeune fille est effrayée, regardant fixement autour d'elle des personnages masqués, et trop terrifiée pour bouger, improvisa Geneviève. Cependant, elle a confiance en son père et elle avance vers l'autel.

Je ne bougeai toujours pas.

— Elle avance vers l'autel, répéta Geneviève, me lançant un regard.

Ce ne fut pas son regard qui me fit m'approcher ; ce fut l'éclat du couteau de Grey et son hochement de tête vers Josh.

— Les épaules du père s'affaissèrent, et il cria « Non ! J'ai changé d'avis. Je la ramène à la maison où elle est en sécurité. » Cependant, le maître magicien claqua des doigts, et quatre hommes vêtus de cape tirèrent le père de là. Puis, le maître magicien retira sa cape, révélant une femme avec des cheveux pâles et des talents inimaginables. Elle parla gentiment à la fille, lui assurant qu'elle était en sécurité et en présence d'amis. Le maître magicien offrit à la fille une boisson pour calmer ses nerfs.

Geneviève tendit la main vers la coupe, la soulevant d'une manière théâtrale. Je l'observai avec horreur quand elle s'empara subtilement de la fiole de verre avec son autre main et qu'elle dévissa le bouchon. Puis, elle déposa la coupe, levant sa main vide d'un geste grandiloquent. Pendant que tous les yeux étaient rivés sur cette main, elle glissa l'autre dans son dos, la positionnant directement au-dessus de la coupe. Personne d'autre que moi — et Zathora — ne la vit jeter le poison dans la boisson.

Geneviève me tendit la coupe.

— Et la jeune fille faisait confiance au maître magicien et elle prit la coupe et but — ignorant qu'il s'agissait d'un poison mortel et qu'elle était un sacrifice.

J'acceptai la coupe..., mais je ne bus pas.

— Jade, dit Geneviève à travers ses dents serrées, bois!

Je secouai la tête.

— Ne fais pas cela.

— Nous avons répété cela des centaines de fois.

— Pas avec du vrai poison.

— Ne sois pas idiote. Ce n'est qu'une illusion. Il ne t'arrivera rien.

Mais, à Josh? Je jetai un regard discret à Grey, surprenant l'éclat du couteau dans sa main.

— Allons, Jade, dit-elle en adoucissant le ton pour m'amadouer. Tout le monde attend.

— Non!

Je lui lançai la coupe, et quand elle commença à tomber, elle s'en empara, de sorte qu'une seule goutte rouge sang se renversa sur le sol.

— Je suis au courant pour Zathora.

Elle serra la coupe sur sa poitrine.

— Comment... comment pourrais-tu savoir?

— Je l'ai vue et je t'ai entendu parler.

— Impossible! Personne ne peut la voir, sauf moi!

Le bourdonnement des murmures et des rires du public se faisaient entendre, comme si les gens s'attendaient à une farce de la part d'une magicienne. Je les détestais de se moquer d'elle, pourtant je la détestais de m'utiliser.

— Je peux voir Zathora. Elle attend là-bas.

Je pointai vers l'autel où une silhouette transparente se fondait dans les volutes de fumée des bougies. Elle était plus facile à voir, à présent, la fureur assombrissant son aura. Je pouvais sentir son énergie se lever comme une tempête.

— Elle porte le costume dans lequel elle est morte, et elle est plus forte que la plupart des fantômes que j'ai rencontrés.

— Tu as déjà rencontré des fantômes ?

Serrant toujours la coupe contre elle, Geneviève recula en titubant sous le choc.

— Mais… Mais comment ?

Je regardai le public, rempli de magiciens qui avaient juré de discréditer les voyants et croyaient que les fantômes n'existaient pas. Mes mots n'avaient pas été prononcés à voix haute, pourtant je savais qu'ils avaient entendu. Les rires se transformèrent en un silence furieux.

— Jade ne pouvait pas voir les fantômes, mais moi si.

Je m'étais trop dévoilée, mais j'étais trop furieuse et effrayée pour m'arrêter maintenant. Je retirai brusquement la perruque et la jetai au sol comme une chose sans vie.

— Je suis sa sœur Sabine, et je suis voyante.

Avec un sifflement de vent froid, Zathora vola à toute vitesse vers moi, la muse scintillante dans sa main comme une épée vengeresse.

— Stupide fille ! hurla le fantôme, qui n'était plus une brume floue, mais aussi solide et réel qu'un être vivant.

D'après les cris du public, je sus que d'autres la voyaient aussi.

— Ne t'approche pas de moi ! criai-je, reculant.

— Tue-la maintenant et terminons-en avec ces sottises ! siffla Zathora.

Geneviève, perplexe, nous regarda tour à tour, le fantôme et moi, si pâle qu'elle-même aurait pu être un fantôme. Son regard pivota vers les hommes dans le public —, certains pointaient du doigt, mais la plupart étaient assis sans bouger dans leurs sièges, sous le choc. La rage de Zathora la rendait visible aux yeux de tous.

— Tu gâches tout ! gémit Geneviève. C'était censé être ma soirée, et maintenant ils se moquent tous de moi.

— Tu n'aurais pas dû me mentir, rétorquai-je. Tu ne peux pas m'obliger à boire du poison !

— Le spectacle doit continuer, et si tu ne le bois pas, alors ce sera moi.

Le regard de Geneviève était fixé sur la coupe, et ses mots suivants furent si discrets que je ne les entendis presque pas.

— Zathora te dira comment me ressusciter — après ma mort.

Puis, Geneviève porta la coupe à ses lèvres.

Et tomba sur le plancher.

Morte.

24

Des cris retentirent dans l'auditoire, et Arturo fut le premier à me rejoindre.

Sanglotant, il tint délicatement sa femme dans ses bras.

— Gen, oh, pourquoi…, pourquoi?

— Elle voulait le respect, murmurai-je.

— Je la respecte. Je l'aime. Il n'y a rien que je ne ferais pas pour elle.

L'homme au crâne dégarni leva les yeux, des larmes coulant sur ses joues.

— Je ne sais pas quoi faire…, elle ne respire pas. Oh, mon Dieu ! S'il te plaît, si tu sais comment l'aider…, vas-y !

Des magiciens sombrement costumés se levaient de leurs sièges, approchant de la scène. Je pouvais m'enfuir tout de suite, et personne ne m'arrêterait dans cette agitation. Cependant, Geneviève paraissait tellement impuissante, si brisée. Et je me souvins de ses dernières paroles.

— Arturo, je peux aider ! dis-je rapidement, la peur montant en voyant Grey venir vers nous. Je peux découvrir comment la ramener, mais pas si les autres encombrent la scène.

Arturo n'hésita pas, agitant haut les bras et sifflant pour provoquer le silence. Il leur ordonna de reprendre leur place. Il parla avec force, des larmes coulant toujours de ses yeux. Le public obéit. Même Grey recula, ses mains cachées sous sa cape.

— Fais tout ce que tu peux, dit Arturo, me tournant le dos.

— Même si cela exige la participation d'un fantôme?

— Les fantômes n'existent… Oh, merde. Je sais ce que j'ai vu. Sauve-la!

Sa réponse prouva que s'il devait choisir entre sa femme ou le succès, il choisissait sa femme.

— Zathora, appelai-je, frissonnant dans l'air froid fantomatique.

Elle avait disparu, mais sa baguette brillait vivement, alors je savais qu'elle était présente.

— M'entends-tu?

L'air tourbillonna sous des ombres vacillantes, une forme se solidifiant dans l'air à quelques centimètres de moi seulement.

— Je n'ai pas envie de t'entendre.

— C'est ta faute, l'accusai-je. Dis-moi comment ressusciter Geneviève.

Ses yeux sombres lancèrent des éclairs.

— Pourquoi le devrais-je?

— Parce que tu lui dois cela.

— Je ne dois rien à personne, déclara-t-elle avec hauteur.

— Elle meurt à cause de toi!

— J'ose être en désaccord. Elle est déjà morte.

Son ton était sec et irascible, si éloigné de la compassion que je sus que faire appel à sa conscience ne fonctionnerait jamais. Je tentai une nouvelle approche.

— Si tu la laisses mourir, tu ne trouveras jamais d'autre occasion de rétablir ta réputation. Regarde autour de toi : ce public est rempli de magiciens qui ne croyaient pas à l'existence des fantômes, mais ils te voient, maintenant. Ils ne peuvent pas nier la vérité. Ressuscite Geneviève, et tu seras respectée en tant que maître magicienne.

Sa silhouette s'assombrit, mais je constatais que je retenais son attention. Je poursuivis.

— Ne veux-tu pas être reconnue comme la seule magicienne à ramener les morts à la vie ?

— Je suis la seule à posséder cette connaissance, se vanta-t-elle. Toutefois, je ne t'aiderai pas, pas après que tu as tout gâché.

— Je n'ai pas bu la boisson, mais Geneviève l'a fait. Si tu la fais revivre, tu auras prouvé que tu peux faire des miracles. Tu seras célèbre !

— La célébrité ne suffit pas ! lâcha sèchement Zathora. Stupide fille, ne comprends-tu pas que mon but n'est pas la renommée ? Je te voulais, toi !

— Moi?

Je chancelai d'un pas en arrière.

— Ton beau corps jeune. Une fois que ton âme serait partie, j'avais prévu me glisser dedans et me ramener à la vie comme je le voulais il y a un siècle. Dans ton corps, j'aurais une longue vie devant moi en tant que magicienne la plus puissante au monde. Les secrets que je peux transmettre au monde des magiciens sont incroyables.

— Alors, tu avais *vraiment* l'intention de me tuer? demandais-je. Geneviève le savait-elle?

— Ne sois pas idiote! Bien sûr que non, sinon elle ne m'aurait jamais aidée. Elle pensait qu'il ne t'arriverait rien. Je refuse de recommencer ma vie dans le corps d'une femme d'âge moyen. Laisse-la mourir.

— Non! Ramène-la! suppliai-je.

— Je ne vois pas où serait mon profit.

Zathora flotta plus haut, son essence faisant bouger les cristaux, qui tintèrent joyeusement sous son rire.

Je ne savais pas trop ce qu'Arturo pouvait entendre ou voir, mais il sembla savoir que sa femme s'en allait doucement avec le fantôme. Il serra ma robe.

— Fais quelque chose ! Je t'en prie !

Que pouvais-je faire ? Je n'avais aucune prise sur un fantôme.

Mais, moi, oui, dit une voix dans ma tête.

— Opal ! m'écriai-je, ignorant le regard intrigué d'Arturo.

Je t'ai dit que je n'étais jamais loin, je te laisse simplement trouver ta propre voie. Toutefois, je ne permettrai pas à un autre esprit de nuire à mon devoir envers toi.

— Alors, tu m'aideras ?

Comme tu pourrais si bien le dire, allons botter des culs de fantômes.

— Alors, frappons fort, lui dis-je.

— Quel est ce remue-ménage ? cria Zathora, ondulant plus près de moi.

Les bijoux sur la muse scintillèrent plus vivement, comme si la baguette était assez solide pour que je puisse tendre la main et m'en emparer.

Fais-le ! Prends-la ! me pressa Opal.

— Prendre quoi ?

Te souviens-tu du message que je t'ai transmis ?

Je m'apprêtais à répondre non quand cela me revint. « Garde près de toi le bâton de cristal pour sauver le cœur, *sinon la vieille âme cher-chant à commander* à la mort volera plus que la *vie.* »

La vieille âme était Zathora, et le bâton de cristal devait être la muse.

Je bondis donc dans les airs et mis la main sur la muse de Zathora. Lorsque la baguette glissa de sa main dans la mienne, je ne savais trop qui était le plus étonné. Et elle était réelle, solide et brûlante d'énergie. Quand Zathora tendit la main vers moi, une vague d'air froid l'enveloppa, comme si elle était prise dans un raz-de-marée. Un raz-de-marée nommé Opal. Go, Opal !

— Aide ma femme, supplia Arturo.

Je regardai la baguette, hésitante pendant un instant, puis je sus exactement quoi faire. Je tins la baguette avec détermination et visualisai Geneviève, radieuse et vivante. Je repoussai ma colère envers elle et me souvins de son rire et de ses gentillesses. Elle n'avait jamais voulu me faire de mal, après tout, mais elle avait été trompée par les mensonges d'un fantôme tordu.

La douceur m'enveloppa, quand j'em-brassai avec joie toutes les merveilleuses et

charmantes choses de la vie. Avec beaucoup de
précautions, je posai le bout de la baguette
magique sur le cœur de Geneviève.

« Sauvez le cœur. »

De l'électricité déferla en moi, comme si un
éclair avait fusionné avec des feux d'artifice.
Repoussé en arrière, le monde tourna un instant, puis ralentit. Des étoiles éclatèrent autour
de moi, et je m'évanouis presque pour vrai.
Mais alors, j'entendis un son qui me ramena
brusquement à la réalité. Un gémissement…
de Geneviève.

— Gen! s'écria joyeusement Arturo, alors
que les paupières de sa femme s'ouvraient en
papillotant. Tu es vivante.

Elle souleva la tête, souriante.

— As-tu déjà douté de moi?

Sanglotant, il enfouit son visage dans ses
cheveux blonds et enlaça son épouse. Le public
reprit vie, les chaises crissant sur le sol et les
hommes criant.

C'était mon signal pour foutre le camp de
là. Je rangeai la muse de Zathora dans ma
poche arrière et me dépêchai vers la porte latérale. La nuit s'était calmée —, aucune brise,

seulement des étoiles brillantes et une tranche de lune incurvée comme un sourire.

Je n'avais fait que quelques pas quand une voix cria :

— Attends ! Sabine.

Je pivotai pour voir Josh se hâtant dans ma direction, ressemblant un peu à Harry Potter avec sa cape noire battant au vent derrière lui.

— Où vas-tu ? demanda-t-il, se penchant légèrement pour reprendre son souffle.

— Loin d'ici. J'en ai eu assez.

— Je sais... Je veux dire, ce qui s'est passé sur scène... c'était... incroyable !

Il tendit la main vers moi, puis se raidit.

— Tu vas bien ? As-tu été blessée par... bien, cette chose-là ?

— Je vais bien. Mais, j'irai mieux une fois à la maison. Désolée de ne pas assister à ton numéro.

— Comme si cela allait se produire —, assurément pas ce soir. Tout le monde est trop paniqué.

— Ouais, c'est ce que je m'étais dit.

Josh se frotta le front, fronçant les sourcils.

— Quand Geneviève a recommencé à respirer, Grey a agi très bizarrement. Au lieu d'aller voir comment elle se portait, il est parti.

— Il s'est enfui, car il savait que Geneviève révélerait à la fraternité la façon dont elle et lui ont conspiré avec un fantôme. Grey a fait semblant de ne pas croire aux fantômes, mais il a soutenu le plan de Geneviève d'en faire revenir un d'entre les morts en échange de l'influence de Geneviève sur son mari. Grey était décidé à remporter la compétition à tout prix.

— Tu n'as aucune preuve de cela, argumenta Josh.

— Je l'ai entendu. Il nous a menacés, Jade et moi, et comme je te l'ai dit, il t'a même menacé toi —, il a déclaré qu'il te tuerait, si Jade tentait de partir.

— Je ne peux pas croire cela. C'est mon ami…

Josh paraissait un peu moins sûr, cette fois.

— Ce n'est *pas* un bon gars, Josh, mais toi, tu l'es, dis-je doucement. Savais-tu que c'est la raison pour laquelle Jade est venue ici ? Elle voulait te sauver.

— Pourquoi ?

Il cligna des paupières.

— On se connaît à peine.

— Elle n'arrivait pas à comprendre non plus.

— Je ne l'ai même pas vue quand elle était ici. J'aimerais pouvoir la remercier.

— Elle sort avec Evan, alors tu pourras la remercier lorsque tu rentreras chez toi.

— Je n'y manquerai pas.

Il changea de position, gêné.

— Mais, je me demande..., bien, et maintenant?

— Je file d'ici, même si je dois marcher des kilomètres dans l'obscurité.

— Ce ne sera pas nécessaire, je vais te donner une lampe de poche.

— De la technologie moderne, dans cet endroit?

— Hé, il fait sombre, la nuit. Tu devrais voir ce que cachent les autres mecs : jeux vidéo, iPod, caméras, et l'un d'eux a même un réfrigérateur miniature fonctionnant à piles rempli de boissons énergétiques. Les vieux comme Arturo et Henry sont stricts sur les règlements, mais les autres et moi, nous profitons de nos petits secrets.

— Tu n'es pas obligé de rester ici, lui dis-je. Viens avec moi.

Josh secoua la tête.

— Ce soir, c'était étrange, mais ces gars sont mes amis, et je veux apprendre d'eux. Je vais rester jusqu'à la cérémonie d'initiation, afin de présenter mon numéro. Ensuite, que je sois choisi ou non, je reviendrai à la maison pour Noël, comme je l'ai promis à mes parents.

— Ils seront heureux de te voir.

— Pas seulement eux.

Je me raidis, craignant ce qu'il pouvait dire.

— Cheval aussi, ajouta-t-il, ce qui nous fit sourire tous les deux.

Je lui touchai doucement la main.

— Josh, je suis vraiment désolée… pour tout.

— Après ce que je crois avoir vu ce soir, je te dois des excuses… des choses dont j'étais si certain, bien, je vais devoir y repenser.

— Je comprends.

— Penses-tu que nous… je veux dire… pourrions-nous?

Je posai ma main sur ses lèvres.

— Ne le dis pas. Soyons juste…

— Amis?

Il gémit.

— Je t'en prie, ne dis pas cela.

— Je ne le dirai pas. Je te respecte trop.

Il soupira, plongeant ses yeux profondément dans les miens. Mon cœur frémit un instant, jusqu'à ce qu'une image de Dominic me vienne en tête. Josh était un gars formidable…, mais, il n'était pas le bon pour moi.

Je ne savais pas trop quoi dire, sachant que nous nous reverrions à l'école et ne voulant pas le perdre comme bon ami. Alors, je reculai et me contentai de lui demander :

— Est-ce que nous deux, c'est OK?

— Sûr.

Il me décocha un sourire ironique.

— C'est cool.

— Mais, ça, ce ne l'est pas.

Je pointai le petit «PFC» tatoué sur son bras.

— Professionnels contre les fraudeurs et les charlatans. Ce tatouage doit disparaître.

— Pourquoi? Ne me donne-t-il pas l'air dangereux?

Je ris.

— Même pas.

— Et si je changeais sa signification?

— Les professionnels en faveur des clair-voyants? blaguai-je.

— Ne pousse pas ta chance, me taquina-t-il. Je ne sais pas trop ce que j'ai vu ou ce que je crois. Il aurait pu s'agir d'un truc complexe.

— Les fantômes sont réels, et tu le sais, maintenant, même si tu as peur de l'admettre.

— Je n'ai pas peur…, je suis seulement désorienté. Mais, je ne peux pas nier que j'ai vu quelque chose… un fantôme?

Il me regarda pour obtenir une confirmation, et je hochai la tête.

— Donc, les fantômes existent?

— Pas uniquement les fantômes.

Je me désignai du doigt.

— Les voyantes, aussi.

* * *

La lampe de poche rendit la randonnée dans le sentier beaucoup plus facile, mais c'était effrayant d'être seule, dans les bois, la nuit. Chaque fois que j'entendais un son, je sursau-tais nerveusement et faisait briller ma lampe de poche autour de moi. Je n'ai rien vu…, mais je suis certaine que les créatures de nuit, elles, m'ont repérée.

Quand j'arrivai à la digue, si près de la liberté, je commençai à me détendre —, jusqu'à ce que j'aperçoive les lumières.

Deux ronds dansants, flottant comme des fantômes, avançaient dans le sentier vers moi. J'étais trop épuisée pour m'occuper d'autres fantômes, ce soir. « Va-t'en », pensai-je. Cependant, les lumières devinrent plus vives, puis elles s'approchèrent tant que je pus voir des silhouettes derrière les orbes.

Une voix fit trembler l'air du soir.

— Arrête immédiatement, qui que tu sois !

Et je commençai à rire, à pleurer et à courir tout en même temps.

— Papa ! criai-je, lançant mes bras autour de lui. Oh, mon Dieu ! Je ne m'attendais pas à te voir ici !

— Sabine ! Est-ce vraiment toi ?

Papa m'étreignit avec force et me souleva de terre en me faisant tournoyer comme quand j'étais une petite fille.

— Comment es-tu arrivée ici ? lui demandai-je. Et qui est avec toi ?

L'autre silhouette sortit de l'ombre, ses cheveux noirs la faisant se fondre dans la nuit, à l'exception de sa mèche de cheveux rose et de son maquillage pâle.

— Tu causes vraiment toutes sortes d'ennuis, ronchonna Thorn.

— On m'a déjà dit cela, dis-je en rigolant.

— Nous sommes venus te secourir, mais il semble que tu t'en es occupé toi-même.

— Je vous raconterai tout une fois hors d'ici. Comment m'avez-vous trouvée?

— Ben, allô, dit Thorn. Je suis une Trouveuse.

— Mais, Jade aussi a aidé.

Papa me serrait fort, ébouriffant affectueusement mes cheveux.

— Nous serions venus plus tôt, mais j'ai appris que tu te trouvais ici il y a quelques heures seulement. Jade a téléphoné de Reno.

— Reno!

Je m'apprêtai à demander ce qu'elle faisait là-bas, mais je devinai ensuite qu'elle était partie à la recherche de sa mère. Pauvre Jade. Ma mère était peut-être autoritaire et très agaçante, mais au moins elle agissait comme une mère.

En route vers la voiture, papa expliqua que Nona l'avait appelé, paniquée parce que j'avais disparu. Ils avaient téléphoné à mes amis, et Manny leur avait appris que je lui avais expédié un message texte disant que je me rendais à la propriété d'Arturo. Thorn avait déclaré à papa qu'elle sentait que c'était situé près d'un lac et elle avait offert de l'accompagner pour me trouver. Toutefois, quand ils étaient arrivés, ils n'avaient pas repéré ma voiture et n'avaient pas pu entrer en raison des gardes de sécurité.

Ils s'apprêtaient à aller trouver les policiers quand le téléphone cellulaire de papa avait sonné. C'était Jade. Après s'être excusée de ne pas avoir appelé plus tôt, elle leur avait dit comment traverser la clôture et suivre le sentier près de la digue.

Puis, je fus dans la voiture de papa, inhalant la douce odeur citronnée du désodorisant suspendu à l'intérieur. C'était mon tour de fournir des explications, mais j'étais brusquement très fatiguée. Une minute, je parlais à Thorn, et la minute suivante, je m'éveillais au moment où la voiture se garait devant la maison de Nona. Papa me porta à moitié dans la demeure, ce qui me procura un sentiment de sécurité.

Thorn accepta de rester pour la nuit, puisqu'il était si tard, et Nona trouva un lit de camp que papa transporta dans ma chambre au grenier. Je parcourus ma collection de veilleuses et je choisis un papillon, non parce qu'il portait une signification profonde, mais parce que papa me l'avait offert. Ce soir, il avait vraiment été là pour moi.

Thorn m'emprunta un pyjama, puis rampa sous les couvertures.

Je tirai mon édredon sur moi, trop excitée à présent pour m'endormir. Ma courte sieste m'avait revigorée, et je n'étais pas encore tout à fait prête à plonger dans le sommeil.

— Thorn, maintenant que nous sommes seules, je veux tout entendre.

Elle se tourna vers moi et se souleva sur un coude, n'ayant pas l'air âgé de plus de douze ans sans son maquillage.

— À quel sujet? demanda-t-elle en bâillant.

— Tu sais, dis-je impatiemment. Jacques? Son meurtre? Et qu'en est-il de ce dossier que tu as vu dans l'appartement de Jacques?

— Oh, Pen et moi en avons beaucoup découvert.

Un sourire lent s'étira sur le visage de Thorn.

— Je connais l'assassin de Jacques.

25

Comme elle n'était pas bavarde de nature, l'explication de Thorn ressembla à un texto —, il manquait beaucoup de détails. Néanmoins, j'ai pu comprendre le gros de l'histoire.

Alors que Penny-Love était prête à oublier tout l'épisode « Jacques », Thorn n'arrêtait pas d'y penser —, particulièrement à ce dossier.

— Cela paraissait un tel hasard de trouver des photos de Josh et Grey dans l'appartement de Jacques, dit-elle. J'ai même rêvé à ce dossier. Je devais le trouver. Alors, j'ai effectué une recherche sur Google avec tout ce que je savais d'Oscar alias Jacques. À partir de l'annonce du service funèbre, j'ai découvert les noms et les adresses des membres de sa famille, de son partenaire et d'autres policiers. Aussi, grâce au talent de pirate de l'informatique de Manny, j'ai appris qu'un suspect était recherché pour interrogatoire à propos du meurtre.

Elle poursuivit en décrivant le «suspect» : un gars dans la vingtaine avec un tatouage de serpent enroulé sur la joue. Espérant trouver le dossier, Thorn s'était rendu en voiture à la résidence du partenaire de Jacques et s'était garée en face. Juste après son arrivée, une voiture s'était engagée dans l'allée de garage —, conduite par nul autre que Tatouage de serpent.

Thorn avait épié par la fenêtre et utilisé son téléphone cellulaire pour prendre des photographies pendant que le collègue de Jacques — le gars aux favoris qu'elles avaient suivi jusqu'au service funèbre — sortait de la maison pour venir à la rencontre de Tatouage de serpent. Une fois que les hommes furent entrés, le radar de Trouveuse de Thorn l'avait guidé vers le véhicule de Favoris, qui heureusement était déverrouillée. Elle trouva les boîtes de l'appartement de Jacques — et le dossier. Elle l'apporta chez elle et, en se servant d'un compte qui, Manny lui assura, ne laissait aucune trace, elle envoya les photos de la réunion entre Favoris et Tatouage de serpent par courriel au détective responsable de l'enquête sur l'assassinat de Jacques.

Quand elle parcourut le dossier, elle découvrit qu'il ne s'agissait pas d'un hasard si Jacques détenait des informations sur Josh et Grey. Jacques soupçonnait Grey de plusieurs crimes, y compris de vandalisme chez La chasse aux bonbons, et selon ses notes, il pensait que la disparition de Josh était louche. Puisqu'il travaillait déjà en civil à Sheridan High, il avait commencé à effectuer des vérifications concernant le passé de Grey. Il y avait des commentaires dans le dossier sur l'historique de violence troublante de Grey ; il avait attaqué une petite amie après qu'elle avait visité une voyante qui l'avait prévenue de rompre avec lui et il avait été arrêté pour avoir mis le feu à une boutique Nouvel âge et failli tuer son propriétaire. Il n'avait pas respecté les conditions de sa mise en liberté sous caution et il y avait toujours un mandat d'arrêt contre Thomas Greyson —, ce qui s'avéra n'être qu'un des nombreux alias de Grey.

Je frissonnai, comprenant que j'avais été près de découvrir à quel point Grey pouvait être violent.

— Tu ne croiras pas ce qui s'est passé ensuite, dit Thorn d'un ton théâtral.

Puis, elle décrivit comment elle était retournée en voiture à la maison de Favoris, mais s'était garée à une certaine distance de là. En sécurité, elle avait entendu des sirènes et vu des lumières clignotantes entourer la demeure. Des poulets étaient entrés en trombe, et en quelques minutes, ce fut terminé. Tatouage de serpent fut amené avec des menottes, tout comme le partenaire de Jacques, la tête baissée en signe de capitulation.

— Plus tard, j'ai appris par Manny que le collègue de Jacques, Richard quelque chose, avait avoué accepter des pots-de-vin de Tatouage de serpent, qui est un vendeur de drogues. Richard avait encouragé Jacques à poursuivre son investigation sur Grey parce que cela le gardait occupé et l'enlevait de son chemin. Mais, cela s'est retourné contre lui. Quand Jacques a découvert qu'il y avait un mandat d'arrêt contre Grey, il a dit à Richard de venir à son appartement, car il avait déterré un truc important. Tatouage de serpent en a entendu parler et il a supposé que Jacques savait pour les pots-de-vin. C'est Tatouage de serpent qui a tué Jacques.

— Et le dossier ? demandai-je à Thorn. L'as-tu rendu ?

— Certain. J'ai roulé jusqu'à un poste de police et je l'ai laissé là de manière anonyme. Avec le pistolet que la meneuse de claque avait stupidement pris.

— J'espère que tu as essuyé les empreintes afin qu'ils ne puissent pas te retrouver.

— Ai-je l'air stupide ? lança-t-elle. Moi, toi et la meneuse de claque, nous sommes en sécurité. Mais pas Grey. J'ai reçu un texto plus tôt de Manny disant que Grey est maintenant un invité du système judiciaire. Je me demandais quand ils l'attraperaient.

— On dirait que tu savais que cela se produirait.

Elle hocha la tête.

— Ben, ouais. Avant que je ne rende le dossier, j'ai essayé mon truc de Trouveuse avec la photo de Grey, puis j'ai effectué un appel anonyme au service de police avec une adresse. Ce mec ne menacera plus mes amis.

— Wow, fut tout ce que je réussis à dire. Tu as agi comme une véritable détective. Tu pourrais connaître une fabuleuse carrière dans les forces de l'ordre.

— Ce n'est pas ce que tu as prédit dans la chronique de Manny le voyant. Tu as affirmé que je voyagerais, je me ferais des amis et je vivrais des expériences intéressantes —, des prédictions des plus générales.

— Je ne suis pas vraiment douée pour les prédictions, admis-je. Manny m'a poussée à trouver celles-là très vite.

— Manny peut se révéler casse-pied, déclara Thorn en souriant. Mais il est génial et c'est un véritable ami. Je lui ai envoyé un texto, afin qu'il sache que tu vas bien.

— Il était inquiet? demandai-je, étonnée.

— Pas seulement lui. Manny et Pen sont restés avec Nona pendant que j'accompagnais ton père. Te trouver a été mon meilleur moment à vie.

— Le mien aussi. Merci beaucoup. Tu es… bien… une amie sincère, dis-je d'une voix entrecoupée.

Je savais que Thorn détestait les manifestations d'affection. Néanmoins, je voulais faire quelque chose pour elle. Je traversai donc la pièce, ouvris un tiroir et m'emparai d'un long objet mince.

Quand je le tendis à Thorn, elle arqua son sourcil percé.

— Qu'est-ce que c'est?

— La baguette magique de Zathora. La vraie, et non la fausse.

— Elle est donc précieuse?

— Probablement…, mais c'est totalement inexplicable. Je n'en veux pas. Et toi?

— Une baguette magique maléfique? Génial. Fait-elle de la magie?

— Plus maintenant, répondis-je.

J'étais certaine que c'était vrai. Pendant que je marchais dans la forêt, j'avais tenté de m'en servir pour évoquer une image de Dominic, sans succès. Je baissai les yeux sur mes mains, serrées ensemble, et j'hésitai avant de poser la question qui pesait dans mon cœur.

— Y a-t-il eu des nouvelles de Dominic ?

— Désolée.

Thorn secoua la tête.

— Rien.

Les pires craintes résonnèrent dans ma tête : je ne reverrais plus jamais Dominic.

Thorn s'approcha rapidement de moi et me pressa la main.

— Je peux tenter de le trouver pour toi.

C'était tentant, mais je fis signe que non.

— Il reviendra lorsqu'il sera prêt…, s'il le peut.

— Ne t'inquiète pas, ça ira pour lui. Il est trop fou de toi pour rester éloigné très longtemps. Je parie qu'il réapparaîtra pour Noël.

Je souhaitais cela très fort ; c'était comme s'il y avait un muscle de souhaits dans mon corps qui se tendait et s'étirait, brûlant sous l'effort. Cependant, je devais affronter les faits. Dominic ne pouvait pas rentrer, s'il était enfermé en prison.

Bâillant, je me détournai de Thorn et fermai les yeux.

Quand je m'éveillai le lendemain, elle était déjà partie.

Descendant l'escalier, je fixai les lumières colorées scintillantes dans l'arbre de Noël. Le pin embaumait l'air du salon et de minuscules anges en verre décoraient une tablette au-dessus du sofa. Je voulais me sentir excitée par le congé, mais mon cœur était trop vide. Je me demandais si Dominic ouvrirait un jour le cadeau emballé pour lui —, un gant de fauconnier gravé des initiales « DS ». Je l'avais commandé des semaines plus tôt, avant que je ne connaisse son véritable nom. Non que cela importait, maintenant…, sans Dominic.

Nona était tellement contente de me retrouver à la maison que je tentai d'embrasser l'ambiance des Fêtes pour elle. Pendant que nous cuisinions des biscuits au sucre en forme d'étoile, d'arbre et de bonhomme de neige, Nona partagea ses propres nouvelles. Appa-remment, l'ardeur s'était refroidie quant à la fusion avec Cœurs de lumière. Quand Roger avait commencé à donner des ordres à Nona et à lui dire comment gérer son entreprise, elle lui avait montré la porte. J'étais soulagée.

Personne que Nona ne pouvait mieux diriger Fusion des âmes sœurs.

La maison était remplie des délicieuses odeurs de cuisine, et la journée passa rapidement. J'envoyai des messages texte et des courriels à mes amis, rassurant tout le monde. Ma vie était rentrée dans l'ordre —, et j'essayais aussi de m'en convaincre.

Demain, c'était la veille de Noël, et Nona avait invité quelques amis. La plupart des miens avaient des plans avec leurs propres parentés, de sorte que nous serions un petit groupe de quatre : Grady, le copain de cartes de Nona, Velvet, Nona et moi. Le matin de Noël, Nona et moi allions nous joindre à mes parents pour une célébration des Fêtes chez eux. Ma mère avait même (quel choc!) invité Jade. Je l'avais appris de Jade en personne —, elle avait téléphoné pour s'excuser de s'être laissé emporter par le drame de sa mère et ne pas avoir communiqué avec notre père immédiatement. Elle hésita, puis elle me parla de l'invitation.

— Est-ce que c'est correct pour toi, si je partage la fête de votre famille? demanda-t-elle, paraissant étrangement vulnérable.

— C'est plus que correct. Papa sera enchanté d'être entouré de toutes ses filles.

Puis, j'ajoutai avec un rire :

— Toutefois, ma famille peut devenir vraiment intense. Je veux juste te prévenir.

Il y avait des cadeaux de dernière minute à acheter, alors la veille de Noël je me rendis au centre commercial avec Penny-Love. Elle m'aida à ne pas songer à Dominic en partageant des potins et en me confiant qu'elle avait rencontré un nouveau gars —, un an plus jeune qu'elle, mais sérieusement séduisant. Elle était certaine qu'il l'inviterait à la danse du Nouvel An, mais s'il était trop timide, elle s'en occuperait.

Lorsqu'elle me déposa, il faisait nuit.

Portant mes sacs, j'entrai, prête à écouter de la musique des Fêtes et emballer des cadeaux jusqu'à l'arrivée de Grady et Velvet.

M'affalant sur le plancher de ma chambre, je déroulai du papier d'emballage métallique et en coupai un grand morceau avec des ciseaux. Quand je tendis la main vers lui, un brouillard de fourrure tricolore bondit sur le papier.

— Lilybelle ! m'écriai-je. Méchante chatte !

Elle fit siffler l'air de sa queue et s'assit directement sur le papier d'emballage déchiré en me regardant fixement.

— Oust !

J'agitai la main pour la chasser.

— Ne vois-tu pas que je suis occupée ?

Elle miaula avec morgue, puis elle se leva et avança à grands pas vers ma porte. Elle miaula, comme elle le faisait quand son bol de nourriture ou d'eau était vide. Cependant, sa façon de me fixer était différente, me donnant des frissons. Elle avait agi de manière aussi étrange seulement une fois auparavant.

Bondissant sur mes pieds, je lançai les ciseaux et la suivi hors de la chambre. Je ne ralentis que pour attraper un manteau, puis ma chatte et moi fûmes dehors, dévalant les marches et nous dirigeant vers les bois.

Alors que je courais, je me dis en moi-même que je pouvais me tromper. Il pourrait ne pas être là, ce qui serait décevant.

Cependant, la veille de Noël était un moment idéal pour les miracles.

Et quand j'atteignis la maison dans l'arbre, je levai les yeux — et je vis le gars que j'aimais.

— Dominic! m'écriai-je en sanglotant, levant mes bras vers lui.

Ses doigts puissants s'enroulèrent autour de mes poignets, et il me tira délicatement dans la maison dans l'arbre. Dagger était perché sur le bord de la fenêtre, nous observant.

— Sabine, dit Dominic, mon nom résonnant de manière merveilleuse dans sa bouche.

Ses bras encerclèrent ma taille, et il me guida vers le sofa.

— Tu n'as aucune idée comme c'est bon de te tenir de nouveau contre moi.

— Oh, j'en ai une très bonne idée.

— C'est comme si nous étions séparés depuis des années.

— Plus longtemps encore. Et j'ai été si inquiète.

— Je suis désolé, mais ça été la folie.

Il repoussa gentiment une mèche de cheveux de mon visage.

— Tout ce temps, je n'arrêtais pas de penser à toi. Comme ce serait formidable de te revoir…, et que j'allais faire ceci.

Il m'attira près de lui et pressa doucement ses lèvres contre les miennes. J'entendis un bruissement d'ailes et les déplacements précipités de minuscules animaux autour de nous, néanmoins ce fut comme si nous étions complètement seuls dans notre propre monde à la cime d'un arbre. Je me penchai vers lui et fermai les paupières, perdue dans de merveilleuses émotions.

— Dieu que tu es belle, murmura-t-il, s'écartant pour me fixer comme s'il me voyait pour la première fois.

J'emprisonnai sa main dans la mienne, serrant fort.

— Tu ne m'échapperas plus. Ta place est ici. Pas de discussion.

— Ai-je l'air de discuter? Ma maison est ici à la ferme avec Nona et toi.

Le soulagement me submergea alors que je regardais son merveilleux visage.

— Tu m'as tellement manqué.

— À moi aussi. Mais plus.

Je changeai de position sur le sofa.

— Alors, pourquoi n'as-tu pas téléphoné?

— Je ne pouvais pas. Mon avocat ne me permettait pas de communiquer avec qui que ce soit.

— Ton avocat?

Les craintes nouèrent mon estomac.

— Tu as donc été arrêté ?

— Non, mais ça été une pagaille juridique parce que je vivais sous un faux nom, et il y avait des tas de papiers à signer. Le détective privé m'a mis sur un vol pour New Jersey où j'ai rencontré l'avocat qui s'occupe de l'héritage de mon oncle.

— Quoi ? Je ne comprends pas.

— Moi non plus, au début. Je m'attendais sans cesse à voir des lumières clignotantes et des poulets. Le détective privé ne pouvait rien me dire avant que j'aie rencontré l'avocat. J'ai voulu t'appeler un million de fois, mais je ne pouvais pas avant de savoir exactement ce qui était arrivé à mon oncle.

— Et tu le sais, maintenant ?

Il hocha la tête, caressant mes cheveux.

— Je le sais, je sais un tas de choses.

Je levai un sourire vers lui, le serrant plus fort, ne souhaitant plus jamais le lâcher.

— Alors, qu'est-il arrivé à ton oncle ? demandai-je. Il est mort, n'est-ce pas ?

— Tout ce qu'il y a de plus mort. Mais, ce n'est pas ma faute.

Un immense sourire s'élargit sur son visage.

— Il est décédé de causes naturelles.

— Quel soulagement !

— Ouais…, c'est comme si j'étais enfin libre, admit-il. Mon oncle est mort il y a seulement un an. Il avait hérité de l'argent et d'une maison à Long Island d'une grand-tante. Pendant que j'ai passé toutes ces années à croire que je l'avais tué, il courait sur la plage. Puis, il a été victime d'une crise cardiaque et il n'a pas laissé de testament, alors ses avocats ont embauché un détective privé pour me trouver.

— Alors, il ne mentait pas, quand il disait que tu avais hérité de l'argent ! m'exclamai-je.

— Il y en a assez pour l'université, pour démarrer ma propre entreprise et pour t'inviter dans un restaurant très chic.

Il sourit avec espièglerie.

— Ou nous pourrions simplement rester ici.

— J'aimerais ça, chuchotai-je, un désir chaud m'envahissant. Mais, Nona fait une fête…, c'est la veille de Noël.

— Oui, je le sais. Mais, je n'ai pas eu l'occasion de t'acheter un cadeau.

— Tu es ici. C'est le meilleur cadeau de Noël de tous les temps.

— Je vais être ici pour très longtemps, me dit-il.

Je songeai à Nona qui m'attendait.

— Nous devrions rentrer à la maison.

— Ouais, nous le devrions.

La main de Dominic traça une ligne sur ma joue et mes lèvres, puis elle glissa quand il se leva.

— Garde ce moment en mémoire pour plus tard.

— Pour plus tard, repris-je tout bas.

Dominic hocha la tête.

— Nous passerons beaucoup de temps ensemble maintenant qu'on ne désire plus ma tête.

— Tu es désiré… par moi.

Il rigola.

— Alors, n'est-il pas temps que nous fassions quelque chose de normal ? Comme sortir ? Aller voir un film, aller dîner, danser, monter à cheval, ou autre chose.

— Ou autre chose, dis-je, m'appuyant sur lui. Être avec toi, c'est tout ce que je veux.

— Je suis à toi.

— Et je ne te lâcherai jamais.

Je frôlai ses lèvres avec les miennes.

— C'est tellement bon. J'ai hâte de voir ce qui nous attend.

— Ne le sais-tu pas déjà, puisque tu es voyante ? demanda-t-il d'un ton léger.

— Je connais rarement les trucs importants sur moi et les gens que j'aime, murmurai-je.

Je tendis la main, entremêlant nos doigts.

— Parfois, il vaut mieux prendre plaisir aux surprises qui se présentent. Ensemble.

— Nous serons ensemble très longtemps, affirma doucement Dominic.

— Est-ce une prédiction ? dis-je à la blague.

— Une promesse.

Nos mains enlacées, je plongeai mon regard profondément dans le sien et aperçus notre avenir.

J'avais hâte.

FIN

Sheridan

Dix ans dans le futur
Les douze prédictions, de Manny le voyant

Penny-Love — Vedette de la téléréalité après avoir donné naissance à son propre clone.

Kaitlyn — Après avoir posé un lapin à son fiancé devant l'autel, elle joint l'Armée.

Catelyn — Pour rester proche de sa meilleure amie, elle joint l'Armée elle aussi.

Monsieur Blankenship — Le professeur qui a mauvais goût en matière de cravate devient riche en vendant des cravates vulgaires sur le réseau de vente à la télévision.

Yvette — La photographe du journal de l'école réalise de bonnes affaires en prenant des clichés d'animaux de compagnie de célébrités.

K.C. — Passer inaperçu est bien utile! Il travaille à Reno _me détective de magasins

Thorn — Elle voyage fait de nouveaux amis e des expériences intéressar

Josh — Pédiatre de jo tient la vedette dans un : tacle de magie le soir av nouvelle magicienne la demandée en ville.

Evan — Entre en polit

Zach — Lâche l'école. domicile fixe. Organis syndicat de rue.

Jill — Mère de enfants, chef de la direc bénévole dans un refug femmes.

Manny — L'auteur prédictions reste tota extraordinaire.

Le théâtre présente *Frankenstein*, de Shelley

Par Connie Goldsm

Le soir, les terrain notre écomisateur à le relativement déser

De la même série

Tome 1

Tome 2

Tome 3

Tome 4

Tome 5